U0736604

悄吟文丛

古耜 主编

拈花

沙爽 著

中国言实出版社

图书在版编目（CIP）数据

悄吟文丛/古稊主编 . –– 北京：中国言实出版
社 , 2017.7

ISBN 978–7–5171–2472–6

Ⅰ . ①悄… Ⅱ . ①古… Ⅲ . ①散文集—中国—当代
Ⅳ . ① I267

中国版本图书馆 CIP 数据核字 (2017) 第 171659 号

出 版 人：王昕朋
总 监 制：朱艳华
责任编辑：史会美
文字编辑：郭　辛
封面设计：张凯琳
责任印制：佟贵兆

出版发行　中国言实出版社

地　　址：北京市朝阳区北苑路 180 号加利大厦 5 号楼 105 室
邮　　编：100101
编辑部：北京市海淀区北太平庄路甲 1 号
邮　　编：100088
电　　话：64924853（总编室）　64924716（发行部）
网　　址：www.zgyscbs.cn
E–mail：zgyscbs@263.net

经　　销　新华书店
印　　刷　北京温林源印刷有限公司
版　　次　2017 年 8 月第 1 版　　2017 年 8 月第 1 次印刷
规　　格　787 毫米 ×1092 毫米　1/32　10.375 印张
字　　数　200 千字
定　　价　1680 元（全十册）　ISBN　978–7–5171–2472–6

东风吹水绿参差

古 耜

以"五四"新文化运动为起点的中国现代散文，已经走过近百年的风雨历程。时至今日，隔着历史与岁月的烟尘，我们该怎样描述和评价现代散文的行进轨迹与艺术成就？也许还可以换一种问法：如果现代散文仍然可以新中国成立为时间界标，划作"现代"和"当代"两个阶段，那么，它在哪个阶段成就更高，影响更大？

在散文的"现代"阶段，屹立着伟大而不朽的鲁迅，仅仅因为先生的存在，我们便很难说当代散文在整体上已经超越了现代散文。但是，如果我们把观察的视野缩小或收窄，单就现代散文中的女性写作立论，那么，断定"当代"阶段的女性散文，是异军突起，后来居上，便算不上狂妄。这里有两方面的依据坚实而有力：

第一，新中国成立后的六十多年间，尤其是进入新时期以来，大陆文坛先后出现了若干位笔下纵横多个文学门类，但均擅长散文写作，且不断有这方面名篇佳作问世的女作家，如杨绛、宗璞、张洁、铁凝、王安忆、张抗抗、迟子建等。她们散文作品所达到的艺术水准，并不逊色于现代女性散文的佼佼者。况且冰心、丁玲等著名现代女作家在步入当代之后，依旧有足以传世的散文发表，这亦有效地增添了当代女性散文创作的高度和重量。

第二，借助时代变革和历史前行的巨大动力，从新时期到新世纪，女性散文写作呈现出繁花迷眼、生机勃勃的宏观态势：几代女作家从不同的主体条件出发，捧出各具特色、各见优长的散文作品，立体周遍地烛照历史与现实，生活与生命；才华横溢的青年女作家不断涌现，其创意盎然的作品，显示了强劲的生命力与可持续性；女作家的性别意识空前觉醒，也空前成熟，其散文主旨既强调女性的自尊与自强，也呼唤两性的和谐与互补；不同手法、不同风格的女性散文各美其美，魏紫姚黄，各擅胜场……于是，在如今的社会和文学生活中，女性散文构成了一道绚丽多彩而又舒展自由的艺术风景线。这显然是孕育并成长于重压和动荡年代，因而不得不执着于妇女解放和民族生存的"现代"女性散文所无法比拟与想象的。

在二十一世纪历史和时间的刻度上，女性散文创作取得了丰硕成果和扎实进步，但也同整个中国文学一样，面临着前所未有的挑战与考验：与后工业社会结伴而来的后现代主义思潮斑驳杂芜，利弊互见。它带给女性散文的，可能是观念的去蔽，题材的拓展，也可能是理想的放逐，审美的矮化，而更多的可能，则是创作的困惑、迷惘，顾此失彼或无所适从……惟其如此，面对五光十色的后现代语境，女性散文家要实现有价值的创作，就必须头脑清醒，坐标明确，进而辩证取舍，扬弃前行。也正是在这一意义上，有一批女作家值得关注——她们出生于二十世纪六七十年代之交，进入新世纪后开始展露才华，并逐渐成为女性散文创作的中坚力量。对于她们来说，现代和后现代主义自然不是陌生或无益之物，但青春韶华所经历的激情澎湃的现实主义和人文主义大潮，早已先入为主，成为一种挥之不去的精神底色。这决定了她们的散文创作，尽管一向以开放和"拿来"的姿态，努力借鉴和吸取多方面的文学滋养，但其锁定的重心和主旨，却始终是对人的生存关切和心灵呵护，可谓鼎新却不弃守正。显然，这是一条积极健康、勃发向上的艺术路径。正是沿着这一路向，习习、王芸、苏沧桑、安然、杨海蒂、张鸿、沙爽、项丽敏、高安侠、刘梅花等十位女作家，不约而同地走到了一起，她们以彼此呼应而又各自不同的创作实绩，展示了当下女性散文的应有之意和应然之道。

习习来自西北名城兰州。她的散文写城市历史，也写家庭命运；写生活感知，也写生命体验；近期的一些篇章还流露出让思想伴情韵以行的特征。而无论写什么，作家都坚持以善良悲悯的情怀和舒缓沉静的笔调，去发掘和体味人间的真诚、亮丽和温暖，同时烛照生活的暗角和打量人性的幽微。因此，习习的散文是收敛的，又是充实的；是含蓄的，又是执着的；是朴素本色的，又是包含着大美至情的。

足迹涉及湖北和南昌的王芸，左手写小说，右手写散文。在她的散文世界里，有对荆楚大地历史褶皱的独特转还，也有对女作家张爱玲文学和生命历程的细致盘点，当然更多的还是对此生此在，世间万象的传神勾勒与灵动描摹。而在所有这些书写中，最堪称流光溢彩、卓尔不群的，是作家以思想为引领，在语言丛林里所进行的探索和实验，它赋予作品一种颖异超拔的陌生化效果，令人咀嚼再三，余味绵绵。

或许是西子湖畔钟灵毓秀，苏沧桑拥有很高的艺术天赋和丰沛的创作才情。从她笔下流出的散文轻盈而敏锐，秀丽而坚实，温婉而凝重，每见"复调"的魅力。尤其难能可贵的是，她的散文远离女性写作常见的庸常与琐碎，而代之以立足时代高度的对自然和精神生态的双重透析与深入剖解，传递出思想的风采。若干近作更是以生花妙笔，热情讲述普通人亦爱亦痛的梦想与追求，极具现实感和启示性。

在井冈山下成长起来的安然，一向把文学写作视为精神居所和尘世天堂。从这样的生命坐标出发，她喜欢让心灵穿行于入世和出世之间，既入乎其内，捕捉蓬勃生机；又出乎其外，领略无限高致，从而走近人生的艺术化和审美化。她的散文善于将独特的思辨融入美妙的场景，虚实相间，形神互补，时而禅意淡淡，时而书香悠悠，由此构成一个灵动、丰腴、安宁、隽永的艺术世界，为身处喧嚣扰攘的现代人送上一份清凉与滋养。

供职京城的杨海蒂，创作涉及小说、报告文学、影视文学等多种样式，其中散文是她的最爱和主打，因而也更见其精神与才情。海蒂的散文题材开阔，门类多样，而每种题材和门类的作品，都具有自己的特色：她写人物，善于捕捉典型细节，寥寥几笔，能使对象呼之欲出；她写风物，每见开阔大气，但泼墨之余又不失精致；至于她的知性和议论文字，不仅目光别致，而且妙趣横生。所有这些，托举出一个立体多面的杨海蒂。

驻足羊城的张鸿，既是文学编辑，又是散文作家。其整体创作风格可谓亦秀亦豪。之所以言秀，是鉴于作家的一枝纤笔，足以激活一批风华绝代而又特立独行的异国女性，尽显她们的绰约风姿与奇异柔情；而之所以说豪，则是因为作家的笔墨一旦回到现实，便总喜欢指向远方，于是，边防战士的壮举、边疆老人的传奇，以及奇异山水，绝地风情，纷至沓来。这种集柔润和刚健于一身的写作，庶几接近伍尔夫所说的文学上的"雌雄互补"？

穿行于辽宁和天津之间的沙爽，先写诗歌后写散文，这使得其散文含有明显的诗性。如意象的提炼，想象的飞腾，修辞的奇异，以及象征、隐喻的使用等，这样的散文自有一种空灵跨踔之美。当然，诗性的散文依旧是散文，在沙爽笔下，流动的思绪，含蓄的针砭，委婉的嘲讽，以及经过变形处理的经验叙事，毕竟是布局谋篇的常规手段，它们赋予沙爽的散文深度和张力，使其别有一种意趣与风韵。

项丽敏的散文写作同她长期以来的临湖而居密不可分——黄山脚下恬静灵秀的太平湖，给了她美的陶冶与享受，同时也培育了她对大自然的敬畏与热爱，进而驱使她以平等谦逊的态度和安详温润的文字，去描绘那湖光山色，春野花开，去倾听那人声犬吠，万物生息。所有这些，看似只是美景的摄取，但它出现于物欲拥塞的消费时代，则不啻一片繁茂葳蕤的精神绿洲，令人心驰神往。当然，丽敏也知道，文学需要丰富，需要拓展，人与自然的关系只是文学的无数话题之一，为此，她开始写光阴里的器物，山乡间的美食，还有读书心得，读碟感悟……这预示着丽敏的散文正由单纯走向丰富。

高安侠是延安和石油的女儿。她的散文明显植根于这片土地和这个行业，但却不曾滞留或局限于对表层事物和琐细现象的简单描摹；而是坚持以知识女性的睿智目光，回眸生命历程，审视个人经验，打量周边生活，品味历史风景，就中探寻普遍的人性奥秘和人生价值，努力拓展作品的认知空间。同时，作家文心活跃，笔墨恣肆，时而柔情似水，时而气势如虹，更为其散文世界平添一番神采。

偏居乌鞘岭下天祝小城的刘梅花，是一位灵秀而坚韧的女子。她人生的道路并不顺遂，但文学却给了她极大的眷顾。短短数年间，她凭着天赋和勤奋，发表和出版了大量散文作品，成为广有影响的女作家。梅花写西域历史、乡土记忆和个人经历，均能独辟蹊径、别具只眼，让老话题生出新意味。晚近一个时期，她将生命体悟、草木形态、中药知识，以及吸收了方言和古语的表达融为一体，形成一种承载了"草木禅心"的新颖叙事，从而充分显示了其从容不迫的艺术创新能力。

总之，十位女性散文家在关爱人生的大背景、大向度之下，以各具性灵、各展斑斓的创作，连接起一幅摇曳多姿、美不胜收的艺术长卷。现在，这幅长卷在中国言实出版社的鼎力支持下，冠以"悄吟文丛"的标识，同广大读者见面了。此时此刻，作为文丛的主编，我除了向十位女作家表示由衷祝贺，向出版社的领导和同志们表示诚挚感谢之外，还想请大家共赏宋人张栻的诗句："便觉眼前生意满，东风吹水绿参差。"——这是我选编"悄吟文丛"的总体感受，或者说是我对当下女性散文创作的一种形象描绘。

（作者系著名文学评论家、作家）

目　录

I

有关一只猫的哲学命题

时间及其他

我一直以为，一个人想要活得快乐，最重要的守则之一，就是与这个世界少一些牵扯。我坚定地践行这条人生至理，直到一只猫出现，将我的小宇宙完全打破。

那时候是四月下旬。一天上午，先生特地发来短信，说已经相中了一只小猫，等回家给我看照片。

这是最后一个回合的试探。我想了想，回复说："好。"

彼时，关于收养一只小猫的议题已经进行了差不多一年。我的态度从坚决反对到不置可否到些微心动——这就是时间的水磨功夫。而在此期间，我祖母离世，徐鉴涵则进入高考备战的最后阶段。有那么几次，这个多情善感的巨蟹座男生拥住我的肩膀，不无伤感地指出，再过上几个月，我即将面对一只偌大的空巢。好像直到那一刻，我才真切地意识到，此生最让我牵挂的两个人，都注定要弃我而去，独自远行。

许多日子之后，我想到了"乘虚而入"这个词，它的具体形象，是一只随风潜入夜的猫。

本来先生最初的打算是收养一只加菲。我也很喜欢加菲，这种喜欢有百分之九十九来自好莱坞。在现实生活中，我对名牌没有多少概念。好友出国时特意买回来送我的一只COACH手包，除了这番遥遥万里的情意，我实在看不出其贵在哪里——这可能正是我迟迟没有变成名牌的原因之一。

后来我有点明白了，为什么一些人养个宠物也要名种。作为商业产品，为了维持稳定收益，经销者必须保证其出品血统纯粹。这就是说，这些产品小时候的模样和长大后的样子，全部已纳入规划，有章可循。世界越来越风云诡谲变幻莫测，为保证安全，我们需要任何一件有把握的东西。

但以上的点滴领悟出现在很久以后。四月下旬的那天晚上，当我在电脑屏幕上看到那只小猫，看它满心不情愿地对着镜头，眼光的焦点却分明停留在鼻尖前方一二厘米处，我的肺腑深处陡然升起了一缕久违的爱怜。为了厘清责任，我事先声明它在严格意义上属于我先生，我只负责在必要的时候代为照管。但当这只小猫来到我家之后，随着时间的推移，这种"必要的时候"越来越多，终于整个变成了我独自经营的事业。我花费了许多时间为它选购包括玩具在内的各种用品，为它洗澡、清洁厕所，教它握手，陪它玩耍，甚至试图教它说话。新闻报道上说，有一只英国猫曾经突然开口说话，诸如"我要出去走走"之类。虽然汉语被公认为地球上最难于掌握的语言之一，但那只是相对于字形笔画及其无限派生的广阔歧义；至于发音，说汉语与说英语，其难度并无二致。

它很快便可以听懂我的话。只要我喊一声："藏好啦！"无论它逡巡在房间的哪个角落，都会立即跑过来找我。有一回我躲进衣橱里，透过柜门的缝隙，我见它一溜烟冲到床后，又钻进窗帘里面，再跳到床上查看被子，然后满脸疑惑地在房间里转来转去。

我带它去另外的小区花园爬树。当它在树上煞有介事地开拓领地，我则在树下无所事事地刷微信，以此消磨掉整个黄昏。我都不记得我有多少年不曾如此奢侈地豪掷过时间。大约在三十岁以后，我就变成了一个忙碌的人，或者是一个假装忙碌的人。但是惭愧，在这样的许多个黄昏，我享受着无所事事者散漫的幸福，并且毫不感到羞愧。晚风吹拂起我孕妇般宽肥的娃娃裙，如此不合时宜，如此久客如归。

"时光原只用于虚度"，我记不起是在哪里看到过这句话。这一道突兀的闪电，它迅速消失在无数主流的、励志的、激流勇进的天宇之间。

爱与被爱

它只是一只普通的家猫，或曰土猫。头部和脊背是棕黄与浅黄相间的虎皮斑纹，肚腹和四爪呈雪白色。尤其是颏下与前胸的白色斑块，活像穿了一件翻领衬衫；上面系一只佯充领结的粉色防蚤项圈。

我叫它伊斯塔。我不能解释我为什么要叫它伊斯塔。在它来到我家之前，这个名字突然跳进我的脑子里。为了稳妥起见，我还特意上网搜索了一下，发现这个名字并非我的原创，在《圣经·旧约·以斯帖记》中，女主角名叫 Easter。

不过那时候我并不知道：它其实是一只男猫。

男猫就男猫，这不妨碍我叫它伊斯塔。昵称塔塔、塔、塔小咪、塔大乖、乖咪，绰号坏塔、臭猫。

长到三个月，塔已宛然一只大猫。一周岁时，体长达到六十厘米，体重逼近十五市斤。在绰号中多了一项"肥猫"之后，塔主动节食减肥，最终稳定在十二斤四两。

如此高大强壮，塔看上去威风凛凛，表情严峻。但是它天生一副尖下巴，这张脸因此很像是狐狸、孙悟空和成年辛巴的混合体，唯独不像一只猫。

我说塔会笑。没有人相信我的话。我妈说，动物与人类不同的地方，就是它们没有笑的表情。我说是真的，塔的笑在它的眼睛里，还有鼻子、眉毛和胡须的位置。有时它就这样与我对视，满含笑意，因为快乐，或者表达揶揄。

有一天我妈来到我家，住了一夜。第二天早上，我妈问我：徐鉴涵喜欢这只猫吗？大概我的回答浮皮潦草不尽如人意，我妈先后把这个问题问了好几遍。我妈离开后，我动手打扫房间，忽然就明白了她的意思：我这样没有底线地宠爱一只猫，作为正宗少爷的徐鉴涵难道不吃醋吗？

塔五个月大时，徐鉴涵去北京读大学。又过了两个月，我和先生开始搬家。新家在一楼，窗前有一个十几平方的小菜园，我们计划着来年种上葡萄、生菜和倭瓜。我还想种一丛蔷薇。我的书房也比原来大了三分之一，我计划着再添两只书橱。生活仿佛正重新开始，美好无比。

但是客厅的新窗帘刚挂上没两天，就被塔尖利的指甲抓得抽了丝——它在夜晚试图自己拉开窗帘，跳到窗台上去。我把它抱到那道抽丝前面，耐心地讲了一通道理。可是隔了一天，窗帘上又多出一条更长的丝线。我大怒："伊斯塔！这是怎么回事？！"塔本来正在旁边的沙发上悠闲地磨爪子，闻声"嗖"地钻进沙发后面，说什么也不肯出来。

我的窗帘从此得保无虞。

但是塔的破坏力不止于此。在它顽皮的幼年和少年期，它打碎了数只碗、一只花瓶，抓坏了我和先生的多件衣服，把我的手臂和小腿变成了随时刷新的经纬地图。它偏爱一切小而圆的东西，买来的玩具球大的它不喜欢，小的则很快玩得踪影不见。买回的鸡蛋如果忘记及时藏进冰箱里，它就会把它们一只一只地从塑料袋里掏出来，再一只一只从桌子上拨下去。

这实在不是一只讨人喜欢的猫。它相貌中下，脾气很坏，不喜人抱。尤其有了前面两条，一只猫似乎很难再找到其他优点。

它显然也无意于博取我的欢心。当爱来得容易，再也不会有谁为谋求被爱而耗费心机。正如当金钱来得容易，挥霍就成为必然。这就是为什么民谚里说，溺爱的儿女不得济——如果不付出就可以收获得足够多，那么事实证明：和一切动物一样，人类更热衷于不劳而获。

爱是天下最没有道理的东西。被爱者不需要美貌，不需要善良和温柔，不需要才华盖世富可敌国——那只不过是俗世的砝码、权衡和算计。爱你的人自会在你的身上叠加起无数光环和美德。

这就是爱的真相：一旦你爱上了，他或者它，就是全世界最好的。

我的手机里一点点填满了它的照片。它来到我家第一天的样子。它在树枝间雀跃的英姿。它卧在我的笔记本屏幕后边陪伴我写作。它在洒满阳光的窗前伫立沉思。更多的是它的各种奇葩睡姿，各种萌，各种囧，各种不可思议的柔软和惊奇。

我爱它的每一个侧面，包括它的坏脾气和小傲慢，包括它这张像狐狸又像狮子的脸。在此之前，我以为很多同毛色的动物都长得相像；现在我确信，我可以在看上去长得一模一样的一万只猫里，一眼分辨出我唯一的小咪。

自由与体制

新房子的北窗外，是市政工程公司的停车场兼后园。公司有食堂，残羹剩饭养活了一只流浪猫，这只猫又生下五只小猫。除了一只是黑白花的，其余四只都与塔的毛色接近，出生的时间也相差无几，只是身形比塔要瘦小一些。大猫后来被外派到工地上履职捉老鼠，剩下五只少年猫，仍每天准时聚拢在公司的后门前，等待开饭。

这是塔离开母亲和兄弟后，第一次见到自己的同类。它趴在窗台上凝神细观，看上去心境平和，不忧不喜。我有时会撒一些猫粮在北窗下的水泥台基上，猫们便跑过来吃。塔对同类们的就餐方式非常好奇，它把半个身子探出去，勾头下视。我在后面环住它的腰，以防它追随猫群，舍我而去。这是大东北的隆冬，室内外温差足有三十度，塔的肚腹一阵急剧起伏。也许它突然发现，它竟然没有足够的装备去追求自由。

猫有五只，但公司食堂里负责做饭的大姐只能给它们准备两只猫碗。我很快发现，猫们的就餐秩序井然，并无争执和打斗。这让我好奇。一奶同胞的五只猫，一眼看去都差不多；但或许早在出生之前，强势和弱势已决出分野？如果强者享有先行就餐的权利，那么它有可能享用到更多更好的食物，而弱者则刚好相反。也就是说，强者将更强，弱者将更弱，猫社会也同样适用古老的马太法则。我幻想实际情形其实并非如此：基于手足之情，它们或许会谦让给身体最弱的弟妹先行享用？但人类社会进化到今天，仍没有抵达这样的理想国度，我怎么能要求喵星人可以先行一步？

有一天我改变了主意。我想如果塔喜欢，就随它去吧，好过它因被囚而憎恶我。塔再探出头去的时候，我没有阻止，而是轻轻在它后腰上拍了两下。塔当即会意，义无反顾地跳了下去。

我马上后悔了。我把头探到窗外，恨不能让视线变成一根绳子。我想我可以绕到后园，不顾形象，把塔捉拿归案。这后窗，我从此可以不再打开，或者提前装上纱窗。

塔显然也后悔了。对它这个新成员的加入，猫群并未表现出意想中的热情。它们各自待在原地，冷眼旁观。塔发现自己是个外来者，甚至处境危险。它试了两次，但都未能跳回窗台上。窗台的高度是一个障碍，防盗窗的铁栏杆是障碍上的障碍。窄窄的栏杆间距只容塔身体穿过，跳出去容易，从下面跳上来，就需要技巧和精准度。塔害怕了，开始在窗下急速走动，并开口向我求助。我爬到窗台上，尽可能地向塔伸出我的手。塔奔向我。窗下的那只猫以为塔来抢它的猫粮，毫不客气地给了塔一记耳光。塔大吃一惊，后退数步。塔无助的神情让我焦急万分。先生走过来查看了一下情况，穿上外套出去援救。

从我家到后园，表面上只隔着一扇窗，走过去却需要绕上一大圈。终于，后园的铁门一阵叮咣作响。但当先生的身影刚在拐角处出现，塔大骇，求生潜能瞬间爆发，它"噌"地跳上窗台，箭一般射进我的书房。

可怜的塔，怕陌生人怕成这样。

经过这一番历险，尤其确定了众猫对塔并无友善，我便不允许塔去后园。此时春节已近，徐鉴涵也放假回来。等到忙碌劲儿过去，我才发现，后园里的猫群不见了。

想必是公司放假，再没有人给猫们定时备饭，于是猫群星散，去他处谋生。

但还是有一只猫会经常回来，在公司的后门前守候徘徊。这只猫毛色黄白相间，但黄色部分比塔浅得多。眼睛像极了狐狸，看人的时候有如鬼魅。鼻尖上一个大大的醒目的黑点。我随口叫它点点。

看来点点是一只恋旧的猫，我从此经常为它准备些吃的，它也就更频繁地在窗下等待，后来干脆跳上了窗台。北方城市的铝材窗是双层的，夹层间的窗台大约有二十厘米宽，我在上面为点点准备了一只碗。

塔小时候喜欢吃虾皮或鱼肉拌饭，喜欢牛肝，也吃鸡蛋黄。长大后逐渐不肯吃鱼和虾，只吃猫粮。也会吃一些炸鸡肉，尤其喜欢肯德基新奥尔良鸡腿堡中间的那一块。偶尔赏脸，吃点鲜排骨上剔下来的嫩肉，我还要夸奖它好半天。虽然不吃鱼虾，但塔却有点喜欢烤鱼片。有一次徐鉴涵从超市拎回一堆吃的，塔自己撕开了海苔的包装袋，于是海苔成了它的常备零食。

点点呢？点点没有零食，它只有饭。有时家里吃熟食，我会分给它几块，改善一下伙食。多数时候，点点吃虾皮拌饭或是鱼拌饭，我也不负责给它剔鱼刺。有时候没有鱼，冰箱里的虾皮又吃光了，就用菜汤给它拌饭，把炒菜里的肉片挑出来拌进去，假装是一顿有肉的丰盛晚餐。点点不喜欢吃这样的饭，那也没办法，它不是我家的猫，不是我的责任所在。

这样一对比，我觉得猫世界也分成体制内和体制外。

有一天，点点正在吃饭，我又给它送去几片香肠。我的动作不够小心，点点误会了，"咔"地一下，给我来了一爪子。我这才知道，同样是猫，而且是同一种类同一花色的猫，点点的爪子和塔的大不一样。整个冬天不再外出练习爬树，我隔段时间给塔剪一次指甲。塔的指甲尖细，和我嬉闹时失了分寸，划出的也不过是一条细细的血道子，没几天就愈合了。而点点的指甲尖端锐利，后端粗壮，其坚似铁，一爪下来，我的手登时皮开肉绽。

体制外的生存需要真功夫，这一点我当然清楚。点点的武器很厉害，我为它高兴。但是，它的敌人难道是——我？

或许，我更在意的是，塔对我的伤害，并非出于故意。而点点的袭击既准且狠，分明带有敌意。在我与塔之间，因为有日久弥深的信任和情意作为铺垫，塔带来的一点表皮伤我从未介怀。但点点不同，在与它的相处中，我并未注入深情。我怜惜它，只是因为它是塔的同类。我怜惜这小小的、精灵般的种族，而不是点点这个个体。我看得出它对我深怀戒备，也从未试图与它亲昵。作为一只体制外的猫，它本来与我无关，我也不要求它为我做任何事。在人类社会中，体制外的员工通常要承担最大的工作量而收获最少的薪金，以致新劳动法不得不出台专项条文，为临时工提供法律保护。但这些条例并不适用于点点——它不曾有过任何付出。当然，作为体制内的塔也没有做什么，身为水泥丛林中的喵星人，它所能做的，只是"陪伴"。我不需要点点的陪伴，我为它准备的食物属于友情馈赠；我并未希望它对此心怀感激，但我认为我有理由要求它懂得起码的善意。

伤口很疼。因为担心感染，我马上用肥皂水做了冲洗，这样当然更疼了。

第二天，点点照例又跳上窗台对我叫。手背上余痛未消，我白了它一眼。

没想到，点点的自尊心这样强，我只不过冷淡了它这一次，它就从我的世界里消失了。

我有点后悔，也感到惭愧。我想我生拉硬扯的体制理论其实站不住脚跟。这个事情也许更适用于亲生子与非亲生子理论。塔就像是我血肉相连的孩子；而点点，它是别人的孩子。我距离孟子所期待的理想国民还远得很，既没有做到幼吾幼以及人之幼，也没有做到猫吾猫以及人之猫。

我还担心点点出了意外。新闻曝光说，大排档用猫肉和老鼠肉来冒充羊肉串。我担心点点会因为饥饿，陷入坏人的诱捕笼。我抱着塔，一想到万一塔离家走失，很可能冻馁而死，或者变成一堆血肉模糊的羊肉串，忍不住落下泪来。

过了半个月，我知道点点再也不会来了。它用过的那只碗还在窗台上，犹豫了几天，我把它扔进了垃圾箱。

不再有猫的影子出现，冬天的后园荒凉而空旷。

性，以及生育

春天来了，塔已是成年猫。那个从去年开始就一直在断断续续地困扰着我的问题，业已迫在眉睫。

作为一只公猫，塔未做绝育。

据说，给猫做绝育好处多多：长寿；避免罹患泌尿系统疾病；性格柔顺温和。当然，还有不便明言的原因。除了专业繁殖者，普通养猫人为猫解决婚姻问题，终究是件麻烦事。很多宠物猫由于依靠人工繁殖，母猫生下小猫后，连剪脐带撕胞衣这样的事情都需要人类代劳。而像塔这类不具备经济效益的猫种，为小猫们找收养人家都是个问题。

但是割阑尾真的可以一劳永逸？历史上又为什么一再出现宦官乱国？推行计划生育的初始时期，医生们力证结扎男性输精管比女性绝育手术简便得多，政府也特意为此推出鼓励政策，但响应者寥若晨星。就算科学证明阉割后可以活到二百岁，愿意为此放弃性别的男人，只怕也是极少数吧？

既然男人们不愿意，我怎么能保证塔就愿意？就算身为监护人，我有没有权利代替塔做这样的重大决定？

我更担心的是，这贸然施加的伤害和疼痛会留下看不见的阴影。即使年幼时并不理解这其中的含义，我怎么能确定塔一定毫不介怀？我该怎么对它解释，承担这样的疼痛是必须的？是对它的好心和善意？有朋友家的猫在做过绝育手术后，再也不肯让人类的手触碰到它的肚子。而我的塔，到那个时候，它还会不会像现在这样，毫不提防地坦露着雪白的肚腹，在我身旁酣然入睡？而我总是忍不住要把脸埋进这一团温香和柔软，仿佛整个世界的信赖和柔情正对着我无垠敞开。

但是我担心我会后悔。如果他们说的偏巧是对的？如果塔的寿命因此而缩短？本来就只有短短的十几年，我怎么可以放任自己破坏这短暂的相聚？每当想到塔终将先于我而去，我就伤感不已。

做，还是不做？这真是一个问题。

这天，弟弟的朋友小武给我发来一条微信："姐，我有两只美国短毛，送给你吧？"

小武的微信头像就是一只美国短毛猫，漂亮得很。

我说，美短是名猫呀，为什么要送人呢？

小武说，他本来花两千二百元买了一对美短，但养了一年，母猫没发情，他着急了。正赶上猫涨价，他狠狠心又花三千元买回一只十一个月大的母猫，但还是不行。他媳妇嫌每天打扫猫毛太讨厌，他只好把两只母猫寄养在兄嫂家。而嫂子也嫌猫弄脏房间，便把两只猫养在笼子里，笼子放在阳台上，冬冷夏热，让小武很心痛。而且小武认为，两只母猫之所以到了成年仍不发情，正是因为整天关在笼子里，缺少活动。毕竟美短不同于别的宠物猫，它们生性活泼好动。

小武发来两只母猫的照片，我一下子心疼了。猫是何等热爱自由的物种，关在这样狭小的笼子里，简直是生不如死。更何况，美国短毛猫是最聪明活泼又善解人意的种族啊。

我犹豫着说，可是我家已经有猫了啊，是公猫。

小武问是什么品种？我想了想，答：中华短毛家猫。

小武"哦"了一声说，姐，我的猫可漂亮了，看了我的猫，再看别的猫，简直就是一猴子。

我还在犹豫。小武说，姐，把你那只土猫阉了吧，要不然串了种，可就糟蹋了。

小武的这句话让我一下子打消了收养两只美短的想法。按小武的逻辑，他的猫们是商品，它们并且繁殖出商品。但我的塔不是。在别人眼里它或许一文不值，但对我来说，它无价。

这天我在厨房里刷碗，一扭头，正见窗外不远处，卧着一只猫。

居然是点点。我唤了它一声，它犹豫着向我看看，然后飞快地跑过来，冲我说了一连串的"喵"。还是那双鬼魅般的狐狸眼，但是鼻尖上醒目的黑点不见了，我本来就怀疑那是米饭的黏液混合灰尘造成的，果然。可能因为天气转暖，抵御严寒的厚绒毛已经脱落，点点看上去有点儿形销骨立。

我干脆在防盗窗的栏杆上铺了一块长方形木板，算是点点的就餐台。公司餐厅的大姐也每天给点点备饭。

点点是女猫。我开始留意塔。它和点点之间会发生点什么故事吗？在上次失踪之前，有那么几次，点点进入窗户夹层间吃饭，塔没有来得及提前退回房间，被堵在了窗角。点点对塔"喵喵喵"地说了很多话，塔显得很窘，眼睛都不知该朝哪儿看。

点点似乎仍然对塔怀有好感。它经常用鬼魅般的狐狸眼隔着玻璃注视塔，一边把面颊在铝材窗上蹭来蹭去。有几次我打开窗子，点点大大方方地进来了，它把嘴巴凑近塔的嘴，貌似索吻。不过也可能是我自作多情，点点只不过是想知道塔刚吃过些什么美味。

最终什么也没有发生。也许塔还小呢，不解风情。不过我更疑心，点点有什么地方没有让塔中意。单独相处的时候，我和塔谈心，我说二儿子，咱眼光别太高了吧，虽然点点脾气不太好，外表也有点脏，但长相其实不算坏，更重要的是它喜欢你。塔看我一眼，把头扭到一边，在我的唠叨声里睡着了。

国土与战争

战争爆发在一天子夜，彼时我刚刚睡下。睡眠铺架的深长滑梯绵软而光滑，托我一路沉向黑甜之乡。

突然，一阵古怪的声音响起来。那声音低沉而阴森，仿佛压低的雷鸣，炸响在我的左近。黑暗之中，我惊坐而起，心脏骤停，毛骨悚然。足足过了十秒钟，我彻底清醒过来，扭亮床头灯，又跳起来去拉窗帘。

那是塔。灯光勾勒出窗外一张好看的猫脸，眼神温和，声音细柔。而塔焦躁地在窗内来回踱步，神色凶狠，回之以一连串瘆人的怒吼。

我想，塔的爱情终于来了。这段时间，塔经常到楼前的院子里散步，或者藏在那一大丛薄荷的阴凉里假寐。这只猫一定是发现了塔留下的气味。

我没有放塔出去，担心它追随对方跑远，一去不回。

隔了一天，深夜时分，塔又呜呜低吼。那只猫蹲坐在主卧室外面的窗台上，依旧柔声细气地对着塔叫。先生拉开外层的窗子，那猫当即闪身进来，扑向塔。塔惊骇跳起，高度几达窗顶。只不过两秒钟，第一个回合宣告结束，塔把两只前爪按在里层的窗玻璃上，眼神惊恐，像极了被追杀到绝境上的一个人，正拍打向一扇救命的门。我赶紧拉开窗子，塔走进来，神情落寞，心事重重。铝材窗夹层的瓷砖上散落一片猫毛，塔的身上也挂着几缕，十分狼狈。

这一次，我们看清了那只猫的长相。是只白猫，头部和脊背上方有很浅的黄。

我很疑惑：难道母猫的爱情开端，先要考量一番对方的实力？难道猫和人类一样，需要雄性的一方有所尽责？或者是，仅仅基于遗传方面的考虑？

自此白猫几乎每天都来，有时出现在南窗，有时出现在后园。每次塔都如临大敌，怒火万丈。

直到有一天，真相终于大白：白猫居然是一只男猫！

我忽然想到，这就是不久以前，在塔的项圈上留下齿印的那只猫。

那天我开窗喂点点，见一只猫正斜斜穿过后园。五月阳光灿烂，万物欣然生长，世界安恬而美好。那只猫径直走到窗前的银杏树下，并没有向我们这边看。塔本来一直蹲坐在窗台上看风景，此时突然冲出，我来不及阻止，塔已跳到地上，尾随在那只猫的身后。

我很惊讶。那只猫看上去十分平常，难道这就是喵星人的一见钟情？

我探出身去察看动静，见两只猫停在不远处的一个拐角。那猫已转过身来面对塔，但它们谁也不看对方。一种奇怪的对峙。

我把给点点拌饭的碗筷送回厨房，又回到窗前察看。塔已经在转身往回走，那只猫若无其事地跟在它身后。突然之间，那猫一跃而起，猛地把塔扑倒在地。塔挣扎着爬起来，跑回我家窗下，那猫并不追赶。但塔看上去余悸未消。我喊塔："快回来呀！"塔跳上窗台，径直走回客厅，颓然倒在地板上。

我想塔还是太年轻了，一点儿实战经验也没有。而对方就老练多了。战事诡谲，偷袭也叫"奇袭"，合乎兵法。

那天晚上，我解下塔的项圈，发现上面有一个深深的齿印，险些穿透足有二三毫米厚的结实塑胶。那两天，塔的情绪极坏，神经质且郁郁寡欢。喉咙里动辄呼噜作响，像发怒又像哭泣。我再开后窗让塔出去玩，塔在防盗窗的栏杆里面转一圈，再也不下去了。

我明白了，经过这一战，塔失去了它的后园领土，这个挫败十分严重。

而白猫则自此发现了这个潜在的对手，时隔多日，它开始每天前来挑衅。它柔媚的叫声若翻译成中国汉语，应该是：

"手下败将，速速滚远，此地乃本尊的地盘！"

难怪塔暴怒成那样子。

我觉得白猫有点欺猫太甚。它再来时，我试图以中立国的身份出面调解。我的意见是，后园是它的属地，塔也严格遵循这项国际守则；而南窗下是我家的菜园，它没有资格强迫塔出让这块散步场地。

大抵白猫认为，作为中立方，我的立场颇有偏私嫌疑。它坚持每天邀战。

就在两只猫之间的又一场恶战爆发之前，我妹妹沙琳回来了。

作为爱猫人士，沙琳的资历比我深多了。早在小学时期，沙琳就坚定地向父母要求养一只自己的猫。如今在香港寸土寸金的公寓里，沙琳养了三只猫。

沙琳到达的这天晚上，白猫又来挑战。在两只猫长腔短调的骂阵声中，我把这一番领土之争向沙琳作了简要介绍。沙琳开始对白猫好言相劝。两天后，沙琳好话说尽，白猫照来不误，并隔着纱窗对塔发动进攻。纱窗当即破了一个洞。沙琳果断地递给我一只长柄雨伞，我拉开窗子，轻轻打了一下白猫的背，正式宣布由中立国转为敌对国。但是白猫毫不畏惧，十几分钟后，它转战到南窗。我气得拿了手电出去，白猫见我动怒，跑开了。

这天白猫又跳上北窗挑衅。我手持雨伞，刚拉开窗户，塔刷地从我手臂下钻出去，跳到地上。两只猫登时厮打在一起，然后瞬间踪影全无。

此时已是晚间九点多钟，后园里漆黑一片。我用手电四处探照，呼唤塔快点儿回来。过了半晌，塔仍杳无音讯。我五内如焚，出门绕到工程公司的后园门前，门锁着。我又去敲公司的正门，足足十几分钟，传达室里面明明亮着灯，但是始终没有人出来应门。沙琳让我替她抱着女儿，她准备翻墙跳进去。经过的路人看不下去，开始帮我们打电话给114，查询市政工程公司传达室电话，结果却是个系统电话，打不通。

回到家中，塔却正蹲在北窗下。

我放心了，塔还活着，看上去也无大恙。但一个小时过去，塔仍蹲在那里，不肯回家。

沙琳说，塔正守着它的地盘呢。不管怎么说，到这一步，塔算是赢了。

先生也过来察看再三，他的看法比较悲观。我当即反对。塔已经不是半年前的塔了，这点儿高度它完全可以来去自如。

转眼到了午夜，塔开始在窗下面走来走去，并出声向我求援。我这才相信先生的猜测是对的：由于我们无从得知的原因，塔无法再跳回窗台上。

我开始试图营救塔。把平时购物背的大包用绳子顺下去，结果失手把包掉到地上。塔似乎明白了我的想法，走过来在购物袋上打转。我想还是放个纸箱下去，塔只要站到纸箱上，我就可以拉它上来。没有空纸箱，我拆开一箱饮料的塑封，把里面的易拉罐一股脑儿地倒出来，然后用胶带把纸箱开口封上。这时沙琳喊："塔上来了！"

我冲回窗前，塔真的跳上了窗台的一角，正在努力平衡身体，向我们这边小心挪移。我探身一把抓住塔的前肢，另一只手把它托起来，搂在怀里。这只从小就不喜欢被人抱着的猫，此刻乖乖地偎在我的胸前。

猝不及防，我的眼泪直掉下来。

塔的右腿膝盖内侧受了伤，无法用力。大抵是我坚持不懈的努力鼓励了它，它再次爆发出惊人的潜力。

彼时已近凌晨两点。持续数小时的营救活动，让蚊子们趁机涌入屋中。我一夜噩梦。

塔跛着腿在家里待了一个星期。每天我都要对它解释不许它外出的原因。而白猫仍旧每天前来，塔仍旧焦躁怒吼，我和沙琳仍旧劝说加恫吓。除此之外，我们还有什么办法？这是猫族的战争，两只猫都只不过遵从它们的本性。作为人类，我们插手其间已是不对。

塔伤愈之后，又和白猫动了一次手。这一场，似乎未分胜负。

这天晚上塔又对着窗外怒吼，我拿着手电出去，眼前阴影一闪，一只猫跳下窗台，从我身前掠过。竟是一只黑灰相间的狸花猫。我以为我看花了眼，用手电追过去照，却见白猫气定神闲地蹲坐在旁边的台阶上，神态里满是"此事与我无关"的坦然。

塔长大了。它的对手，正一个个找上门来。

这是猫的江湖，其深浅我们一无所知。它们誓死攻守的国土或城池，在我们看来，并没有太大的意义。

但所谓意义，从来也只在当事者的心里。

从广义到狭义，世界无非如此。

麻雀在南，黄猫在北

鼠辈

去年春天，我就发现菜园里有一个鼠洞，洞口紧挨着那棵桃树根。

这棵桃树是自己长出来的。但是几年后，它结出了果子，一下子泄露了秘密。家人觉得自己受到了愚弄，又嫌它遮挡了光线，而每年的端午节却只有一次。这样综合起来一考量，也就毫不犹豫地把它锯掉了。

一棵没有好果子给人吃的毛桃树，确实难以得到原谅。

留下来的一小截树桩紧挨着两垄韭菜，要把树根挖出来因此很麻烦，于是索性留在了那儿。这些根须不再生长，但想来，仍牢牢支撑起地下的房间。想到这一点的时候，我突然觉得……嗯，我的智商，其实一直很有限。

这座地下住宅最早的开发者和建设者，可能是一只刚刚成年的老鼠。脱离了原来的家庭，它还没有彻底掌握独立谋生的本领。有几次，这只少年老鼠大约饿极了，大白天里也跑出来找吃的。那时候是在冬天，养鸽子的邻居送了我家一些鸽粪，就摊在菜园里沤肥。鸽粪中间没消化干净的玉米粒，引来了一群麻雀。每次这只老鼠一来，麻雀们就不得不飞到旁边的香椿树上，拧着头向下看，神态间很有些气愤。

到了春天，少年老鼠不复在白天里出现，换成了一只小小的幼年老鼠，体型也就比麻雀大上那么一点点儿。我家那只叫塔塔的猫第一次看见它，紧张地弓起脊背，好像见到了外星人。

没过多久，我就对这只小老鼠有了意见。我在菜园里种下的几窠南瓜籽，隔天去看，感觉那几处泥土有些异样。为了证明自己只是犯了疑心病，我耐心地等了一周，这才确信南瓜籽真的被小老鼠偷吃了，于是重新补种，并在周围撒了些米粒作为障眼法。但是补种的南瓜籽仍未能逃过噩运。没办法，我只好把瓜籽种进阳台的花盆里，等它们长到两寸高，这才逐一移植到菜园。经过这一番折腾，南瓜们错过了节气，直到仲秋，才勉强结出了两三颗果实。我试探着切开其中的一个，里面的籽都是瘪的。这未熟的南瓜没法吃，扔掉又舍不得。两难之间，我觉得这些鼠辈也着实可恶。

今年春天，我决定不再种南瓜，黄瓜和冬瓜秧苗也是从花鸟鱼市场买来的。第二天，我想起徐畅，于是又买了两棵葫芦秧。

我的小姑子徐畅小我一个月，也是属鼠的。我出生在盛夏，她生在初秋。按照相书上的说法，我和她都有个衣食无忧的好命。但徐畅是个虔诚的佛教徒，常年食素，炒菜时甚至不放蒜和葱，只用姜丝作为调味品。她说葫芦可以吸走秽气，我就在卫生间门上悬了一只小葫芦。她说抄写经书可以消灾祈福，我就耐了性子抄写一本金刚经。

几个月前，徐畅去健身会馆练瑜珈，途中遇到三只老鼠——它们被捕鼠胶黏住，弃在路旁等死。其中的一只整个身体的下半部均被黏牢，一片血肉模糊，眼见是活不成了。另一只一见徐畅走近，恐惧至极，拼命挣扎，结果被黏得更紧。第三只老鼠倒是显得十分镇定。徐畅在附近找到了一根小木棍，开始帮这只老鼠一点点疏通被黏住的四爪和尾巴。一定很痛，但老鼠表现出非同寻常的灵性，默契配合徐畅的救援行动。徐畅疏开了一只爪子，在爪下垫以硬纸，老鼠就开始打理那只爪子上残余的黏液。这一场救援大约花了二十多分钟，获救后老鼠看了看徐畅，转身迅速消失在夜色之中。

但是徐畅负责打理的婚纱店里也有一只老鼠。婚纱是从上海和广州进的，价格昂贵。可徐畅坚称这只老鼠没有破坏行为，把家人买来的鼠胶鼠药鼠夹全部扔进了外面的垃圾桶。这只老鼠也果如徐畅所言，不曾损坏店里的哪一样东西。按照惯例，徐畅的婚纱店也终年在茶几上摆放喜糖和水果，而这只古怪的老鼠，只吃徐畅她们吃剩的果核。再后来，大约确信自己处境安全，没有客人的时候，它就大摇大摆地出来散步。徐畅说，这只老鼠应该很老了，胡须乱七八糟的，下嘴唇那儿还有一块白癜风。

徐畅这人和我差不多，一向没有什么花草缘。她在店里养的一盆铜钱草，长来长去，始终只有零星三四只叶片。

但旁边的那家婚纱店，养的一盆吊兰葳蕤无比。下雨的时候，年轻的店主把她的美丽吊兰搬到外面迎接甘霖，徐畅也赶紧把她的铜钱草摆出去，和人家的吊兰并列在一起。年轻店主过来找徐畅聊天，围绕着两盆花草，用稀里哗啦的东北话把徐畅好一顿打趣。隔了一天，年轻店主又来找徐畅，商量灭鼠的事。徐畅拒绝了，说她店里的老鼠不需要捉。年轻店主说，徐姐，你还真有病啊你。

又隔了一天，徐畅告诉我，那家店里的几只老鼠被黏鼠胶黏住，其状惨烈。这也是意料中事。接下来徐畅说，奇怪的是那盆茂盛的吊兰，一夜之间，莫名其妙的，只剩下了两枚叶子。

麻雀在南，黄猫在北

那天，看见塔塔弓背缩颈，藏在窗台上的那盆君子兰后面，显得异常激动。

我好奇，顺着它的视线往外看。在窗前菜园里刨食吃的十几只麻雀倏地从地上跳起来，飞走了。

塔塔斜睨我一眼，表情怅然。

菜园的一角堆着用以积肥的鸽子粪。去年夏天，我外出回来，被自天而降的一小坨鸽粪准确命中，尚未消化干净的半粒花生米敲得我肩骨生疼。想来麻雀寻觅的，就是这些花生和玉米残骸。深冬食物短缺，麻雀们也实在顾不了许多。在赫塔·米勒的《呼吸秋千》里，被饥饿驱赶的人类可以吃下一切可供果腹之物。何况麻雀。

渐渐发现，麻雀们的就餐时间很有规律，多数是在正午，有时下午也会来上一次，数量从三五只到二十只不等。下午四点钟以后，麻雀们踪影不见——难道它们不吃晚饭？

在北中国，冬日的严酷对所有生灵均构成考验。而城市，城市看起来如此丰饶，暗地里藏起不为人知的饥寒。那天傍晚，我出去扔垃圾，见一个人打着手电，正在垃圾桶里翻找东西。见有人过来，这个性别不明的人马上关了手电，留下一个模糊的影子僵在那儿。我把手中的袋子放在垃圾桶旁边，然后快速离开。袋子里是一些用不上的药品和保暖裤之类。第二天清早，我经过那儿，那只袋子已经不见。

我对麻雀们心生恻隐。这天收拾厨房，才发现家里竟然存了这么多杂粮，有的已经生了米虫，正好可以用作麻雀们的食物——趁着天黑，我把半斤小米撒到园子里。

我发现塔其实听得懂一些复杂的人类语言。比如我说："麻雀来了！"它就奔往南窗。我说："小伙伴们！"它当即跳上北窗观看。

北窗外是市政工程公司的后院。在寸土寸金的商业区，如此广阔的庭院相当罕见。靠北的那一侧已经开辟成菜园——这家公司拥有自己的食堂。而食堂里剩下的饭菜，有一搭没一搭的，养活了几只猫。

是四只黄色花纹的猫，尚未真正成年。按最早看到它们的时间推算，应该是和塔差不多年纪，但身形明显小了一圈。也和塔一样，它们是土猫。若比较眉眼，塔其实还要稍逊。而一只猫的命运也类似于人的命运：塔所有的优势仅仅在于，它有一个还算负责的前主人。

有时当着塔的面，我把它的猫粮分给后园的猫们吃，塔也并不反对。它把头探出去看人家吃东西，久久地，一动不动。在北中国的严冬，室内外温差达到三十几度，塔一定知道，它没有足够的装备去追寻自由。

两个月过去，天气开始转暖，塔与后园的伙伴们始终没有建立起深厚的友情，但和前窗的麻雀似已达成默契。当麻雀们不慌不忙地享用它们的午餐，塔就卧在敞开的窗前静默旁观。我猜，麻雀们早已看出，这只养尊处优的胖猫对它们的威胁相当有限。但麻雀们可能不知道，仅仅十几米外，几只掠食者正四处游荡，爪牙锐利，身手矫健。而几十米高的大楼宛如天堑，在整个白昼，可供绕行的大街则遍布凶险。黄猫们可能在深夜外出捕猎，而彼时麻雀早已安然就寝。

上帝的慈悲并不是拿走所有的凶险。而是，危机可能近在咫尺，但掠食者与它们的猎物，却可以避而不见。

像黄瓜一样

一连两天都在下雨，加上还有个稿子要赶，也就没去菜园。

这天正在查资料，瞥见先生的头在窗外一闪。一分钟后，他出现在我的书房门前，将手里的黄瓜得意地晃一晃："看！"

我丢下书直跳起来，紧追在他的身后："怎么摘了啊，我还要留着拍照呢！我还要留着拍照呢！"

追到厨房的水池边上，他已经三两下把黄瓜洗好了，"咔"一下从中间掰成两半。"嗯，太好吃了！"

确实好吃极了，和菜场上买来的黄瓜完全两样。

这是我家菜园里今年产出的第一根黄瓜。真是可惜，本来我连准备发微信朋友圈的那几句台词，都已经拟好了的。

我打腹稿的那一天，它还只有十厘米。

这些话，还没说出来就只能咽回去了，在肚子里慢慢消化。

就像这半根黄瓜一样。

我这人天生嘴笨。以前与两位伶牙俐齿的女同胞共事，也没能把人家的优势学来一星半点儿。相反的，偶尔有个练兵的机会，我的反应总是慢上那么一拍。等我想出来应对之词，那些话头早就在世界上消失了。

但是它们的影子还在。这些没头没尾的汉字纠缠在一起，像一团鲠在喉咙深处的乱麻，吐不出来，又咽不下去。

一位关心我的朋友希望可以帮到我。只不过，他认为最好的帮助就是劝说我修正自己。至于种种内情，既微妙到一言难尽，他也无意于真正地了解。

后来我离开了那家单位，换得云淡风轻。转眼过了两年，这个朋友忽然想起我来，托一位共同的朋友约我喝茶。彼此间见了面，我才发现当年那些想说又没说的话，像经过了三泡四泡的茶，说不说，都没有什么意思了。

而所谓朋友，大抵就是在恰好的时候，能一吐胸中块垒的那个人吧。

偶然看到车前子的一篇文章，说到"元四家"和"明四家"，他认为沈周的画成就最高，至于唐寅、文徵明和仇英，基本是在同一个层次上。

我当即就要反对：不是吧，唐寅还是比仇英好一点儿吧？

但是接下来车前子又说，文徵明号称"明朝第一"的小楷，其实写得很匠气；唐寅的书法则有市井气。

又不禁服气地想：就是这样的啊！只是别人都不好意思说出来而已。

我家的客厅里，其实就挂着这样一幅很匠气的小楷作品，长长的一篇《滕王阁序》。当然不是文徵明的，但功力和漂亮的程度倒也相差无几。好多年了，我一次次踩在沙发坐垫上，凝神注视着那些精美的、简直不像是一个人用手书写出来的繁体汉字……直到有一天，我忽然想到：难道它们不是另外的一种印刷品？一个人的手指经过千锤百炼，会不会，真的变成了一部印刷机器？

有的书法匠气。有的画匠气。有的文章也匠气。

有时候，心思用得不够，就匠气。

有时候，力气下得太深，也匠气。

这样一想，走艺术这条路，难免容易让人丧气。

但是，谁谁谁的文章是匠气呢？想到了，往往，也不能说。

有一个男人，他生活的时代，我们称作"明朝"。一直到成年，他生活的内容，都只忙于读书和交际。但是就在他二十五岁的这一年，作为全家经济支柱的父亲去世了。之后的一个月，他的妻子死于产后风之类的病症。随后，那个刚出生不久的婴儿——也是他此生唯一的儿子，也随着那年轻的母亲去了。

此时，这男子的母亲也在生病。因为父亲的卧病和治丧，他的妹妹已经错过了那个时代女子的最佳婚龄。不知是试图"冲喜"，还是为了完成父亲的遗愿，他在匆忙间将妹妹嫁了出去。结果没多久，母亲去世，接下来妹夫家传来噩耗：他那作为新嫁娘的妹妹，自杀而死。

这个男人，一下子垮掉了。

他开始提笔写一篇《祭妹文》，写得七颠八倒，一点儿也不像他平时的文风。而在此之前，他已经为别人写过好几篇墓志铭，每一篇都文采飞扬，获得称誉无数。

后世的人因而读不懂他的这篇祭文。除了用词古怪，很多话他只说了一半，就突然转变话题。然后，又一番话说到一半，硬生生折断，不知所终。

想来，人在最悲痛无望的时候，就会是这个样子。在愤怒时，也会是。而如果，如果是针对自己的无能为力而腾起的愤怒，就更加，会。

这个男人，就是作为苏州人的车前子，不太喜欢的那位同乡画家。

他的名字，叫：唐寅。

痛

这一天，巡视自己的小园。

虽然满打满算也不过十个平方，但眼见得这么多植物——蔷薇啊，葡萄啊，还有黄瓜、西红柿、草莓，以及芫荽和苦苣——在身前身后长得一派妖娆，心情实在是好得不能再好。我想我或许真的可以搬到乡下去，做一个悠闲而快乐的农夫。头顶上的好太阳让我不情愿回去面对干巴巴的电脑，于是转到园子边上去看那两棵枣树。

不知是什么缘故，靠南边的这棵枣树从一开始就长得比另一棵瘦小，主干倾斜，枝条也旁逸斜出。幸亏我的老爹有办法。去年春天，他过来搭建葡萄架，让我找来几根麻绳，随手在枣树和葡萄架之间一绕一系，矫正工作就宣告完成。

因为每根树枝的情形不一样，老爹的捆绑手法也各有不同，有的只是松松一绾，有的则系成了死结。我试着解开一根麻绳，发现矫正工作效果极好，枝条已经定型。随后我发现，系在树干分叉处的那一节麻绳，因为绕了一圈又系成了死结，麻绳的纤维已经深深地嵌入了枣树的表皮，与这一年新生的木质层紧紧长在了一起——这棵树，它的脖颈上将永远勒着这一圈绳子，带着伤口两侧鼓胀的疤痕，挣扎着一路活下去。

我一时呆在了那里。

那种痛，就像，一条紧紧勒在皮肉间的异物，已经长进了我的身体里。

就是在这一瞬，我突然想起年少的时候，有一次到一位住在市郊的朋友家里去。朋友的母亲与我聊天，说起他家院子里的那只小黑狗，是很小的时候从别人家里抱来的，就一直拴在那儿。小黑狗长得飞快，而他们母子又过于忙碌，等到他们发现的时候，系在小黑狗脖子上的布条，已经深深勒进了它的皮肉深处，周围的肉都翻卷出来，一片血肉模糊。而小黑狗，竟然，就那样一天一天地忍受着，默默地活下来了。

那一刻，我也是这样，如遭电击。

那位朋友后来出国谋生，已经有七八年不曾有他的消息。我想我几乎要忘记他了。但是那条勒进小黑狗脖颈深处的布条，仍不时地闪现在我的记忆里。以致每次想到父母家里的那两条小狗，我都要忍不住想马上飞跑回去，察看它们脖子上的项圈。

婆婆家里也养了两只博美犬，倒是不拴的。有一天，我发现其中那只名叫嘟嘟的，总是不停地舔自己的一只前爪，连续几天都是如此。我抬起那只前爪，这才发现，它的趾甲因为长期未曾修剪，竟然长得弯折过来，其中的一只趾甲，一直一直，长进了脚掌的皮肉里！

那种疼，那随时可能出现的、不声不响的痛！我不寒而栗。

后来我去南方，主办方安排我们参观景点。在一座气势恢宏的玻璃温室里，我们见到许许多多的奇花异草，居然还有一大群鹦鹉。两只体型巨大的蓝鹦鹉并立在高高的小提琴雕塑上，美丽得让人眩晕。旁边一排排单杠上，立着一些体型稍小的艳丽鹦鹉，足有数十只之多。在惊叹着拍下多张照片后，我发现几只空着的单杠上面，那些奇怪的钢铁装置……猛然间，我明白了：正是这些装置，将鹦鹉们的双足紧紧固定在铁杠之上，每时每刻，鹦鹉们被凝固在那里，无法移动一毫米！

那一刻，大水般席卷而来的羞耻和悲凉，让我呆立在当场。

而那些空下来的钢铁单杠，是鹦鹉们以放弃生命为代价，才得以逃离的刑具？

那么多不为人知的疼痛啊，那么多无言以对的悲伤。

后来就读到高尔泰先生的《寻找家园》，读到他们几个"牛鬼蛇神"被送到荒山中开垦荒地，因为粮食不够吃，他们想方设法在山坳里设下了捕兽的夹子。一只黄羊被铁夹夹住后，硬生生挣断一只腿逃走了。高尔泰与另一个人沿着血迹追出很远，终于抓到了这只黄羊，把它的腿——包括那条断了的腿——绑起来穿在杠子上，准备抬回去。一路上，黄羊发出悲惨痛苦的哀鸣，高尔泰放下杠子，希望可以把羊杀死再走。但同行的人反对。因为气候严寒，黄羊死后会迅速冻硬，不仅影响口感，还会凭空损失一张羊皮。高尔泰气得不知如何是好："它痛得很呢！"

这一刻，我的眼泪簌簌而下。

为那只疼痛的羊，也为——我们自己。

7

女友的短发很好看，我说我也要剪成这样子。美发师向我打量两眼，果断预言："你不适合！"

我也觉得多半不适合。但是为什么呢？明明我和女友的气质很有几分神似的呀。

被这件古怪的事情困扰了许多年。

答案是自己突然跳出来的：用尺子量一下从耳垂到下巴之间的垂直距离，如果小于 2.25 英寸——约等于 5.7 厘米，说明脸型偏短，适宜短发；而如果大于这个数字，则为长脸，适合留长发。

原来竟是这样简单。

就像那个著名的 pH 值：小于 7，酸性；大于 7，碱性。

数字比舌头管用，并且，安全。

如果人类可以再无趣一点儿，数字真的可以用来统治这个星球吧。

受某杂志之约写一篇文章，主角是芦苇。

说到芦苇，最文艺也最省力的滥觞当然要从《诗经》开始："蒹葭苍苍，白露为霜……"我也不打算例外。

稿子交上去，编辑很客气地告诉我，这首诗里的"蒹葭"，其实并非现代汉语词典中所指称的"芦苇的嫩芽"，而是两种不同的植物。"蒹"是荻，"葭"是芦苇。芦苇和荻虽然外表相似，但在植物学范畴，它们同属禾本科中不同的属——芦苇是芦苇属，而荻，则是芒属。芦和荻虽然外表差不多，但清代植物学家吴其濬指出，它们有着实心和空心的重大区别："强脆而心实者为荻，柔纤而中虚者为苇。"

看了编辑发来的漫长注释，我不由得肃然起敬。

而吴其濬同时还指出芦和荻生长区域的不同：以长江为界，江南多生荻，江北多生苇。

我的大脑屏幕上现出一条九曲回肠的大江……此时，它就是那个"7"。

类似的混淆还有菠萝和凤梨。

一直以为凤梨不过是菠萝的雅称，就像"二虎子"和"王大明"，就像"韩朝宗"和"韩荆州"，就像"失业"和"待就业"，属于中国汉字只可意会的那一部分。

其实不。

菠萝是指果肉里有"内刺"的，需要用特制的钳子一个一个抠出来。而凤梨不需要这么麻烦。凤梨的刺很浅，切掉果皮，直接就可以吃。或者就像吃西瓜那样，连皮带肉切成一瓣一瓣，一口口啃着吃，也不用担心舌头会受伤。

多么像，两种表面相似的人生。

如果可以选择，谁会做一只凤梨，谁又最终成了菠萝？

但它们都是凤梨科、凤梨属。它们的区别主要归于商业范畴——菠萝是大众型水果，价格亲民；而凤梨，是小资和土豪的爱宠。

它们之间，也有一个毫不暧昧的"7"。

最后是关于猫和狗的。

当然早就知道猫古称为"狸"。但我从来没有想到，在古时，狗一度被视为狐类动物——有的狗类长得也确实与狐相像。但是狗狗们一直老实巴交；而猫，也就是曾经的"狸"，它们斑斓的皮毛生来就善于伪装和隐匿。在古老的民间故事里，常常是猫，幻化作人类的形象，然后混入人群中间，成为某人的密友或伴侣。狐也喜欢玩同样的把戏。身为兽族，它们好像自认为拥有与人类平等的权利，至少，从未放弃对平等的向往和追逐。

至于狗，人类称它们为"忠实的朋友"。而所谓"忠实"，说到底，是属于仆从的品质。如果说狐和狸喜欢营造幻境，那么狗更热衷于拆穿骗局。双方扮演的角色如此不同，狗因而从狐的队列里分离出来，成为人类的附庸。而狸却慢慢靠近狐的队列，并且终于，一起变成了"狐狸精"。

这是三个物种寻找自身归属的过程。

而伫立在它们中间的"7"，长着喜欢沉思并向下视物的头部，和单薄的、不堪一击的身体——也就是我们自己。

猫，以及女孩

闹钟响起来的时候，我正在做梦。我梦见我和我祖母在一起，几只猫于我们身前身后出入嬉戏。有一只黑灰相间的狸花猫，看身形大约一岁左右，正背对着我们蹲坐着；其他的，应该还有四只。其中两只是黄白相间的虎皮纹理；另外一只，是黑白斑块的；还有一只周身雪白。

我祖母捉住那只虎皮斑纹猫的后腿，给我看上面的几块脏迹。她说小猫太淘气了，不让洗澡。我想，祖母真的老了，她哪里摆弄得了这些顽皮的小东西？我告诉她别担心，我来洗。

这时我父亲走了过来，塞给我一块抹布，让我擦一下房间各处的灰尘。我心里惦记着要做一件别的什么事情，便随口谎称已经擦过了。但是我父亲当即拆穿了我的把戏，他并且拿起抹布做了几下示范，给我看那些转移到抹布上的尘土。我只好接过抹布，开始四处擦拭。

我母亲怀着她的第三个孩子的时候，轰轰烈烈的计划生育运动已经席卷乡村。作为从县城下放到公社的干部，我外祖父分管这项想必是无人肯接的烫手山芋。我性情方正的外祖父前来拜访我的祖父，希望借助我祖父一家之长的威望，说服我母亲打掉腹中的胎儿。我这位当过解放军又从朝鲜战场上立功归来的祖父，当时正担任郑屯村第一生产队的队长。他客客气气地把这个难题又还给了他的亲家。我祖父说：你这个当爹的都做不了主的事情，让我这做老公公的如何来开这个口？

因为娘家和婆家同在一个村，我母亲不得不时刻面对来自她父亲的威压。我母亲开始犹豫，不管怎么说，在这世上，她已经是个儿女双全的女人。但是，如果肚子里的也是一个男孩，打掉岂不可惜？那时候还没有普及 B 超之类未卜先知的现代科技，我母亲想来想去，决定前往三十里外的县城求助于算命先生。

六七个月大的胎儿已经成形，万一打下来是个男婴？……这种事情算命先生当然早就盘算得一清二楚。

听说自己即将拥有第二个儿子，我母亲大喜过望，当即塞给算命先生十元钱的巨额奖赏。

就这样，十元钱，买下了我妹妹的一条小命。

为逃避来自父亲的压力，我母亲跑到沈阳新民躲了两个月。那里有我母亲的外祖父母。无论我外祖父怎样强势，也不可能千里迢迢赶去岳父母家实施缉拿。他只好人前人后大骂我母亲忤逆不孝，就此鸣金收兵。

直到临产，我母亲才回到郑屯，生下我的妹妹。

那一年正值马年。也就是说，妹妹比我小了整整六岁。

这个侥幸来到人世的孩子，对自己的处境似乎早已深思熟虑。她既不像我在婴儿时期那样，自知受宠而整夜哭闹不休，也不像我弟弟那样活跃好动。她习惯沉默和忍受。像一只懂事乖觉的小猫，整日隐在角落里，不声不响。

我父亲那时已招工进城，我母亲留在村里，每天下地挣工分。从田里劳作回来，我母亲见我妹妹躺在炕梢，正抱着自己的一只脚，用力吸吮大脚趾。伸手一摸，尿布早已湿透，婴儿整个的小后背都浸在尿水里。

成年以后，我母亲数次提起这个情景，感叹我妹妹的懂事和乖巧。我便笑，假装没有看到妹妹瞬间变红的眼圈。

就连名字，我母亲也懒得再费心思。

很多人都以为"沙爽"是我的笔名，其实不。我一点儿也不喜欢这个名字。

因为从小学到初中都是同班同学，我父亲的智商让我母亲惊为天人，并因此心生爱慕。成年后两个人悄悄建立起恋爱关系，然后我母亲向家里宣布要嫁给我父亲。我外祖父惊闻此讯，勃然大怒："宁可垫圈，也不能给他们家！"

那时候，农村家家养猪。养猪是个又脏又累的活计，最脏最累的就是"起圈"和"垫圈"。猪圈里满是屎尿的脏土必须定期清理出来，再垫进新土。在我外祖父看来，这个满脑子革命思想的大女儿纯属鬼迷心窍。要知道，作为一穷二白的外来户，我祖父母只有我父亲一个独子；而在农村，家里没有更多的青壮劳动力，将来想翻身也几无可能。

我父亲鼓足勇气登门求亲。我外祖父更加暴怒，甩给他一记耳光作为答复。

但此时已进入 20 世纪 70 年代，身为堂堂国家干部，我外祖父无法阻止这场自由恋爱自主婚姻的时代洪流。所以我母亲仍旧光明正大地与我父亲扯回了结婚证，然后卷起铺盖搬进了老沙家低矮的门户。村里人一时议论纷纷：一向体面要强的老杨家，长女出嫁竟连酒席也没有请。

尽管曾经有过如此轰轰烈烈的爱情经历，在嫁给深爱的男人后，和大多数女人一样，我母亲在婚姻中开始了她的成长。她很快发现了我父亲的一个缺点：性子太慢，不爽快。在我出生后，眼见我的相貌与我父亲如此相像，我母亲顿时忧心忡忡。于是我得名：沙爽。

到我弟弟出生的时候，我母亲已经看出我父亲生性安于现状，缺乏男人应有的闯荡精神，于是我弟弟的名字便叫作：沙闯。

我母亲没有想到的是，这两个发音如此相近的名字出现在同一个家庭，会带来多少不必要的烦恼。不知底细的客人们往往一头雾水：为什么这家姐弟两个居然共用同一个名字？

到了我妹妹出生的这一年，我大舅终于如愿考进营口师专。虽然大舅入读的是数学系，但我母亲还是放心地把这个取名的重任委托给自己的弟弟。

我大舅花了几天时间，把一本新华字典从头翻到尾，最后选中一个"琳"字。我大舅的解题逻辑是：都说沙里淘金，"琳"是宝石之意；黄金有价，而宝石往往无价。沙子里的宝石，尤为这世上难得之珍宝。

沙琳。这个名字如此珠光闪耀，让我和弟弟的古怪名字顿时黯淡无光。

若干年后，沙琳定居香港。她的朋友们都必须另外再起一个英文名字，以便让公司和朋友圈里的老外们能够有效区分。只有沙琳不需要。Salin，Salin，再大舌头的老外也都叫得很流利。

到了沙琳满周岁的时候，我母亲的进城手续也已办成，她准备把我们姊弟三个暂时托付给婆婆，但是我祖母只同意接管我和弟弟。我祖母的意见是，小孙女刚满周岁，又值寒冬腊月，此时断奶，孩子很容易上火生病。再说了，农村里粗茶淡饭，母乳才是最好的营养品。要知道，我父亲吃奶一直吃到七岁；而我和弟弟，也吃到了两周岁……

我母亲去心似箭，哪里有耐心听我祖母的长篇教诲。她抱起襁褓中的小女儿，放到娘家的炕头上，次日即离开乡村奔赴梦想中的城市。

谁也没有想到，对这个他当年差一点就杀死的小小女婴，我外祖父会如此倾心照料，爱如至宝。

1980 年，外祖父调回盖县总工会任职，随即举家迁离郑屯。因为我外祖父母都是沈阳人，沙琳从小便操一口纯正的沈阳腔，让外祖父听得心花怒放。小时候的沙琳剪齐眉短发，五六岁已经把旗袍穿得有模有样。我外祖母忙的时候，外祖父便主动带个小尾巴上班，并以此为荣耀。沙琳把两只手背在身后，一脸严肃地在办公室里踱来踱去，是总工会里年纪最小的大干部。

因为生日小，直到八岁，沙琳才来到营口上学。一到放寒暑假的日子，作为接驾钦差，三个舅舅中的某一位必会准时赶到，迎接沙琳班师回朝。

沙琳四岁那一年，大舅妈生下女儿杨帆。眼见公婆并无伸手代劳的意思，舅妈便将女儿送去托儿所。暑假里的一天中午，沙琳照例要午睡。午睡是从小跟着外祖父母长大的沙琳独有的习惯，其他几个孩子仍旧在房间里互相追逐打闹。沙琳喝令几个孩子中年纪最大的杨帆："出去玩，把门关上！"杨帆置若罔闻，只管在屋中四下疯跑。沙琳说完第二遍，翻身下地，啪啪两个耳光。杨帆愣住一分钟，随即打滚哭喊。大舅妈要求我外祖父对沙琳严加惩戒。外祖父唤过沙琳，当着儿媳的面批判数句。舅妈见状越发生气。那一年杨帆六岁，沙琳九岁。六岁的杨帆自此见了我们一家，皆目为路人，如此状态持续了整整十年。

我外祖父母爱干净，近乎洁癖。这样爱干净的人当然不可能养猫。所以沙琳爱猫的天性只有一种可能，便是从我祖母这里继承而来。事实是：我父亲，连同我和沙闯沙琳三个人，都爱猫。

读初中的时候，沙琳自作主张从同学家抱回一只小奶猫，黑身白肚白爪。仿照大舅当年取名的办法，沙琳遍翻字典，终于给小猫找到一个她认为很酷的名字：澳。音同"撞"，寒冷之意。这只小猫果然四脚拌蒜，撞东撞西。后来它长成一只大猫，每天半夜回家，径直钻进沙琳的被窝。如果我和沙琳同睡在一床被子里，这只猫也只贴在沙琳的那一侧。有的夜里，它在沙琳的脸上舔舐并轻咬，以此表达爱意。直到沙琳迷迷糊糊地醒来，伸手将它揽进怀里。而我的头就在距离他们不足十厘米的地方，沉沉酣睡。

沙琳到香港后开始养猫，通常的数目是三只，年纪不等，均为名品，各有其不知所云的古怪名字。

三十三岁，沙琳生下她的第一个孩子，女儿郑懿爽，英文名 Vanessa。真是奇怪，难道沙琳更偏爱我的名字？

郑懿爽刚刚满月，也像许多新生儿那样患上黄疸病，但久治不愈。医生调阅沙琳的生育档案，这才发现，在血型"B"的后下方，有一条短促的尾巴，一个不易察觉的"-"号。

——是传说中的"熊猫血"！

医生告诉沙琳，由于母女血型相悖，沙琳在怀孕期内身体自然分泌排异因子，对胎儿的免疫系统造成破坏。医生并且警告沙琳：最好不要尝试生育第二胎，会有生命危险。

我母亲是 O 型血，我父亲是 AB。这就意味着，他们孕育出的孩子，既有可能是 A，也有可能是 B。作为生命中最早出现的一项单项选择题，我和弟弟不约而同地选择了"B"。所以沙琳早就认为她一定也会是"B"——果然。问题是，后面的"-"号究竟从何而来？

我二姨的女儿郑雪也定居香港。她打电话问她母亲："琳姐是我大姨抱养的吧？"我二姨认为听到了天方夜谭："你大姨有儿有女，为什么要抱养别人的孩子？""我是说……"雪表妹吞吞吐吐地说，"我大姨和别人生的呢"？

听了我母亲的转述，我父亲登时忍俊不禁。

和天底下的大多数女儿一样，我和沙琳携带着如此鲜明的来自父系的基因……这凭空多出来的"-"号，只能是，生命丢给我们的一团大谜。

我第一次见到郑懿爽，她刚满九个月。一看便知是那种被呵护得极好的孩子，皮肤是不可思议的粉白细腻，齐眉短发乌黑油亮。瓜子脸则是她父亲的缩小版本，活脱脱的一个洋娃娃。吃完米粉，沙琳用枕头圈在郑懿爽周围，她就在这个小小的包围圈里，身体向上一蹿一蹿，自得其乐地嗯嗯啊啊。见我们几个大人自顾吃饭说笑，把她忘在一边，郑懿爽尖声大叫，以吸引注意。

沙琳把手机里的宝贝猫照片翻给我和老祖母看。两只缅因猫，一只苏格兰短毛。最大的那个是沙琳的儿子，今年七岁。那么另外的两只呢？我没问。

按照我祖母的吩咐，我事先准备了一大绺绕成环形的"长命线"，顶端系着一只红包，里面装着我祖母省吃俭用攒下的五千块钱。我的老祖母郑重地把它挂在曾外孙女的胸前。

此时祖母已经八十五岁，身体大不如前，眼睛也生了白内障。她最担心的是自己会在死掉前变成瞎子。她不再养猫。当一个人几乎连自己也照顾不了，养猫是奢侈的。

沙琳一家再次回到营口，已是一年之后。时值清明，我祖母的骨灰即将运往郑屯，合葬进我祖父的坟茔。遵从老祖母的心愿，沙琳在祖母病重期间赶回照料，在病情稍微好转后飞回香港。我们哪里知道，祖母的"好转"只不过是见到远方的小孙女心情大好后的回光返照。农历腊月二十六，离除夕夜只余三天，我祖母在睡梦中撒手人寰。

相别只有一年，但郑懿爽已经不认识我了。我摸摸她以示友好，她把自己更紧地缩进沙琳的怀里，哭了。

每天我去宾馆探望他们一家三口。郑懿爽开始不怕我了，牵着我的一根手指在宾馆大厅蹒跚学步，引诱得那些漂亮的迎宾员们一个个爱慕到不行。但如果我拍拍手，然后摊开，说："宝贝，抱抱！"郑懿爽会尽可能把她手边可以够到的东西放进我的手中。钱。化妆品。草莓。纸巾。偶尔她说几句粤语，由沙琳负责为我翻译。有时她咕哝出一长串词汇，她父母皆不知其意，我疑心那是跟家里的菲律宾女佣学来的。在这样一个复杂的话语环境里，学习中文普通话似乎既无可能又不合时宜。我和我母亲围在郑懿爽的左右，发愁地互相看看。这可怎么办呢？这个与我们血肉相连又无法通话的小人儿。

在我祖母去世后，我养了一只猫。如果有人问起，我会矜持地回答："中华短毛家猫。"懂的人会"哦"上一声："土猫啊。"便有人介绍他的猫给我，有聪明温顺的美国短毛，有柔媚可人的慵懒加菲。我不可避免地各种动心。但一想到家里那只名叫伊斯塔的猫，我马上收束心神铁下心肠。什么名猫我都不需要，我只要我的小土猫独享宠爱，快乐终老。

伊斯塔在一个月大的时候来到我家，那时它的眼睛像一对深绿色的翡翠。它常常望着我，若有所思。就好像，我祖母临去世前的那段时间，无限眷恋地凝视我一样。我想起人世间各种奇异的缘分，想起有个爱猫的女人说，她认定她最爱的那只猫是她死去的外公变的，因为放心不下，他变成一只猫赶回来陪伴她。有一天，我对着一米远外的伊斯塔低语："如果你身上有我奶奶的灵魂，就到我怀里来吧。"说完这一句，我没有做出任何手势，安静地等着。

当时伊斯塔正准备入睡。听到我说话，它睡眼惺忪地向我看一看，合上眼皮，它睡了。

我吐出一口气。

但是那个梦中的女孩，她到底是谁？我从来没有见过她。她只是，一个在现实中完全不可能现身的孩子。完全偶然地，她拥有一头乌黑油亮的，和我当年的妹妹以及她的女儿一模一样的齐眉短发。

左手

自从搬到一楼，家里那只叫塔的公猫就陷入了一场没完没了的混乱。偶尔它到南窗前的菜园里玩儿，在那蓬茂密的薄荷丛里一待就是小半天。它留在菜园中的气味引起了另一只猫的注意，很快对方就找上门来。

那是一只白肚白爪脊背浅黄的公猫，面相柔美，打起架来出手却既准且狠。在经过若干场作为热身的骂战之后，塔和白猫展开了两三场实地激战。根据猫界战争通则，获胜的白猫统领了北窗外的广袤地盘，并进一步要求塔把南窗下的菜园也割让出来。在残酷的现实面前，娇生惯养的塔开始积累起战争经验，逐步掰平败局。而白猫毫不示弱，坚持每天到我家窗前挑战。眼见战事愈演愈烈，我烦了。尤其是，我发现塔的身上居然有了跳蚤。作为这场战争的副产品，来自敌军身上的跳蚤成了我面临的头号敌人。我想也许是时候了，该给塔做节育手术。但是站在塔的立场上考虑，这样的处置未免有失公允：如果只是为了终结战争，那么为什么不是那只上门挑衅的白猫，而是我的塔，来承担苦痛？

我不再允许塔外出，避免它与白猫做实质性接触。但是从此隔窗对骂，更让塔怒火万丈。这天两军按捺不住，隔着纱窗就动上了手，把窗纱撕破了一个窟窿。我不得不加入战团，手持一只长柄雨伞吓唬敌猫。但我的助阵并不能平息塔的恼怒。或许，塔对我的不满已经持续了将近一年的时间：我在北窗台外边给那只叫点点的流浪猫备下的猫粮，让塔的对手有了更丰富的粮草给养；而眼下点点做了白猫的女朋友，使得白猫的造访更为频繁并理由充足。

这天下午，白猫照例又跳到北窗台上打扫点点剩下的猫粮，塔照例又在窗内冲撞怒吼。发觉我走近窗前，白猫停止进食，心虚地向我看看。我心生不忍，决定抱塔离开。但我的手刚触到塔的前胸，塔已经勃然大怒，猛地把我的手按在爪下，狠狠咬了一口。

这已经不是我第一次被塔咬伤。我猜测塔的基因里有野猫的血统，再加上我平日里宠溺得过了分，以致塔的性格骄横成这样。伤口很疼，我用碘酒消了毒，涂上芦荟胶，然后把这只面目狰狞的手举到塔的眼前。塔看看我的脸色，小心地在我的手指上舔了舔。我杵着它的脑门训了它一顿，威胁它下次再敢这样拿我出气，就把它赶出家门。

第二天，整个手背开始肿胀。到了第三天，右手的五根手指已经无法弯曲，上下活动的范围不超过三十度角。万幸的是，吃饭时还勉强夹得住筷子。这等惨相偏巧被我妈过来看到，我妈怒指住跑过来向她卖萌的塔："这样的猫你还留着!"我说,这件事原是我不对,塔恨我敌我不分。我妈气结。

右手重伤,只剩下一只左手可用,我这才发现废掉的这只手有多么重要。洗脸的时候,毛巾无法拧干;打开面霜的盖子需要一番艰苦劳动;走路时如果右手下垂摆动则胀痛难忍,只得时刻端在胸前。更糟糕的是,只不过少了一只手,我竟然连给自己扎个马尾辫也做不到了,只得请老公帮忙。第二天,我想出了解决方案,改用横夹草草了事。总之,只不过少了一只手,但所有的事情都已经与往日不同。时间变得无从掌握,针织衫的袖子也变得过分窄小……塔留在我手上的两三个齿印,加起来也不过几平方毫米的平面,谁能想象到呢,它可以在我的生活中溃烂出如此巨大的一块!

我想起我的父亲和祖母——他们都是左撇子。谁说基因能够决定生物体呈现的一切?至少,这项原本可以成为家族标识的遗传到我就戛然而止:我们姐弟三个都是右撇子,连同我们生下的孩子,也是。但我见过同是右撇子的父母养育的多个右撇子子女中间,突兀地安插进一个左撇子——如果这是生而为人必做的一道单项选择题,那么是谁?代替刚出生的婴儿勾选出了 A 或 B?

由于数量稀少,他们更像是绵羊群里的一只山羊,一个容易混淆的异类……为了避免龃龉,吃饭时要与一个左撇子保持恰当的距离。除此之外,左撇子们面对的混乱秩序也让我感到好奇:既然连汉字的笔画都是为右撇子们专项设计,那么左撇子们，比如我的父亲，他竟然可以练出一笔好字？为什么他们进入校园，被训练成以右手执笔，却还要坚持左手持筷？如此冲突又和谐，吃饭写字两不误——难道上帝旨在安排左撇子们为人间示范，我们原可以做一个全能或勤奋的人？

但是，就算我天生是个左撇子，眼前的这场僵局仍然无法避免——在那样的时刻，面对一只十几斤重的、正在大发脾气的猫，我下意识伸出去的，注定是我两只手中最灵敏有力的那一个。也就是说，最重要的事物往往最易于受到毁损，这既是左撇子定律，也是右撇子法则。

相比于我备受打击的日常生活，受到影响最小的，反倒是写作。顺便说一句，小小的键盘同样呈现出右撇子主宰的世界。五指僵直，右手这边负责的键盘无法完成盲打，速度因此慢了许多。

用左手握住扫把扫地的时候，我想，像手和手臂这样相对简单的重要部件，人体难道不应该事先设置好备用品？为什么人类反倒不如螃蟹之流的节肢动物，肢体受到损伤后可以自行修复和再生？是否进化阶段愈是高级，器官的功能和构造愈趋复杂，自我再生也就进一步丧失了可能？或者是，仅仅出于优胜劣汰的考虑，漫长的人类进化史，一点点剔除了那些不够细致和谨慎的基因？鲁莽和愚笨者注定无法在原始状态下获得长久的生存，他们传承的基因也因此锐减。但是如果此说成立，为什么人类社会发展到今天，仍无法避免战争的威胁？

戴着胶皮手套，站在水池前艰难地刷碗的时候，我突然想起了那个男孩。

十二年前，我在省城参加一个培训班，学期长达三个月，中间还穿插着一个暑假。名义上这是个"新锐作家班"，规定学员必须三十岁以下；但到了开学，才知道三十只是个平均值，三十"+"和三十"-"差不多各占一半。作为促使这个平均值更拿得出手的砝码之一，那个80后小男生十分引人注意。那时候是夏天，他穿一件半袖格子衬衫，破洞五分牛仔裤，这身稀里哗啦的行头到了他身上，却显得出奇的气派干净。到了秋天，他身披长过膝盖的纯黑风衣，是那种低调却又微微闪光的质地。在我的印象中，这种款式的风衣于二十世纪八九十年代风行一时，到世纪末已经罕见，真奇怪一个刚满二十岁的小男生竟然可以从容驾驭。他就那么风度翩翩地，一个闯进现实世界的佐罗，在校园里走来走去。而这身黑风衣衬托出来的那张脸，怎么说呢，我从未在生活中见过那么好看的男孩。他们说他长得真像林志颖，但林志颖看上去更接近一个好心眼的邻家男生，欠缺一点儿阴影中的小坏。千万不要忽略这样的阴影和小坏，它们凸显出来的立体，永远比单调的平面更有吸引力。晚间无聊，大家买来啤酒和小菜，挤在宿舍里聚饮，他声情并茂地表演了一出《樱桃小丸子》中的黄色选段，引得男生们轰然叫好，女生们红脸抿嘴而笑。有一天，一位来自京城的学者在课堂上故作惊人之语，问学员中哪位有婚外情人，请举手。众人面面相觑，眼看就要冷场，坐在教室中排的他突然举起了手。于是全场爆笑，气氛重新恢复活力。他也会假装漫不经心地抖落出某位名艺人的生活小笑话，然后才透露那人就住在他家楼下。没有人怀疑——他的父母都是演员，优秀的遗传基因就明晃晃地亮在这儿。他是这样阳光闪烁，又有一点儿前卫的小颓废，身上带着那种条件优裕的家庭打上去的无数烙印。总之他很快成了班级里的宠儿，当他亲亲热热地赶着我们叫哥叫姐，叫得人没法子不把他当成全家人溺爱的小幺弟。

那时候我刚刚开始学习上网，急需申请一个QQ号。正在和别的同学商量这件事，他在一旁听见，插进来说，不用申请，他有好几个号码呢，给我一个得了。隔了一天，他果然拿给我一张纸，上面记着一串数字和登录密码。同学陪着我到网吧登录QQ，就见他在好友面板上晃呀晃："爽姐是我，不要删我啊！"

开学后大约一个多星期，来自同一座城市的朋友到宿舍里找我聊天。同室的舍友出去办事，朋友的脸色开始阴晴不定。彼此相识十几年，我知道即将有爆料出现。果然他问："你看到某某的手没？"我说："没有呀。怎么了？"他立起右手，以掌缘在左手的指根处一划："他那只手天生就没有手指，你没见他那手总是揣在兜里？"我心头一阵凉意倏忽闪过，说："啊。"

"啊"过之后，再见到男孩，也并未觉得他多出或者少了什么。好像我知道的只是他无关紧要的一个小秘密，仅此而已。这个漂亮的、仿佛被全世界宠爱着的孩子，或许连造物主也对自己的作品生出了小小的妒忌；或许那是玛丽莲·梦露脸颊上的小痣，冥冥中的雕刻者为便于找到他的杰作，而刻意留下来这样的一个特殊标记。

培训班结业后，众人各奔东西。后来听说男孩去了新西兰留学，再后来听说他去了重庆，创办或供职于一家文化公司。再后来的一天，我的 QQ 好友面板上一个面目生疏的头像突然晃动起来："爽姐是我啊，我在重庆。"

他说异乡的生活劳碌而艰苦，好在他有一个贤惠的女朋友，做中学教师的，一直在照顾他的生活，他们已经打算要结婚了。可能我回复的速度太快了一些，他突然说了一句：姐我打字太慢，你别见怪啊。你知道我的网名为什么叫左手吧？

啊，我想起来了，那只隐藏在传言中的手——从始至终，我没有见过它的模样。在将近小半年的同窗生涯里，肯定也曾有过那样的时刻，他在我面前，把那只手从衣兜里抽出来；可是在有意无意之间，我没有让自己的视线追住它看。而此刻，我努力回想他递给我那张记录有 QQ 号码的纸，他用的是哪一只手？他究竟为他的哪一只手在向我道歉？他有什么必要为上帝的小疏忽来向我道歉？而我为什么从来就没有想过，这只残缺的手，始终都在参与并影响着他的生活？

　　我想到他从一出生就必须面对的种种不便……他怎样熬过那些必须暴露在众目睽睽之下的时刻？在那么多年里，当我快步登上石阶，我是否曾经想过下肢残疾者的无奈？直到近年，公共场所的无障碍设施才开始普及。这个世界从来不会为残缺者的挫败负责，无论他曾经或者正在为这世界做出什么样的努力。

　　我忽然明白：残疾并不是秘密，秘密的是个体对残疾的——怎么说呢？接纳？消解？自我劝慰？你看，古人发明了"块垒"这个词汇，好像不幸就是卡在生命里的一块块顽冥的石头，像珠蚌柔嫩肉体间包裹的异物，像乳牛胆囊中疼痛的结石，挑动起一场又一场胜负难料的战争……而在旁观者的眼中，它们只不过是牛黄，是珍珠，一个常见的中药名称，或者光滑的饰物。

　　在好友芷来到我家做客之前，我的日常生活已基本恢复常态。右手上的肿痛正在消退，整个手背色泽紫红，伤口处开始积脓。每天两次，我自己用医用棉签将脓血排出——一种白色的液态脂肪，让人看着又恶心又迷惘。

　　正是因为芷，我才发现自己对常识性事物始终缺乏记忆能力。作为相处了二十几年的老友，我竟然一直都很糊涂，当年的小儿麻痹损伤的到底是芷的哪一条腿。如果和芷一起上下楼梯，我会自觉走在她的右侧，让她的右手抓紧我的左胳膊。但也仅此而已。有一次我突然疑心，之所以如此，难道是因为，我把芷当成了镜中的我自己？反光的水银颠倒了一切，左变成了右，右变成了左。这种感觉就像看一张合影照片的说明文字——多么怪异，为什么"左起第三人"是观者的"左"，而非照片中人的"左"？难道照片不是比观者更有理由成为主角？

大学毕业后，芷在县城某机关工作多年，始终没有修炼出圆滑的处世风范。在做人和做事上都过于认真，芷没有得到理想的升迁也在情理之中。但芷的困惑在于，她开始疑心这一切肇始于自身的残疾。而我认为，生命的艰险和困境并没有想象中那样难以克服，她在有意无意间夸大了这世界的恶意。但是现在想来，也许我是错的。既然一个几平方毫米的伤口就足以篡改我的生活，那么有谁可以证明：属于芷的不大不小的残疾，不会演绎成生命中一团巨大的黑洞？我记起十二年前，那个向我透露男孩秘密的朋友——早在六年前的初冬，他死于心肌梗塞。但我记得他的右手掌缘怎样在左手指根处轻轻划过……或者，他代表的正是这人间的大多数？没错，就是那种凉意，你甚至无从分辨它出于惋惜还是自得。

我忽然非常渴望知道，那个给自己取名"左手"的男孩，左手——他着重强调的，是上帝送给他的礼物，还是生命中被损坏的部分？就像，那个被引用过无数次的故事中，面对半瓶水的一个个凡人。

到底是哪一只手呢？

是哪一只手，指向他的，和我们当中每一个的软肋？

拈花

刺玫香

初春，朋友从太原寄赠我一株欧洲月季，我把它植在窗前的小园里。

出于谨慎，在此之前，我向这位慷慨的赠花人隐瞒了自己的身份。作为一位资深的花木杀手，几年前，我真的……把一盆仙人球养死了。

如此动用心机，我终于拥有了今生的第一棵月季。

但这棵月季生命强悍，它抵挡住了我有一搭没一搭的爱护，和塞北春旱的摧残。到了六月中旬，它竟然，开花了。

至于这花朵的模样，我已经提前在百度图片里见识过了。坦率地讲，它姿色平平。整朵花的直径，也不过六七厘米光景。花瓣紫红，花蕊金黄——这种色彩混搭早就被它的同类用滥了。但是出人意料，它拥有一个矫情的芳名——"蓝色幻想曲"。

一朵红花会幻想自己是蓝色的吗？

只有人类，才会对他者抱持毫无必要的艳羡和嫉妒。

我回房间取来手机，准备给它拍一张正装照。两下里距离缩短到二三十厘米，我的鼻腔里突然涌进了一股久违的香气。

——刺玫香。

刺玫并不一定是灌木，它可以长成一棵树。树冠硕大，挂满一树黄花。就是油菜花的那种黄，一枚枚缩小了的太阳。整个春天，刺玫扑哧扑哧的，鼓得满院子都是浓香。

这棵刺玫树长在我家窗前。从我有记忆开始，它就一直站在那儿。其实院子里还有两棵桃树、两棵梨树、一棵枣树和一丛樱桃。这唯一的一棵只开花不结果的树，固执地站在距离我家的生活最近的地方。

在它投下的阴凉里，还住着三只鹅。

这三只鹅是在我家的炕头上出生的。然后它们从炕头移到炕梢，住在一只笸箩里。再然后，我祖母和我小心地赶着它们，去旁边的梨树林里吃草。

那时候是仲春，梨花刚刚谢落，变成满地茸茸的青草。三只小鹅也是毛茸茸的，软软糯糯的鹅黄色。油菜花远远地铺在田野里，而同样艳黄的刺玫花，一直举到了我家的屋檐上。

小鹅们很快长大了，不再需要我跟着。它们一个在前，两个殿后，排成一个稳定的三角形队列，按时出门，按时归家。如果半路上有淘气的孩子胆敢招惹它们，它们就会把脖子向前梗得直直的，嘎嘎嘎一通狂追。追上了，两片坚硬的喙钳住离得最近的那一小块肉，狠狠一拧。

被鹅喙拧过的地方，会留显眼的一块青，比狗咬的还要痛。

祖母说，鹅是能看家护院的。我看一看身旁的黄狗，不作声。

然后三只鹅开始下蛋了。刺玫树下边靠墙根的地方，蹾着两只老旧的陶罐，里面盛着盐渍鹅蛋。我祖母不在蛋上做记号，她从卤水里捞出蛋来看一看，就知道渍没渍到火候。咸鹅蛋煮熟，磕开扁圆的那一头，一筷子扎进去，金黄的油花就滋地冒出来。

不会有比咸鹅蛋更好吃的蛋了。

不会有比刺玫树更好看的树了。

但是后来的一天，一早起来，我被眼前的景象吓住了。黄鼠狼咬掉了一只鹅的小半边肚子，里面已经成型的蛋都露了出来。

祖母不忍心拾掇这只可怜的鹅。祖父就不声不响地，把它送到我外祖父家去了。回来后，祖父开始加固鹅窝的栅栏，祖母则反反复复把这只鹅念叨了一年。一直到二十年以后，有一次，她又对我说起了这只鹅。

我说我记得呢。

鹅，好像和别的家禽家畜是不一样的。

那时候，家里来了客人，祖母在灶间忙碌，把捡鸡蛋和鹅蛋的任务交给我负责。我耐心地蹲在刺玫树下，等着鹅们下蛋。我对着鹅说几句话，又揭开陶罐的盖子看一看。头顶上的刺玫花香，细雨一样，一层一层筛落。

有一件事，我从未对人说起过——

直到今天，那仍然是我所能想象到的，最好的生活。

花与非花

种在园子里的那棵"蓝色幻想曲"，据说是"很能开"的。眼见得它一朵接着一朵，已经开了将近一个月，还没有打算罢休的意思。

但是据我观察，这些花的时间表大致是这样：第一天含苞，第二天怒放，第三天花瓣软塌呈现败象，第四天，花残枯槁。

进程未免太快，我因此不能喜欢。

我不知道为什么会有那么多人赞美昙花。他们真的见过昙花吗？这民间罕见的植物，偶然又偶然的绽放，宛如古人惊鸿一瞥的天外飞仙。

我看过昙花盛开的视频。层层叠叠的细长花瓣，每一瓣都有一个锐利的尖端，像千万只箭镞，从谁的深谙的心里刷刷地射出来，在空气中战栗，找不到往生的路径和地址。

如果昙花一现值得盛赞，蜉蝣的生命不也是一场短暂的狂欢？若说累积一生的激情怒放于一瞬，当此殊荣的，不是还有在黑暗中苦修经年的幼蝉？

据说，昙花只在深夜里盛开。就好像，积聚起暗夜的光线，它用身体折射出透明的星辰。

而那些在漫长的一生中偶然种下昙花的人，是不是，怀着一颗孤绝的心？

曾经试着养过两盆紫薇。"谁言花无百日红，紫薇常放半年花"，俗言浅陋，却透出一股悖谬中的得意。而我当时也并没有想过，植物开花如同人类生殖，最是消耗精血和元气——如此有限的盆土，如何吐得出源源不绝的养分？

没想过施肥这件事。

两盆紫薇开了一个月就谢了。像那些耗尽精血的女人，它们的枝叶日渐黄瘦，然后，死掉了。

又过了几年，《还珠格格》开始热播，我忽然想起一位名叫"紫微"的友人，已是很久没有他的消息了。我一度好奇，他的父母为什么会想到这样一个非同寻常的名字？被我追问得无可奈何，他说起他是家中最小的孩子，上面的都是姐姐，父母担心他养不大，便给他取名"小男"。成人后参加工作，他终于可以自作主张，第一件事，就是去改名字。

可是，"紫微"和"小男"，放在一个成年男人的身上，岂非差不多？

后来，我开始只养些观叶植物。龟背竹，幸福树，散尾葵，诸如此类。无论冬夏，它们都是绿的。每一枚刚刚长出的叶子，从新绿、翠绿、碧绿到老绿，都像极了前一枚叶子的复制版本。

那时候我还在写诗，有一搭没一搭的。而绿植们则一片一片地打理着它们的叶子——它们的日记，就疏疏密密地写在这些叶子上吧。只是写着写着，不知是哪一天，一棵活得好端端的树突然就心生厌烦，于是喊里咔嚓地死掉了。

而所谓老成，大抵就是过着表面上一模一样的日子，却总能翻找到活下去的新意和理由吧。

在北方这座忽冷忽热的小城里，这些不开花的树，为我制造了四季如春的幻觉。而在生命中的某些时刻，这安稳，是多么重要啊。

> 它从来不开，因之成为我的最爱
> 在幽昧的光里垂下窸窣的裙摆
> 暗示清香，以及我成长的隐秘。

一个女人，我想要她永不老去，一直一直，风情万种。
一份感情，我不要它浓烈似火，我只愿它葱茏如昨，细水长流。

我的小姑子徐畅说，她在花鸟鱼市场上观察那些养花和售花的人，气质和普通人颇不相同，眉宇间隐隐皆有温雅之气。

想了想我认识的几位养花人，似乎真的如此。

比如说，邻居家翟姨两口子。

但是翟姨家里养了太多的君子兰，在窗台上下排列得一片浩荡壮观。我不喜欢这种花卉。不知怎么，一看到"君子"这个词，我的大脑里首先映出的反倒是"伪君子"——在拉丁文中，"伪君子"的原意，指的是演员或者戴面具的人。

像词语在时光中缓慢流变，踏进成年，每一个字都生出了若干种歧义，每一个词都飘出了话外之音。

我还养过一棵铁树。据说这种植物六十年才开一次花，而一旦开花，就耗尽了全部的养分，很快就会枯死了。

竹子大概也是这样的吧。

我不希望铁树开花。不开花的铁树，不也是铁树吗？

想一想，这大抵就是我始终没有什么成就的原因吧。

但是，就是这样，也已经很好了。

碎香

有一种奇怪的花木，生长在我的老家郑屯。确切地说，是长在王大爷家的北墙根下。

这个"爷"字，读第二声，表示他与我的祖父同辈——虽然实际上，他的年纪看上去比我祖父还要大上一轮。

我上学的那一条小路，自南往北，依次经过我家的西山墙、老阮家的西山墙和老于家的西山墙，到了王大爷和他老伴住的那两间小房子旁边，开始斜斜倾向东北。而他们家的院子，似乎是，没有围墙的。

为什么也没有孩子与他们住在一起？或者他们属于郑屯人所说的"孤老棒子"，也未可知。但是一个小孩子哪里会在意这些？等我想到这一层的时候，他和我的祖父，都已经去世多年了。

至于那丛开花的灌木，长着细长的、羽毛一样轻飘的叶子，叶丛间托出一团一团的雪白花球，松散，慵懒，无欲无求。那些花朵太小太小了，因而极多，星星一样随开随谢，在地上铺一层枯黄的花瓣。

关键是那香味儿。甜美中杂入了奇异的微腥，与所有的花香都迥然不同。那香气里有一只引诱的手，让我定在那里，久久不能移步。那手上同时亮着震慑和拒绝，让我从未萌生过掐一朵花带走的念头。

直到我走出很远，那香，还一直尾随在我的身后。

它就这样跟着我来到城市里。当我从书本上认识了"栀子"，我确信我找到了它的名字。但是又过了几年，在亲眼见到了大叶栀子和小叶栀子之后，我明白我错了——无论多娇小的栀子，也没有它的花瓣那样细碎。而无论多香的栀子，也不曾模拟出它的香味。

许多年后，我去另一座北方城市采风，竟然与它偶遇在登山途中。我怎么会认错呢？那整整小半个山坡都飘荡在它的香气里，让我当场变成了一只裹在过往时光中的蛹。我一口气紧跑了十几步，向当地的一位诗人请教它的名字。诗人犹豫了一下，摇了摇头。但是下山的路上，诗人让一个朋友转告我：那灌木的名字，俗称"马尿骚"。至于学名，他也不知道。

我明白了。

可是，那么好闻的香气，为什么会在别人的嗅觉里，呈现出另一番模样？

百度"马尿骚"，页面上跳出来的居然是——接骨木。

它果然是一种奇怪的灌木。在西方，人们认为走失的灵魂就栖息在接骨木上，女巫和厄运因而与它有关。每年的5月1日，苏格兰人将这灌木的枝叶挂在门上，就像我们在端午节悬挂艾蒿和桃枝。

问题是，它到底是不是接骨木呢？

又有什么名字，能代替我，用极少极少的几个字，一口气说出它全部的美好？

那一次是在六月，我们一行三人，前去参观某个遗址。沿石阶攀登而上，头顶阳光朗照，四周松香馥郁。在时远时近的一两声鸟鸣的间歇里，我突然嗅到一股久违的芬芳。我停住脚，四下里张望……香味消失了。但是登上几级石阶，它又出现在我的身旁。

就好像，一张曾经熟悉的故人的脸，在时光的剥蚀中眉目浅淡。

会是谁呢？

听我这样嘀咕，走在前边的两个人也停了下来，茫然四顾："什么香味儿？没有呀！"

是山枣花！是我童年的鹤阳山上，那漫山遍野蜂蝶嗡嘤的山枣花！

沿着我手指的方向，两位同行者弯下腰，把鼻子凑到一丛枣花上。然后，他们满脸无辜地向我摇摇头。

我难以置信地瞪住他们。怎么会？

枣花是羞怯的物种。淡绿的，细巧而微，藏在枣叶的腋窝里，不愿示人。可是香气氤氲，暴露了秘密。

如此明确的香，就像……云朵和雾气，那无数真切而微小的水滴。

但他们是在城市中出生和长大的人。在此之前，我一直以为，我和他们，是一样的。

在城市的花园里，我认识了丁香。

好像没有哪种花会重复丁香的香。那种清浅的甜。那种柔软的苦。

后来上了中专，教学楼前边的绿化带里，也有几棵丁香树。

课间休息，我和我的同桌樊星悄悄钻进树篱，在丁香树上找寻适宜的叶子。最好的丁香叶子两个一对，每一只都呈现完美的心形，并且质地柔韧。樊星用黑墨水的钢笔在这些叶片上作画，微型山水，简笔人物，有时也画两颗心，被一支箭串在一起。等正面的墨水干了，再在背面写上几行应景对心的繁体汉字。

这些叶子书签干燥后，会变得很脆。因此每年春天，我们的藏品需要大量更新。

关于五瓣丁香象征幸福的事，也是樊星告诉我的。于是，寻找叶子之外，我们还当真一朵花一朵花地找过几次。

好像，也真的找到过那么一朵两朵。

生命总是充满种种意外，花朵也是。

而幸福呢，对两个十几岁的女孩来说，又是多么不着边际的事。

又过了十年，樊星嫁到了日本。据她说，那是一个面孔老相的中年男人，被亲戚带到她的家里相亲。事情就这样定下来了。

再也找不到有关她的任何消息。

而在我这儿，一朵花可以绽放预言的时代，早就过去了。

真菊

得知菊花竟然还分出真菊和假菊，是最近的事。

签了合同写一本关于苏轼的随笔，主要是因为实在喜欢大苏这个人。而手头呢，偏巧又刚刚完成了唐寅的传记。

生年隔了整整四个世纪，这两个人之间，却流淌着某种神秘的联系——最早发现这一点的，是唐寅的同时代人黄鲁曾。在《吴中故实记》里，说到唐寅初入苏州府学读书，与好友张灵在泮池中戏水，黄氏心情复杂地评论了一句："不可以苏狂赵邪比也。"

"赵邪"指的是赵孟頫。而"苏狂"，就是苏轼。

苏轼总共给后世留下了近一百万字的散文作品，和一千七百首诗词，还有六百则著名的小杂记以及八百封私人书信——但是难得的并不是他创作勤奋，而是，这些由他笔下流淌出来的汉字，竟然可以如此鲜活，它们无拘无束地生长在一个人有限的生命里，让我们惊讶地看见：文字不仅可以蔑视模具，还可以越过任何篱笆和边界。

三十九岁的那一年，苏轼在密州太守任上，写了一篇《后杞菊赋并叙》——因为唐代的陆龟蒙已经写过《杞菊赋并序》，苏轼就只能"后"了。但陆龟蒙是一位真正的隐士，苏轼却是地方军政一把手，怎能也学人家去吃杞菊充饥？

> 吁嗟！先生！谁使汝坐堂上，称太守！前宾客
> 之造请，后掾属之趋走。朝衙达午，夕坐过酉。曾
> 杯酒之不设，揽草木以诳口……

赋原来是可以这样写的。

苏轼说，他和他的副手、密州通判刘廷式，每天下了
班，就一起到城墙外面转悠，找枸杞和甘菊来吃。吃饱了，
就心满意足地相对"扪腹而笑"。

这才知道，原来枸杞不仅果实能吃，而且可以供人类从
头吃到脚。怪不得我家树篱旁边的那一丛枸杞，总是特别容
易招来虫子。

物质丰富，我们忘记了那么多好吃和能吃的东西。

至于甘菊，按《本草纲目》上的说法，菊花分为两种：
一种生着紫色的茎，气味香而味道甜，这是真正的菊花；而
另一种则长着绿色的茎，闻起来有艾蒿的气味，名为"苦
薏"，不是真菊。这二者间最重要的区别，就在于味道的甘
苦，"叶相似，惟以甘苦别之"。而甘菊的药性是"平肝火，
熄内风，抑木气之横逆"。

按照这种划分，今天我们看到的菊花，大多都该纳入
"假菊"的范畴吧？

而在这么多年里，我是否曾经见过甘菊而不自知？看
照片，它长得很像儿童简笔画里的太阳：圆圆的、金黄的蕊

盘，向四下里延展开光芒一般亮白的细长花瓣……蓦然间，我的大脑里浮现出故乡山间路旁星星点点的细碎野花——难道？……

反反复复查了好半天资料，我叹了口气：这种与甘菊长得很像的植物，其实名叫"狗娃花"。除了叶片不同，它的花瓣也比甘菊的略为纤长和稀疏。

——它是甘菊的山寨版本。

后来苏东坡被贬到了惠州，他在住处后边开辟了一个小园，种上菜蔬、人参、地黄和薏苡。当然，还有枸杞和甘菊。为此，他写了一组诗，总标题就叫《小圃五咏》。关于甘菊的那一首最末四句是：

> 扬扬弄芳蝶，生死何足道。
>
> 顾讶昌黎翁，恨尔生不早。

韩愈老先生为什么要嫌弃甘菊生得太晚，没有来得及赶在春天里开花呢？

有的花开在春天，有的花开在秋天。造物为每一种花都做了最好的安排。

以苏轼的意见，一切都是自然而然，不会太早，也不会太晚。经历了一世的颠沛流离，他从不曾怀疑过这一点。

这个人，因此把自己的生命过成了一场庄重盛大的喜剧。

至于他的粉丝唐寅，无论后世演绎的"三笑点秋香"有多么繁华和喜庆，历史上那个真实的落魄才子，从壮年开始，始终心怀悲戚。

仕途断绝。无论唐寅走到哪里，他的身后，总是跟着一个名叫"怀才不遇"的影子。

那是他自己的心。

而苏轼呢？

"乌台诗案"之后，苏轼被贬谪到黄州，境况其实比唐寅在科场案后的情形还要糟糕。他甚至不得不躬耕陇亩，以供衣食。窘迫至此，反倒诞生了名垂千古的"东坡居士"，诞生了著名的"黄州寒食帖"和前后《赤壁赋》……当然，还诞生了泽被后世的"东坡鱼"和"东坡肉"。

而在此之前，我一直以为，生命的度量衡上面，会有一个清晰的刻度，精确区分开人间的悲喜。但是写完这两个人的故事，我发现，在这纷繁的人间，所谓悲剧和喜剧，无非是人心投下的影子。

比起真菊和假菊，生命的质地，从来判若云泥。

酒玫瑰

到达：酒液及其他

入冬以来，几乎每晚我都要喝上一杯。哦，其实只是小半杯。即使餐桌前有时只有我独自一人。独酌并不可耻，甚至，我有点迷恋上这松弛散淡的光阴——背后单调的雪白墙壁此刻悄然隐退，代之以某幅油画中一层层敷演的咖啡般深浓的气息。杜拉斯说：饮酒使孤独发出声响。但是酒杯里嫣红的液体始终静默着，静默而甘美。

年轻的时候，我觉得只有白酒才能称得上真正的酒。因为生在大东北，目力所及，差不多都是酣畅淋漓的辛辣之气。我祖父爱酒。从我有记忆开始，大脑深处的照片墙上，就镶满他喝酒时的样子。他有一整套华丽丽的酒具：一只大的搪瓷茶缸，上面印有东方红字样，里面盛着一只秋香绿的温酒壶，和一只透明的玻璃酒盅。先把热水注入搪瓷茶缸，酒盅也就顺势温过一遍；然后把瓶中的白酒折入酒壶，搪瓷茶缸中再重新注满滚烫的开水，稳稳当当地搁在饭桌上。此时祖父脱鞋，抬脚上炕，盘腿端坐在炕头那个属于他的专位上。

这样的景象在我出生以前已经在日日上演，一切都习以为常。在祖父过世以后，我母亲说到他如何迷恋喝酒，她伸出右手，以拇指和食指捏住虚空中的酒杯，凑近唇边，口中随即发出液体伴随空气吸进口腔时"吱——"的声响，然后双唇一抿一放，再次发出一声明亮的、类似于成人亲吻孩童的声音。

我苦笑。只得承认母亲模仿的天赋确实很好。但是我暗自奇怪，在那么多年里，何以我竟然没有意识到这一连串奇特的声响？为什么祖父独酌时的镜头在我的记忆中播放成了一部重复绵延的默片？如此亲切又如此遥远？比起我们，祖父也许更乐于享受酒精的陪伴？他亲吻酒浆的声音因而被我刻意忽略；或许我更想要忽略的是：我的祖父，他是一个寂寞的人？

饮酒使孤独发出声响。我亲爱的杜拉斯，你到底知不知道，捅破的窗纸有可能反弹回来，割破冒失的手指？

那时祖父有两个很要好的朋友，住在几里地外的另一个村庄。祖父说，他们是战友，一起从朝鲜战场上回来的过命之交。但是那样的两个人，两个穷愁潦倒满腹牢骚的庄稼汉，一个极高且瘦，另一个恰好相反。我看着他用胖乎乎的小手端起酒杯，每一个手指都圆滚滚的，手背上陷进四个深深的酒窝。吃完午饭，我回校上学。半下午的时候，如我所料，操场上骚动起来，男生们呼啦啦涌到路边，指指点点，起哄，叫嚷，大笑——那时候，郑屯小学的操场没有围墙，学校西侧就是广阔的玉米地，一直绵延到远处的山坡；东侧则是贯穿一小队和三小队的主要干道，一直通往县城方向。我记得那样的场景：两个醉醺醺的男人，一高一矮，一瘦一胖，对比之强烈本就怪异得惹人发笑；他们面孔紫红，脚步踉跄，矮而胖的那一个，姓牛，抬起他的短胳膊，大声呵斥那些男生："看……你娘的……什么看？"他的恼怒引发新一轮的欢乐高潮。而他们的小女儿，两个比我略微年长两岁的女孩——长得跟她们的父亲简直一模一样——又怒又窘，无计可施。远远地，她们向我投来同病相怜的眼波，让我不得不把就要泛滥开去的大笑硬生生地咽回去……那一年我七岁，万事懵懂无知，却如此清晰地感知到他人的心。

到了八岁，我离开郑屯，来到城市里父母的身边。

我母亲一直搞不清的一件事是，我父亲为什么会突然喝起酒来。要知道，直到三十几岁，我父亲始终坚持滴酒不沾。那时候啤酒还没有在我们这座小城市里出现，家里来了客人，用来待客的是一种名叫"小香槟"的饮品，大致介于汽水和果酒之间，口感甜美，我们这些小孩子也被允许享用。一口气喝完一瓶，陶陶然的，不由自主地傻笑。后来变成了苹果酒和山楂酒，价格便宜，味道也不错。后来的后来，忽然有一天，毫无征兆的，我父亲开始在家里自斟自饮。此后再陪朋友和同事们喝酒，他竟然被众人推举为酒魁。我父亲不动声色，但我看出他颇为得意。

那时候我祖父母也已经来到城市里，但是并不与我们一起吃住。我父亲是个寡言的人，我疑心这与他是个独生子有关。内心的秘密无人可以交换，久而久之，缄默便成为习惯。也因为是独子，我祖母对他异常宠爱。但即使面对我的祖母，除了生活中必须沟通的事务，一二三四，寥寥数语交代完毕，便再也找不到其他话题。偶尔父子对饮，明明酒兴很高，但场面仍是闷闷的。

祖父喝酒时，需要听众。被酒精激活的记忆如浪涛拍岸，但作为一个正常的人，他不可以自言自语。这个听众多数时候由我祖母充任，如果恰好我在，祖父就非常高兴。因为纯属即兴说讲，他的故事往往是不连贯的，像一堆破碎的拼图，东一块西一块，色块与色块之间存留大片空白。相比之下，我外祖父的故事就完整丰满得多了。我外祖父有五个子女，这五个子女的大脑芯片，都保存着父亲的家族史，还有他当年被国民党抓壮丁又如何得以逃脱以及"文革"中被贴大字报的经历。而我的大舅专攻高等数学，以其非凡的记忆力，竟可以完整地复述出全部故事。但是依我估算，祖父的故事大抵比外祖父的故事要丰富十倍，这样一想真是惋惜。当他一边啜饮着杯中烈酒，一边断断续续地展开叙述，我总会有点儿恍惚。有谁会相信呢？我眼前这个瘦小枯干的老人，他曾经叱咤战场，以一双三九码的脚，丈量过大半个中国。

那时他已年老，我自觉担负起为他买酒的责任，兼及下酒之物。他似乎很容易满足，至少他在我面前表现的是这样。但是凡事不堪细想。这样寂静的老年生活，这生疏吵闹的城市，没有朋友，没有可以走动的亲戚——时光的荒漠之上，还剩下多少眷恋？而我唯一能够回赠给他的，是这样一点微不足道的温暖……而在我的整个童年，他是我无所不能的神。我的祖父，我多么希望我可以给他想要的一切，一如当年，我从他那里得到的，无边无垠的宠溺。

一切早已注定。我终将和我的祖父我的父亲一样，爱上杯中这奇妙的液体。它平静而荡漾，这让人难以置信。一张一览无余的白纸，在它的边缘，微醺浸染出彩虹般忧伤的瑰丽。

零点：葡萄

那时候它们是葡萄。葡萄葡萄葡萄，那么多的葡萄构成了一整个让我迷醉的夏季。会不会有人竟然不喜欢葡萄？但是请允许我在它后面的空格里填上：我的至爱，天底下最美貌的水果。如果可以，再加上：唯一。

真的很少有哪一种植物像葡萄这样，从头到尾都是美丽。从春天探出第一枚芽苞开始，到炎炎夏日擎起诗意的阴凉，泪滴状的籽粒慢慢从绿到紫——谁说它们是翡翠和玛瑙？在一粒葡萄上，你难道看不到整个星空的闪耀？

那时候我未满二十，整日埋头读诗和写诗。好友莲香说她的哥哥也喜欢诗歌，从高中开始就一直订阅《星星》诗刊，现在想借我的诗集看看。过了几天，莲香把我誊诗的笔记本还了回来，说她哥哥让捎话问我，为什么我那么喜欢把葡萄和月亮作为意象？

啊，我自己竟不知道，我已经在诗歌里写下了那么多的葡萄和月亮——

> 这时我的瞳孔是两颗青青的葡萄
> 满含羞涩和星星，向夜色隐藏

写下这些诗歌的时候，我和祖父母住在表姑家的葡萄园里。因与我母亲不睦，祖父母一度到另一座城市的乡下，帮助表姑照看葡萄园。侍弄葡萄是一件麻烦事，葡萄喜光喜肥，需要定期修枝打杈，但这些对祖父来说都不成问题。他好像生来就懂得每一棵果树的心。在郑屯的时候，祖父一度想种两棵葡萄，但祖母坚持要种菜瓜，祖父妥协了。作为交换，院子里种了桃树、梨树、枣树和樱桃。直到成年以后我才明白，在 20 世纪 70 年代的乡村，这样的庭院有多么奢侈——院子里有限的自留地产出的菜蔬，必须保证供给全家人全年所需。我的祖父，他竟然从来就不是一个精打细算的农夫，他不喜欢打理菜园和高粱地玉米地，却偏偏喜欢树，无论是结果子的树还是不结果子的树。

怪不得我从来就不像我勤恳务实的父母。我快乐的、不切实际的天性，竟然是，来自我的祖父。

那年夏天在葡萄园，我突发奇想，为什么我不可以自制葡萄干呢？既然语文课本早就说过了，葡萄干就是利用风干原理制成的？

我悄悄从祖母的针线笸箩里揪下一截细线，在葡萄园中一处最不显眼的地方，选择了两串熟透了的葡萄，摘下来，然后用线把它们照原样系在葡萄架上。

过了几天，我把这件事忘掉了。

那天表姑给批发商卸葡萄，收获了这奇怪的两串。她疑惑地拿给祖母瞧，还特意瞥了我两眼。我没有答腔，只在心里暗暗遗憾。算起来已经过了一周多的时间，那两串葡萄居然没有半点风干的迹象！

在低首的一瞬，天空中云彩和风声的影子须臾变幻。那么多匆忙的脚步带走了葡萄园的夏季，一点一滴，一点一滴……这世上，有一种收获多么缓慢。在不知不觉中，葡萄园由拥挤变得安静，变成了时光中的另一张面容。像早年间一个儿女众多的家庭，渐次的成长造就了空旷和离散。而每一粒葡萄，在暮色中是不是都会突然泛起泪水和怀念？

有如谶语，世界重又自零点开始。那是葡萄，一串葡萄和它水中的倒影，多么像……时光中缓慢流逝的沙漏。

隐匿的茧，或者坛子

说来奇怪，我从来没有在啤酒中品尝出被人称道的甘爽口感。至于白酒，当互联网时代越来越频繁地抖落出中国酿酒业的诸多黑幕，完全不需要任何人劝导，我开始转向品尝自酿的红酒。在满大街的水果摊都摆满葡萄的时候，买上几十斤，一串串地漂洗干净，然后控水晾干。厨房里所有的盆子和盘子此时都被动员起来，大大小小的容器从厨房操作台一直摆到餐桌，场面蔚为壮观。在远离田野和收获的小城里，这是一年中仅有的时刻，秋天如此真切地抵达我闭门索居的生活。

葡萄要一颗颗用手指捏碎，一层葡萄加一层冰糖码在坛子里。两只手于是变成了两只熊掌，沾满黏稠的蜜汁。

没有橡木桶，我用两只老旧的陶瓷坛子。就是老祖母们当年用来腌渍咸菜和咸蛋的那一种，咸菜绿的釉色永远也休想辨得出新和旧。更奇怪的是，这样一只用以贮物的容器，竟从来没有发明出配套的盖子。

我外祖母用这种坛子做家酿豆酱。酱缸放在院子里阴凉的井台下方，旁边苗壮的西红柿丛散发出我喜爱的芳香。外祖母取下缸上的木头盖子，解开缠绕着塑料的布条，用筷子把豆酱中泳动的小虫子挑出来——一旦知晓它们是蛆，我对所有品牌的大酱都产生了心理距离。

我祖母不做大酱，她用这些坛子腌鹅蛋。我祖母的鹅蛋坛子也放在院子里，坛子上面是一棵高大的刺玫树丛。从春到夏，硕大的鹅蛋一枚枚下进坛子里，上面的刺玫花怒放出浓烈的香气。许多年里，那样一大丛金黄闪耀的刺玫花，就这样与咸鹅蛋黄油汪汪的香气纠缠在一起。

而葡萄呢？从葡萄到酒，世界掩藏起更深处的秘密。在坛子幽深的暗影中，这些纯植物的甜蜜汁液，开始一点一点，变成一种你完全无从了解的东西。它的内存里有一万道正在刷新的化学反应式，包括酒精、矿物质、糖分、单宁酸……一千种以上的物质蜂拥进入一场浩大的魔法演习。这一片外表静止的微型海域，只有不断升起的泡沫泄露它深处的蜕化进行时。

它是蛹。一只坛子，它为什么要如此贴切地模仿出蛹的外形？甚至，连那开启秘密的地方，椭圆形的头部，也都完全一致？

这是北中国金光闪烁的仲秋季。正午来临之前，阳光跃下厨房的大理石窗台，轻柔地捧住坛子南侧的那一弯弧线。细小的热量在甘美的汁液中缓慢发散，圆球状的酵母张开它们卡通人的大嘴，咔嘣咔嘣地咀嚼我的冰糖块。如果胃口持续良好，它们将消化掉这里全部的甜。这些脾气古怪的酵母君，随心所欲，无章可循。它们更像是尘埃，像命运，像注定到来又突然消散的一小片烟云。

这巨大的蛹，无数秘密的隐匿者，外表粗陋，内里深不可测——你知道它终究会捧出什么？

旁枝：玫瑰

美食不如美器。我的好友 Sue 把这句话写进她的文章里。这是她外祖父告诉她的——谁会相信呢，这样的一句话，竟会出自一位终生偏居乡野的老农？

那样的一个生命，如果时代能够给他更多的可能，将会演绎出怎样的故事？

但是我多么愚钝。那一年去景德镇，参观完古老的瓷窑和陶瓷博物馆，一切直如浮光掠影。直到有一天，在超市的展柜前，我看到了一套骨瓷餐具。乳白轻薄的质地，迎着光一照，几乎是半透明的。上面镶嵌金丝镂空的凡尔赛玫瑰。托起两只碗轻轻一碰，迸出铿锵的金属之音。

美妙的食物就该盛装在美妙的瓷器里，我觉得这不是矫情。再简单的生活也可以过得精致和丰美，正如再卑微的生命，也可以抵达高贵。

而红酒呢，红酒适宜盛在亮白的细瓷杯里，或者是透明的高脚杯。喝红酒的日子长了，每次逛商场，总会忍不住到卖玻璃杯的货架前转一转。大大小小的各式高脚杯，细脚伶仃的，轻盈倒悬。一种一种不同的杯，一种一种不同的心情。中国的老传统是一向讲究"满酒半茶"的，但是红酒不同。红酒只能斟至整个杯子的三分之一，留下的大部分空间，用来盛装空气，盛装与人生有关的种种暗示和隐喻。

只需要一个多月，新酿的葡萄酒就可以出坛了。用细绢过滤出来，倒进透明的广口玻璃瓶里，足有二十升的样子。这一年用的是从山里运来的野葡萄，酒色深红，回味绵长，口感微涩——用行家们的话说，那是丰厚的单宁，葡萄酒的灵魂游荡其中。

就这样，餐厅的橱柜上蹲着一大桶美酒，再瘠薄的人生，是不是也就此涌满欣喜和富足？

我曾经想过，如果酒本身可以分出醉意和层次，那么白酒当然是"酩酊"，红酒为"微醺"，而啤酒则近于"薄醉"。或者，酒也是另一种花朵，白酒如牡丹肆意怒放，红酒似玫瑰含苞不语，而啤酒宛若微苦的丁香。这样的假设脆弱而牵强。万物间当然自有其联系，因因果果，身为凡人，我们如何能够看破？

有红酒相伴的日子缓慢而悠长。感觉是漫步云中，两条腿却踏踏实实地落在微凉的地板上。臂肘下面是纯棉质地的印花桌布，温暖而熨帖的，一朵一朵小小的红玫瑰吐蕾欲放。窗外红尘熙攘，斗室之内，我已坐拥这世上最奢侈的静美和安详。

山水

南山

在卫星地图上翻找了半天，才算找到这片山谷，虽然地图上并无山庄的标记，只看得见大片深深浅浅的绿。缩小画面，能看得出周围山脉的走势，一波一波，像巨型的浪涛在大地上推进。

难以置信，我曾经就住在这巨浪间细小的褶皱里。整整一月，群山围裹，我仿佛端坐于莲花的中心。离得最近的这一座，我不知道它叫什么，或许它原本也没有名字。它在山庄的南侧，就叫它南山吧。秋天深下去之后，山上枝疏叶落，现出山腰一块平整的巨石，上书一个偌大的红色"寿"字——东篱未必有菊可采，也不能奢望当真寿比南山，但只是每天对着它看看，已经很好了。

这南山的走向，是从西北斜往东南，中间拐出的一个圆弧，让山脚下一条从北边过来的小河改而东流。至于我住的这栋小楼的西墙，就紧挨着它东北侧的山脚。大约是山庄施工的时候，削去了最下方的一部分山石，有两三米高的山体近乎垂直，构成一道天然屏障。这画屏上树根裸露，满覆青苔，有时我从其下走过，抬头看上面的那些树，总觉得它们立足不稳，险险就要跌落下来。

到达山庄的第二天一早，我跑去南山探险。山上建了座凉亭，并铺设了游览栈道，绳索上贴着五颜六色的三角小旗，勾勒出安全的探险区域。我沿着小旗一路辗转腾挪、就高伏低，受到惊扰的小飞虫纷纷从它们的藏身之地弹出来，在我前后左右乱飞一气。栈道曲折，一侧的山石和杂树枝干堪堪擦到我的肩膀，老树根上的青苔色泽鲜润，散发着夏天将尽的衰腐气息。而另一侧，透过枝叶间隐约的缝隙，偶尔可以窥见山脚下的小河，河面上缭绕着乳色的晨雾。雾色薄淡处，河水跳荡银亮的波光，炫人眼目。

我在那条山路上奔走了半个多小时，最后沿着一道谷地下得山来。那是积年的山洪冲刷出来的天堑。曾经的洪水想必气势惊人，它们从山顶搬运来这么多巨大的石块，顺带着还把两侧的山体削成了峭壁。这些巨石如今长满青苔，它们之间的缝隙里隐约流淌着纤细的泉水。我正漫无目的地东看西看，不远处的峭壁上突然有什么东西蓦地跳起来。当它再次起跳，我看清那是一只松鼠，浑身的毛皮呈深褐色，一旦它停下不动，就整个地融入那峭壁肥沃的土色之中。也许，它刚才正在崖下饮水，却被我的到来贸然打断。我觉得它正在悄悄观察我，于是主动打了个招呼："嗨，早啊！"一定是我的普通话说得太差，它未予理睬，又跳了两跳，在峭壁上方的树丛间消失了。

过了一天，我决定改变探险路线，离开凉亭和人工砌成的石阶，奋勇向山上攀缘了一程。这条山路隐现于杂草丛中，坡度陡峭，肯定超过了七十度。很有可能，它是当地人采摘山货踏出的小径。我的攀缘运动进行得十分短暂，一旦停下来回望来路，心下登时气馁，检点自身的技术和装备，都不足以保证到达山顶并安全返回。虽然那条通往山顶的小径孩子气地充满诱惑，但中年的理智让我草草收兵。我小心翼翼地抓住两边的树枝，一点一点往下蹭，这个过程相当缓慢，中途有了意外收获——草丛之中竟然藏着一朵蘑菇！虽然它的伞盖比一元硬币大不了多少，但仍然是个慷慨而巨大的馈赠。我小心地把它摘下来，仔细地嗅了嗅，有点儿香，是一股厚而钝的、近乎木质的香。它平坦的伞面呈浅淡的褐色，我就此猜测它可以食用。在我的老家郑屯，山里并不生长蘑菇。唯一常见的菌类生在房前屋后阴湿的旮旯里，细脚伶仃，名唤"狗尿苔"，有毒。

年少时的经验往往延续一生。年少时留下的空白，需要用什么才能填补？如果年少时我们只认识了"恶"，成年之后，又如何在这世上辨认出万千好人的面目？时至如今，我对蘑菇的认知仍停留在菜市的摊床上：杏鲍菇、金针菇、香菇、晒干的山蘑菇。这最后的一种，我只在纸页上见识到它们繁盛的家族。

　　这山里多雾。第一眼看见淡蓝的群山之上晨岚飘荡，我忍不住惊呼出声，下定决心此后每天早起跑步——必须做出点什么改变，才能不辜负这短暂的仙境。跑步自是没能坚持下来，但晨起看雾却成了习惯。偶尔起得迟了，那山岚也仿佛有灵犀似的，要一直等到我看上它们几眼，方才慢慢飘散。有一天，我看见乳白的雾岚像一道厚重的长方形帘幕，悬垂在南山的山坳中间，好一会儿，它一动不动，但色泽却在变浅，好像许多层纱帘正被看不见的手从后面一层层揭开。突然之间，雾帘飘然四散，而云朵在天上却越聚越多，有几朵云凑到一起，变成一只巨大的鲸鱼，向东方的天空慢慢游去。

　　又一天，山中下起小雨。雨声淅沥，把对面那排小木楼朱红的屋顶洗得鲜丽异常，楼前通往河边的甬路黛青发亮，映出南山的一角阴影。而东边的山谷里云奔雾走，山巅浮于云海之上，时隐时现。南山因为离得近，山上的杂树枝叶清晰，有绿有黄有褐有红。浑圆的山顶一缕淡蓝的薄雾，呈现出 Photoshop 软件里的涂抹效果。我久久立于廊下，看眼前山景须臾变幻，只觉得生在山中，得见此景，已是不枉的了。但是景物熟识，便可能熟视无睹，美景也成了围城。转眼到了半下午，倏忽间云收雨住，阳光从南山上方斜斜地扫过来，把满山的雾气扫得干干净净。

　　我在山庄里住了一个月。谁说山中无甲子？山中的季节凸显于每一株草木之上，远比城市里的时间流逝得清晰真切。

"我们是时间的表盘，面上显现时间的流逝。"而山的秒针比我们大得多了，嘀嗒，嘀嗒，日夜不停。最后的那几天下午，我舍不得回到桌前写字，就坐在山庄里那架秋千上闲荡。对面的群山色泽丰美，阳光织就的五色毡毯轻轻搭在我的背上。我希望时光凝止，而我永远坐在这儿，看云彩一点点聚集在头顶，再悠然散尽。就这样，松脂滴落，地老天荒。

小雅

这条河从北到南流过来，将这个名叫"北方周庄"的度假村剖成两半，到了南山脚下，它突然折而向东，把东边的那一半庄园裹在怀抱中间。我住在河西一幢由原木打造的二层小楼里，楼上"作家书邸"的匾额出自某位作家朋友之手，而楼前的石刻则是一位前辈作家所题。那是一块巨大而光滑的鹅卵石，高约两米，很有可能，就来自旁边的河床里。山中温差大，太阳一落，气温陡降。黄昏时分，我吃完晚餐回来，把手掌贴在这大石之上，慢慢地滑落下去——那些字，它们还存储着阳光的暖意。

山庄的甬路两旁也垒了山石。这些石头形态色泽不一，有立有卧，也有的斜踞如佛，但石质皆致密而润泽，涂了油一般。我这方面的知识储备十分有限，参观过的地质博物馆总是过眼即忘。不过这样一来，每一块石头都来自未知，都恍如初见。一路上我用眼光扫着这些半人高的石头，慢慢踱去餐厅吃饭。山里的时光不疾不徐，没有什么非办不可的要事，就像走在我身旁的这条小河，去留随意。

说是小河，河上的几座桥以及石砌的堤岸却高出水面丈许。问了当地人，果然这季节正值枯水期，而盛夏之季，河水最高时几与堤岸平齐。其时山洪下冲，湍急的流水膂力惊人，将上百公斤重的巨大石块从远处的山间一路搬运至此。这些千奇百怪的巨石有的垒作一处，有的下端深埋进河沙之中，准备安营扎寨的样子。我踩着它们向水流靠近，去翻捡水中光滑的卵石。我发现有的石头虽块头硕大却立足不稳，它们身下某处的河沙被流水掏空，在下一场洪水到来之前，它们要么换一种姿态安身立命，要么继续向下游迁徙。沉重如石，随波逐流竟也会成为宿命？在山庄附近几百米长的河床上，我来来回回搜寻了几天，可惜收获甚微。作为旅游区，这些河床可能已经被人翻找过无数遍——三公里之外，镇上的奇石店里一块巴掌大的山水石，标价上万。

我找到一块扁圆形的石头，可能是花岗岩，一颗颗玉米粒大的灰白和暗绿的小石子被时光的压强参差锻压在一起，又打磨成微型蒲团的模样。另一块就比较奇异，形状像一只厚底的鞋子，幼儿脚掌般大小，色泽接近古老的青砖，横截面上是一圈圈荡漾的水纹。鞋底光洁无痕，鞋面正中则凸起奇怪的花纹，像某幅壁画的局部，又像阳刻小篆笔画的一部分。莫非这山中藏有汉墓？或者类似的古老建筑物？被我发现的时候，它端端正正地安坐在一块大石之上，显然是被人放在那里的。我把它抓在手中，一枚沉甸甸的鼠标，大小和弧度刚好贴合我的手掌。

我将这两块石头带回住处，放在电脑旁。过了几天，我在镇上买到二斤野生榛子，于是明白，世间万物，真的皆有其因缘。当当当，当当当，磬声响亮，幸好小楼里只住着我一个人。而生榛子的美味，亦如童年。

秋气渐深，山中草木沁凉，气温之低超过我的想象。河面上却仍旧有鸭子游来游去，它们以豢养家庭为单位，分成五六只到十几只的多支游泳小队，轮番下水训练，彼此间并无厮混。秋江水寒鸭知否？我忽然想到，山庄的地图上将这条河标注为"小雅河"，很可能是笔误。一条山野之河何以有此雅称？而叫"哑河"也几无可能——纵使在眼下的枯水期，这条清浅的河流仍在日夜喧响。果然，"雅河"之名始于1958年，在此之前，远溯清代，它名叫"鸭儿河"——野鸭子的鸭。

它是不是最终汇入了浑江？也许是的。从空中鸟瞰，群山之间，黛青色的浑江像一条剧烈盘曲的狂蟒，望之心悸而目眩。

小时候，我和我的伙伴们发现了一个秘密：集中精力盯住面前的流水，片刻之后，脚下的大地倏然一震，开始向前缓缓行进。如今，长久地注目于河水，我发现水中的色彩如此丰饶。对面的南山倒映水中，红的黄的绿的叶子，白色黛色青色的枝干，流水的笔触晕染开这五色斑斓，是一幅大师级的油画。而在河流的拐弯之处，河床中以石块垒起一道矮堤，从山庄的桥上看过去，这一段流速舒缓的河面水色幽碧，宛如一个小小的湖泊。一天正午，我在这小湖靠近岸边的地方，发现一条足有一尺长的大鱼，它周身漆黑，躲在一块大石的阴影里。过了一会儿，那鱼把尾巴向侧旁缓缓摆动了一下，又定住。像一根胖大的指针，在流水的钟盘上移动了一个格子。

离那大鱼藏身的地方很近，河堤下方的石隙里，长出了两棵树。它们刚刚高过路面二三十厘米，看上去更像是一蓬大草。在山庄里住了多日，我才注意到它们，这两棵树长着巨人手掌般的叶片，和饱满修长的荚果。又过了几天，我突然发觉它们似曾相识——是了，去年春天，在我书房的窗下，突然长出一棵大草，只一季，就蹿到了一米多高，草尖堪堪顶到了窗台上。到了秋天，它结了许多长长的荚果，一串串垂着，随风摇荡。我母亲过来看我，进门便说："窗下的那花很好啊！"什么花？不过野草罢了。喜欢养花的邻居也留意到了，过来相询，我仍答以"野草"。而今在数百公里之外，一条山野溪流边，我突然明白，那所谓的"野草"，生于钢筋水泥的楼体与坚硬的路砖之间不足一厘米的夹缝之中的，竟然是，一棵梧桐！

世事何等奇异。奇异的不是曾经近在咫尺却素不相识，而是，某些事物的影子竟会跟着你一路走过山山水水，在某个时刻，突然清晰地映现于那遥远之地。

小镇

青山沟，这个辽东小镇的名字里长出草木与河流。在它的四周，环绕着多个近年开发的景点：虎塘沟、青山湖、飞瀑涧，还有一个"中华满族风情园"，甚至，还有当年的杨靖宇抗联指挥部遗址。

望山跑死马，山间道路曲折，景区分散。在山中住了整整一个月，这些景点，我竟一个也不曾去过。有几次到镇上，仰头看着三岔路口处竖立的大幅广告牌，想，哪天去看看吧，却迟迟没有行动，直到返程。但是也不觉得有什么遗憾。所谓景点，多半是借助照片和想象即可以基本抵达的；而有些事情，却超乎想象和经验之外。几年前，我第一次到香港，被我妹妹沙琳拉去太平山——夜色里的东方之珠灯火璀璨，港地富豪集体于此建宅，或许也为的是欣赏这肉眼可见的繁华吧。我们转了一圈，山风遒劲，人多如蚁，于是匆匆下山。沙琳问我有何观感？嗯，壮观，繁华，这些词汇干瘪，但感觉也就止于这些。倒是下得山来，漫步穿过深夜的街道，仰头见一轮明月低悬，一棵棕榈树繁茂的羽状巨叶闪闪发亮，让人没来由地生出感动来。彼时冬夜朗朗，清风微拂，眼前的风景与北方大异其趣，却也丝毫不觉得自己身在异乡，这却是无论如何也未曾料及的。后来再去香港，参观了港大回来，方知校园后面有一条小路，可以一直步行到太平山顶，无须排几个小时的长队乘坐观光缆车。然而行程堪堪已近尾声，只得抱憾而返。

在青山沟，我寓居的山庄距离镇子有三公里，提供一日三餐，但买水果只能去镇上。我背着我的藏蓝色帆布大包，步行半个多小时——如果心无旁骛，单程三十分钟就够了；倘若四下张望以享风景，至少要多花上十分钟。后来和山庄里的工作人员熟识了，借了辆自行车，往返时间大为缩短，但若论兴味，自然远不及步行的。

这一路上要经过许多做游客生意的农家院，兼营食宿，规模不一，风格上彼此模仿。有一家规模大些的，临街建了座纯木打造的凉亭，大约招徕游客甚众，另一家也开工仿建。轩敞的庭院里堆了许多木材和原料，斧斤叮当，电锯尖啸，空气里回旋着松木的清香。那香一圈一圈的，像无数的水泡随开随灭，人从这水泡间穿过，感觉又是温暖，又是寒凉。

另一家的院子里搭了一大篷茂盛的葫芦架，院墙上蹲着几只即将熟透的大葫芦，端庄圆润，直径足有二十厘米。一时心血来潮，跑进去问那庭院的主人，讲定每只大葫芦十五元钱。那主人的表情有趣，是这小镇的另一重山水。从农耕转向经商，他努力扮演起精明的商人角色，但是这努力乔装的狡黠出卖了他——越是努力，反倒越远离了圆滑。

这里的快递并不负责送件上门，需要自己到镇上某处去取。好不容易打听到了地方，对方让我在路口等候。耐心地等了十几分钟，终于望见一个女人从巷子深处不紧不慢地走出来了，穿一身干净笔挺的工作服，表情严肃。我接过包裹道了谢，转身欲走，被女人叫住，说我还欠她五元钱快递费用。包裹并非到付，怎么还有额外费用？我一时有点发蒙。与我一起等快递的年轻女孩，轻车熟路递过五元钱，向我投来疑惑的一瞥，离开了。按女人的意思，是她将包裹分拣出来并送到我的手中；但是这难道不是每一个快递工作站的本分？何况我为了取件还赶了六七里路。简短交谈完毕，我表示愿意付费，如果真有这样的规定。但女人把脸转向一边，对着空气说："啊……我想想，你这快递是汇通，不用付费了，你走吧。"

这是小镇的可爱之处。这可爱难以说清。它宽厚、狡狯，它细细咀嚼和咬啮，但是并不凶狠。一种可以理解的夹缝里的生存，像长在山石缝隙里的草木，有一点点无奈，却也知足和坦然。山水遥迢，相对闭塞的空间模糊了某些边界，它因而是钝的，不像城市里的衔接那么锐利。我突然想，或许我可以在此地买个房子，一个小小的农家院落，养一只猫，三五只鹅，每天开门见山，读书，写作，中年的世界由此删繁就简。

一旦有了这样的念想，心境便生出微妙变化。当年苏东坡决定卜居阳羡，看中的正是阳羡民风淳朴，"此邦多君子"，连同那里的山水也觉得亲近，认为它们看起来像极了自己的老家眉山。而我走在那条通往小镇的路上，游目四顾，竟也看山是山，看水是水，那种心情，与一个去赶集的农妇大约并无不同。

那天从镇上买了水果回来，路上遇见一位老人家，身材高挑，神色空茫而笃定，是一个人走在自己的地盘里才有的模样。我向她请教路旁的那种植物叫什么名字——那半人高的灌木顶端，结了许多黄豆大小的绛红色果实，煞是醒目。她热心地帮我折下几枝，让我带回去插瓶，却也说不出是什么植物。她说她八十五岁了，姓周，就住在山庄旁边的那几栋房子里。如果我要去找她，那容易得很，随便问谁都打听得到。

隔了几日，我在镇上多买了一份水果，准备去拜访我未来的乡邻。八十五岁，正是我祖母故去时的年纪，虽然她瘦小、伛偻，与周姓老人毫无相像之处，但在她们之间，好像确实存在某种奇怪的联系。这世上，一定有许多既未谋面也不知晓彼此存在的亲戚？他们的身体里流淌着相似的血液，和螺旋高度重合的基因。他们有同样的小固执、小病患，同样在某一个时刻心潮动荡，然而口不能言。

可我终究没有去，理由是感冒了。然后，好像错过了某个时间，一切就显得不合时宜。但是等我下一次来到小镇——如果真的有下一次的话——她会不会像我的祖母一样，已经永远离开？

那些日子，我漫步穿过小镇，就像……一棵树缓慢生出它的年轮。看不见的圆环是隐身时光中的老唱片，盘绕在一棵树的内心。

水之灵

水是有灵魂的，我相信这一点。按照物理学给出的解释，生物的体液携带电荷，而运动着的电荷产生磁场。比如说，正常人脑的磁场强度约为 5×10^{-9} 奥斯特，微小到最精密的仪器才能将其记录和捕捉。至于磁场可以记录下影像和声音，并在某些时候回放出来，已是现代人的生活常识。自然界中，"体液"最丰沛的是什么？海洋、河流、湖泊，无以计数的水分子动荡不息，谁曾记录下它们的磁场和记忆？

我在紧邻湖畔的酒店房间里乱七八糟地想着这些。是在早晨。那几天里，我的生物钟总是清晨五点多钟准时醒来，它想要看湖上日出。但是阴天，预报中的小雨则始终没有下起来，只在远处的湖面上酝酿出乳白的薄雾。隔着十一层楼的距离，千岛湖的千顷湖水端凝不动，是一张偌大的风景明信片嵌在视野之中。我想把它寄给远在香港的妹妹，她近两年的心愿是一览苏杭美景，只因女儿幼小无法成行。但是无论我怎么拍，手机屏幕上显示的画面与呈现在我眼前的完全不同：雾的柔美纱帘不见了，湖水也不再像一块淡蓝的水晶。

不过后来，我在一个汉代水晶琉璃展上看到了它们。我难以置信，将眼睛凑近展柜的玻璃：没错，那只来自汉代的水晶碗停在那儿，一座凝止的清澈湖泊，水光晶莹，仿佛对岁月和尘世一无所觉——在水晶面前，两千年的时光竟这样止步了。

到了晚间，千岛湖在窗外沉入暗夜。此前我以为，夜间的湖水会是别样的景致，但是这样的假设显然过于轻浮了，在那里，那些本来应该是湖水的地方，你甚至不能称它们黑夜。它们比夜更黑，更深不可测，像失语者巨大的沉默。我明白了：湖水在白昼映照出天光，像一枚镶嵌在大地上的月亮。但在夜里，这片大水并不会反射此岸的光线，而彼岸呢，又是如此遥遥无边。

我关了灯，在窗前的沙发上结跏趺坐。这个事情（我不好意思称此为"运动"）我坚持一年多了。必须承认，只有那么两三次，我得以进入冥思之境，物我两忘，唯生欢喜之心。不过总的来说，打坐缩短了我睡眠的长度，而增加了它的厚度和韧性。在湖畔的夜里，我破例在打坐时让窗子开着，并幻想湖水的灵气自窗外源源涌入，在深长的呼吸中进入我的肺腑。它们就此停留在这肉体凡胎的某一处，我将在余生中带着它们，于大地上四处游走。

几天后，在广西最南端的涠洲岛，我走进一座古老的天主教堂。时近黄昏，教堂四壁狭而高的彩色玻璃透过黯淡的天光，呈现耶稣和他的圣徒们的影像。不，作为一个固执的怀疑主义者，我还没有找到让自己皈依的宗教；避开那群举着相机手机拍照的游客，我在一只被廊柱遮挡的椅子上坐了下来。四野寂静。是湖水，它们激荡、涌动，它们穿过我的眼睛，我的脸，在千里之外，归于亚热带的黄昏与尘土。

我在海岛的火山口遗址上想着那湖。我在北海银滩绚烂的晚霞中想着那湖。我在漓江的游船上想着那湖。那时这艘游船正穿越阳朔，经过二十元人民币图案上的几座山峰。天上突然落下一阵细雨，但几乎没风。这山水与千岛湖的山水和风声多么不同。

我记得踏入千岛湖景区的那一刻，倏忽间一阵疼痛掠过，像一只鸟，迅速消失在路旁的桂树丛中。我自言自语地嘀咕了一句，但身边的好友点点头，体谅地笑了。

我最早知道千岛湖是因为新安江。我最早知道新安江是因为唐寅——那时候，我正在写一部关于他的传记。这个被民间演绎成传奇的才子，在他二十七岁的那一年，由苏州出发，经运河到杭州，再经富春江到新安江，复由兰溪过龙游至衢县。然后从江西玉山进入上饶江，再从铅山穿过武夷山脉，经崇溪到达他此行的目的地：福建仙游。

因为终生未曾踏入仕途，唐寅真实的足迹并未被史家确凿记录。所以那一次，我只能沿着他与他朋友们的诗文，以及后人的只言片语，追索出他当年的行程——天知道，作为一个走出家门就辨不清东南西北的地理盲，为理清这样一条线路，我消耗掉了多少亿个脑细胞。

　　藉由此，我知道了这湖的故事。一千座岛屿曾经是一千座山峰，而更小的山峰没于水中，成为礁岩和隐喻。我看见那座水下的古城，在三十米深的湖底，水色幽碧。我看见那些牌坊上的雕花，是时光早已湮埋了的一个女人的故事。我看见植根在这牌坊肩骨上的枯枝，它曾经的生长过于艰辛，死去半个多世纪后仍不能腐烂。我看见那道建于民国的城墙，这一块一块的青砖，是什么让它们至今保持着从前的模样？水中暗流的荡涤，水下偌大的压强，难道它们不应该早已分崩离析？我看见那些青石板的甬路和台阶——据说，淳安人自古就有"不走泥路"的传统，他们把沙洲之间的田畈、邻里往来的巷弄，甚至通往山里的小路，全部精心地铺上青石板……这样的一群无比细致地经营着家园和生活的人，最终忍痛抛离了他们的家——1956年，新安江水电站列入国家"一五"计划，此后的三年间，近三十万人迁离故土，成为1949年后最早的一批水库移民。

　　六十年，一个甲子。当年牵着父母衣襟离家的稚子已成耄耋之年的老者，当年的老者业已化为泥尘。谁会想到呢？这水下的城池仍在——当年的遂安县城因远离大坝，人们没有想到水会来得这样快，来不及推平清理的古老建筑，意外被大水保全。而陆地之上的现世里，水库建成之时，淳安和遂安两县合并为淳安县，自东汉而始的"遂安"之名就此成为陈迹。

　　是的，那时候我就知道，迟早有一天，我会来到这里，进入水面之下幽深的记忆。

那是水的记忆。

那不只是水的记忆。

我在文渊狮城的大街上走了一圈——水下的遂安县城被精确测量并复制上岸，选址落在距离原址最近的姜家镇。因老遂安县城背依五狮山，古称狮城，这座复制的新建筑便沿袭此名。这城中有我喜爱的竹林，有小桥流水，有扶桑正灿然盛开。我从那些仿照老样子建造的牌坊下面走过，伸手摸了一摸。它们被精心制成了古旧的颜色，甚至模拟了时间漫不经心的划痕。我仰起头，牌坊太高了，我看不到高处那些精美的雕纹。风和雨会将这些石头的表层风化，然后，飞鸟会带来远方的树种和草籽，在这些牌坊的肩臂上生根发芽。会有人忘记这是一座仿制的城池，会有人在这里居住下来，洗衣，烧菜，修补家什……许多年就这样过去。有些事物是可以仿制的，但是这世上，从来没有生活被真正地复制。

而那座原版的古老城池安静地盘根在湖底。在最晴朗无风的日子里，或许有幸运的人可以看得到它隐约的影子。水下的时光大约比陆地上更为悠长，谁知道呢？那些石头和青砖不会生长，但是影子会。幽深的影子间或许会突然闪出光亮，闪出曾经的影像和声响。

就让一切留给时光吧。隔开足够的光阴，我们才知道自己到了哪里，才知道什么值得回望，什么从来不曾被我们忘记。

醒来

醒来

在南方，我的生物钟总是赶在清晨五点之前准时醒来。闹钟里的鸟鸣反倒迟上一拍。在北方的时候可不是这样。这是难以解释的谜团之一，它与南方带给我的众多惊奇混杂在一起，试图制造几近失真的回忆。

然而这是真的：我起身走向露台。这座名叫"夏至·阳光"的酒店建在岛的东边，距离海滩仅有二百米。从我住的五楼露台上望出去，透过林木山峦般耸起的树梢，可以远远看见大海的一角。我刚到的那天中午，确切地说，是午后一点多钟，阳光凶猛，这一角大海闪动明亮的白光。白里又掺进了浅蓝，还有许多隐约的、极细极细的银色波浪线。但是此刻，这一角大海完全隐匿不见。我脚下这座小小的岛屿仍在兀自沉睡，而夜的翅膀从峰顶一路滑行，此时已接近谷底；星月隐退，使连绵的黑暗难分难解。我看不见水，却知道这岛屿停留在一片苍茫大水的中心。这种感觉怪异，像置身于由谎言构筑的房子。酒店楼前有一盏不知为什么亮着的灯，暖黄色的，戴着它铁皮的圆锥形帽子，宛如一个睡眼惺忪的人在夜间穿行。如果在我和那盏灯之间画上一条直线，眼前的这个世界就划成了两部分——在东边和北边的这一侧，是各家酒店客栈参差的小楼和庭院，这烟火人间仍在熟睡，所有的窗子都黑着。但楼群冷硬的棱角因此溶解，只透露出些微的灰白。在那一侧，也就是往西和往南，是辽阔而沉郁的黑暗，是大树和小树，是疯长的野草和菜园，是正在发酵的粪肥的气味，以及，那隐身的海。

这里的海没有气味，这是又一个让人吃惊的发现。海盛装了那么多的鱼虾蟹，我们早就习惯它是腥的。难道，南国植物葳蕤的气息过于浓烈，海的腥咸因而被掩盖或中和？

过了一会儿，我又回到露台上，一边刷牙，一边向外侧探出小半个身子。没错，旁边房间的窗子亮了。在这岛中之岛——我是说，这座五层楼高的海滨酒店——除我之外，又有人醒来，我即将展开的涉险之旅大抵可以不再孤单。

洗漱完毕，天光已然熹微。在陌生之地，光尤其让人心安。而黑暗则酝酿悬念和恐惧。前一年的秋天，我住在深山里。午夜之后，黑暗在窗外凝成一块巨大的石墨，仿若宇宙洪荒、混沌未开。而人类对于光的崇拜，大抵在钻木取火之前。天光无法复制，当晨晖尾随黎明到来，众鸟唧啾喧哗，有如感恩神赐，"圣者于光中显现"。在瑞典，每年的十二月十三日，会举行隆重的"露西亚节"——此日之后，这寒冷的北欧国家，漫长的黑夜将一日短过一日。而在中国，当北斗七星斗柄上指，彝族、白族和纳西族人以火把节庆祝火焰带来的光明。传说之中，人类曾以火把帮助地神战胜了天神——当此际，天神象征着原初的夜晚和黑暗；而光的到来延续了白昼的光明和暖意，使人在漆黑中仍得以"看见"。

电灯的出现使世界暧昧起来。除了短暂的停电之夜，谁会时刻留意光源的存在？但凡事物，过于泛滥的，往往也最容易被人轻贱。而在涠洲岛，道路两旁并未设置路灯，这个事实直到第三天的夜里才被我发现。那天我独自到岛西欣赏落日，刚刚转身离开石螺口海滩，天就黑透了。从黄昏到黑夜，难道不需要过渡吗？真是奇怪的经验。电动车的车灯只扑开了车轮前方有限的黑暗，而更多的黑在四野绵延，像不知谁扯开的黑色棉布，硕大无朋又密不透风，横亘在天地之间。有好几次，我疑心我已经错过了通往酒店的那条不起眼的路口，然而手机移动信号中断，在线地图无法查询，我竟至于如此孤立无援……后来我想起这一场虚惊，想到彼时还不到傍晚七点，而二十一海里之外，陆地上的城市正一派灯火通明。

惊险的夜游仅此一次。作为孤身出行的女子，到了夜间，我谨慎地足不出户，在露台上观望海岛夜景。我看见的每个夜晚都如此不同。在此之前，我以为夜是一扇闭合的门扉，但是这显然不对。天地从未闭合，即使置身斗室，仍有万千条丝线，正将我与星空紧密联结。

没错，在岛上，我体内蛰伏已久的什么东西醒来了。

晨光熹微之间，我穿过林中小路，去看海上日出。

而在地球的另一边，漫漫长冬的中央，有人曾经在清晨歌唱：

> 夜色凝重，笼罩着院落和房屋。
>
> 在阳光无法到达的角落，阴影盘旋，
>
> 而她来到了我们黑暗的房间，
>
> 头顶着明亮的蜡烛。
>
> 圣露西亚，圣露西亚
>
> ……

日出

这是清晨六点半钟，在南国十月的末梢处，太阳还没有出现，而海水正在退潮——这只是个假设。一个对海洋一知半解的人，比如我，很难在十分钟之内，明确分辨出涨潮和退潮的区别。

我在海滩上来回走动。海在做什么？看上去它声色不动，但我觉得它其实已经醒了，打着呵欠，身体转侧，把身上这床巨大的被子搅成一波一波。几艘渔船还亮着惺忪的渔火，泊在水与天的相接之处；而在距离此岸近些的地方，已经有大大小小的渔船，正向着深海驶去。突然，仿佛精灵一般，一大群海鸟在远处的海水上方现身，它们忽而旋高，忽而下潜，然后终于商量好了似的，哗然散落到海面上，我再也看不见它们。

而此时的大海，并不是我此前想象里的蔚蓝，它是掺杂了灰蓝的银白色，上面布满大片大片明亮的微光，和正奔涌而来的海浪的阴影。不，那其实是天上的云的影子，是从海中上升的水滴，正在天空模拟出海中巨大的生灵。天与海，它们以这样的方式，息息相通，从来就不曾离开过彼此。

太阳升起来了，但它也不是我想象中的海上日出。这太阳，一枚橙色的蛋黄，自高于海平面的那片云雾中出现，在海水之上铺下一条细细的橙色光带。也只不过几分钟，它又躲入了重重云雾。光带消失了。但是你知道它还在。在那里，有肉眼难以看见的光芒，正从那团青灰的云雾中撒向海面。紧接着，云雾好像被谁在暗中驱驰，突然向高处奔去，看起来倒是离人间更近了一些。太阳在此时重新露出了它的脸庞。它退去了一部分红晕，但是更亮，开始有了耀眼的意思。云和雾气仍缭绕在它的身上，你能够感受到，有什么正在那里酝酿。而在水天相接之处，出现一团明亮的聚光，仿佛隐身的神灵正要隆重出场。猝然之间，那条原本隐隐约约的光带变粗变亮，阳光的热度随即喧哗着拍打在人脸之上。是的，太阳，它带来了光焰，和炙烤地球的力量。在我的头顶，有一半的天空，已经由灰白变成淡蓝，在那里，有一道看不见的、昼与夜的界线——一只半圆的、仿佛半透明的灰白的月亮，还犹犹豫豫地悬浮在上面。

而在日出之前，我注意到不远处泊着的一只小小的、简陋的渔船，它距离沙岸三五十米远的样子。但是，三十米或者五十米，对于大海来说，是多么渺小的距离，简直可以忽略不计。

后来的几天，这只小船一直留在那里。一天清晨，海上起了风，太阳也迟迟不见踪影。小船在浪涛中颠簸着打转，时现时隐。海偶尔呈现出它狰狞的一面，让小船和人类惊怖于自身的卑微。我以为这定然是一个阴天，但是错了。太阳陡然出现，先是东北角处的一边侧脸，只不过几分钟，地球转动，把它抛出酣眠的云层。光焰铺展，瞬间照亮了头顶的天空，也照亮了更多的云朵的边缘，把白的云染成了绯色，又给那些准备遮掩它的乌云镀上了金边。

那天有几个女孩站在浅水处戏浪拍照，她们薄纱的衣裙在风中如彩云翻卷。而海水阴森，汹涌的浪涛丝毫不肯为欢笑的青春略微收敛。但是当我踏入海水，那条由阳光铺在海上的闪烁的光带，似乎正引诱着我，一步步踏向远天。我向侧旁闪避，而它紧随不舍——阳光何等慷慨，每一个站在岸边的凡人，都拥有一条阳光特地为他铺出的闪光缎带。

又一天清晨，同一个时分，海水退得比平常更远，吐出了一片我始终不曾看见的、铁锈般的礁岩。这些奇特的岩石，它们的上半部分是黑色的，像铁质，有奇怪的斑纹和回旋；下半部分，也就是被海水更长久地浸蚀着的地方，也像铁一样，生出了暗红的锈迹。这锈迹流质般的，沿着岩石的侧壁淌下去，一直渗进了沙滩里。这是一座由火山创造出来的岛屿；那么或许，这些假装成石头的家伙，其实是三万年前从地心里喷涌出来的铁？它们燃烧、冷却，一天天被海水消磨，变成了一群既不属于海也不属于陆地的小兽，哪里也回不去了。

退却的潮水也把各种各样的东西留在岸上：人类丢进海里的杂物，死去的珊瑚的断肢，还有柔软纠缠的绿色海藻。我在海滩上走来走去，捡拾了很多珊瑚和石头，直到两只手再也拿不下了。大海太过富有。大海啊，我在心里说，请你原谅一个穷人的贪婪。

我把这些收获的宝贝摆放在沙滩上。旅途遥遥，我不可能将它们全部带走。反复地筛选之后，我带回了两只珊瑚。其中的一只形如人掌，只是拇指残缺，小指也短了半截，其余的三根手指并立，像山坡上矗立的三根罗马神柱，支撑起上方未知的虚空。另一个，一座奇怪的山峰，兀立的峭壁上开凿出众多神秘的洞穴，像龙岗石窟里藏着的古老神灵。它也像一座孤单的城堡，窗棂残破，墙壁被风雨蚀出深邃的孔洞。我曾在辽东小河口的明代长城垛楼上，看到过类似的孔洞。那些坚硬的石头，像泡沫板一样被时光捅成了蜂窝，遍布深而密集的小洞。那一段未经现代人野蛮修复的明长城，雕满了几何图案和绚丽的花朵，又奢华又脆弱，让我甚至不敢伸手触摸。而珊瑚们在这座微型城堡的顶端也开出了花朵：花心里是呈放射状的纤细触手，它们曾经以人类肉眼难以辨识的速度，轻微抖颤，把大片的海水——滤过。

我把手指插进浪涛之间。南方清晨的海浪，有着不属于深秋的温度。想到这一点的时候，我才意识到，我已经脱离了我日常所在的时间，仿佛一脚踏入另外的虚空之中。

太阳升高了，整个世界被照亮。南中国滑进它的上午时光。在十月下旬的上午七点半钟，遥远的北国正在摆脱它昨夜的残梦；但这里是南方以南，安恬静寂的北部湾。我最早说出的那只小船还在那儿，它距离我既没有更近，也没有更远。在太阳和它的光焰之间，小船变成了一个黝黑的逗点。

时间的虫洞

不需要任何人指点，我知道酒店旁边的这条小路通往海滩。现在我走出酒店的侧门，开始向右拐，一双脚于是踏在坑洼不平的沙土路上。再走出二十米，小路伸展进一片树林。如果日出是一天的始点，那么这林中的小路仿若前一个夜晚的延伸——它阴凉、狭仄、暗淡，轻风拂过，带来恍如昨夜的气味——难道在刚刚逝去的梦里，我曾经由此路过？

小路的地面湿答答的。两天前横扫北部湾的一场台风，在这儿那儿留下了一小块一小块的泥泞。再往树林深处走，我看见一座宏伟的蚁丘，赫然建筑在小路的一侧。地底下红褐色的潮湿黏土被挖掘出来，垒成巍峨的山峦。此后的几天里，我注意到，这些堆积在洞口处的泥土，每天早晨都是新鲜的，颜色比土路的色泽要深上许多——莫非蚂蚁们总是连夜修缮它们的宫殿？但是为什么要将入口选择在这儿？无人涉足的丛林深处岂非更为隐蔽和安全？或者是，这亚热带的林中树木过于密集，工蚁们甚至无法在纠缠的根须间开拓出足够的领地？

这天清晨，熹微的天光之下，我跨越神秘的林中蚁穴，向四周投去匆匆的一瞥。这林中杂树丛生，各种我叫不出名字的草木挤挤擦擦，把每一寸土地都挤得密不透风。我很快明白，凌乱和荒芜，正是树林应有的状态。至于我习见的那些齐整的、供人类游览和漫步的林子，其实是在人为的干预之下，被扭曲了的自然的一部分。

穿越树林只需要几分钟。第一天从海边返回酒店，我的两条腿上多了六七个包，从它们的大小和红肿程度来看，这些擅长偷袭的蚊子个头不小。为什么就没有人提醒我，十月下旬的蚊子这样凌厉？我到酒店旁边的超市买了一瓶花露水，每天出门之前，从头到脚喷上一遍。

在地球上，平均每一平方英里有一千三百五十六种生物，"包括八百六十五只小虱、二百六十五只弹尾虫、二十二条马陆、十九只甲虫成虫，以及其他十二种数目不一的生命形式。假使同时还估算了显微镜下所能看到的族群，很可能范围增至二十亿个细菌和上百万的霉菌、单细胞动物和藻类——全都在不过一茶匙的土壤之中"。这些还只是平均值。在温暖湿润的南方，物种尤其丰富。在清晨静谧的树林里，在我脚下的泥土之中，隐藏着多少物种？而据说，地球上所有动物的平均体积，相当于一只普通家蝇的大小。相比之下，猫和狗已经是庞然大物；人类的体积有如傲慢的山峦。这高悬空中的一双肉眼，对世间的大多数生灵视而不见。

回到北方后，我翻看留在手机里的照片，有两张显然是在这林中拍摄的：一根不知是什么树的枝条，上面细密缠绕着不知名的藤蔓，但这些并不是重点。重点是镜头中间的一小团黑影。白而柔和的光线从枝叶的空隙间透进来，使这黑影成为一个无从破解的谜团。当时我看见了什么？一只蝴蝶？还是一只长着鞭状触须的甲虫？而无论我怎样检索，关于这个瞬间的记忆，仿佛从不曾存在过。事实就是这样：许多时候，我们既想不起自己看到了什么，甚至也想不起自己做过些什么。

但那只鸟的出现千真万确。大约在前一天夜里，它眠于路旁的灌木丛后——那里有几株香蕉树——突然被我的脚步声惊动，它呼啦啦飞了起来。如果它不飞，我哪里知晓它的存在？它的体形比鸽子大得多了，羽毛色彩斑斓，但没有锦鸡的长尾。它在香蕉树阔大的叶子间一闪而逝，我甚至来不及吃惊，它已经消失了。

这世界绚丽又神秘。尽管在某一瞬间，自然之神总是挥洒出一幅静态的画面，而在这宁静之下，是天翻地覆，是时刻进行的破坏和重建，是死亡和新生。美妙的一切被隐藏在暗中，看见它们，需要足够的耐心和好运气。现在他让我看见了一只神奇的大鸟，他一定觉得已经太多，于是把另一个瞬间从我的记忆中悄然抹去。

总的来说，这条通往海滩的笔直小路，一种确凿无疑的存在，它连接起人类和大海——海上吹来的风具有腐蚀性，这杂木丛生的树林因而被保留下来，成为人类与大海之间的一道隔离屏风。

每天我看完日出，奇怪的场景总是重复出现：我找不到这条小路的入口了——当我从酒店一路走来，它的出口处明明就在一群铁黑色的礁岩旁边。现在我需要沿原路返回，它却突然隐匿不见。难道这条小路是传说中的宇宙虫洞，当它完成一次秘密的输送，出口即悄然闭合？或者，如同我胡思乱想的那样，它属于昨夜，而日出开启了另一重崭新的时间？一念及此，我索性放弃找寻，踏上近旁的台阶。那是一个海边烧烤大排档，老板娘正在水池中洗洗涮涮。一盘小小的花蚬子，一小把青菜，看起来是一家两三口人的早餐。顺着老板娘指点的方向，我沿着一条与海滩平行的小径横穿过去——就是在这儿，我邂逅了那只羽毛缤纷的大鸟——很快回到了我来时的那条路上。断开的电路重新闭合，中断的时间继续嘀嗒作响。我看见距路边不远处的林中，不知何故搭起又倒伏的低矮木棚，蓝白相间的编织物遮挡了一小片灌木，像一丛陌生而突兀的植物。我看见那蚁穴还在，而四周寂无人影。我看见路边的枝叶上挂着一层薄薄的露水，那叶片小心地托着它们，殷勤送给我一捧南国的珍珠。

草木深

风入松

我在午夜时分到达这家客栈。放下行李，朋友拉开窗子，告诉我海就在那边。顺着他手指的方向，我看见一小片参差的屋脊，大约是街灯，涂亮了一栋楼狭长的侧脸——这些都衬在一整块厚厚的黑色天鹅绒幕布上面。这幕布的中央部分也染上了光晕，像是从背后透出些许光来；但终究什么看不见。近且清晰的倒是一阵阵松脂的浓香，夜风微拂，一棵——哦不，是两棵——我从未见过的树，正用它们的枝叶沙沙地扫着玻璃和窗框。

这是什么树?

马尾松嘛。

松? 青松傲雪，难道它们不应该长在寒冷的北国? 在呼伦贝尔，我曾跑去看红花尔基樟子松原始森林。那时候是八月，但莽莽苍苍的樟子松已呈现忧伤的冷青色，像降落在无际草原上的黑压压的乌云。进入冬季，红花尔基将长久地陷入零下四五十度的酷寒。为什么有的松竟然可以长在终年无雪的亚热带？

随后我就知道自己过于少见多怪。马尾松天生就喜欢温暖，它只肯生长在长江以南。或许我也曾在江南的短暂游览中见过它们，如同我在火车站和飞机场见过许许多多的人一样，见与不见并没有什么不同。这世间草木的种类实在太多了，如果它不是刚好长在这客栈旁边，并且刚好把叶子伸到我的眼前，刚好旁边还有个共同的朋友开口介绍，而我碰巧有闲情仔细看了看递到眼前的这张名片——你好，马尾松先生，你的马尾很好看。呃，我是说……很有个性。

第二天早晨，我研究了一番这些马尾。它们有一拃多长，是我见过的最长的松针。不过它们不是针，是略粗些的丝线，手感柔软。是不是可以用来编成绳子？我揪住一根，两手稍微用力，断了。也许干燥后的可以？窗台上就落有几根，已经变成了棕褐色。拈起一根试试，似乎真的略韧一点儿，但还是轻易断了。看来植物的马尾到底不同。要知道，真的马尾韧性极好，孩子们用它来套知了。那时候我舅舅大约十岁，有一天，他总算找到机会溜进生产队的马棚，蹲伏下身体，一点点靠近那匹觊觎多日的大马。他顺利地揪住了一根马尾的长丝，向下一拖——等我来到世间，一张开眼，就看见我舅舅的右脸颊上，印着一朵马蹄形的花瓣。

这时朋友发来微信。北海国际客运港紧急发布通知，受台风影响，开往涠洲岛的航班将于次日全面停航；今日所有航班全力输送滞留在岛上的游客——我准备到岛上领略台风魅力的计划报销了。

台风抵达之前，我站在窗边，看见几个人在马尾松下忙碌。我看了好一会儿，才明白他们在往树下的那间小屋房顶上搬运沙袋，以免简陋的棚顶被台风掀翻。那浅灰的、带沟楞的棚顶原本铺了薄薄一层褐色的松针，马尾松一定费了好些心思，才将它们铺得那么均匀……这下子全被沙袋破坏了。

台风是个破坏者，台风的衍生品沙袋也是。

当天夜里，台风来了。

马尾松在风中乱摇，东一下西一下，南一下北一下。台风没有方向，它在空中打旋，这个旋涡大约呈椭圆或接近正圆，直径很大，圆心随时变化。我知道我已被这风席卷，却全然不知正置身于它的哪个方位。台风带来的雨水有一搭没一搭地下着，到了子夜，雨又大了一些，我拉开窗子，看见那些马尾与地面接近六十度夹角，尾尖呼啸着斜斜指向东北，似一万匹马在空中狂奔。我呆了半晌，一面盼着风雨快点停了吧，一面又希望它们来得更为浩大。平生第一次亲历台风，我几乎带着一种破坏者的心情，想知道坏可以坏到什么地步，想知道万物将如何死里逃生。如果不是台风到来，我怎么会知道这长发安静披垂的树原来也可以万马奔腾？如果不曾历经风暴，谁知道谁会龙腾而去，谁知道谁会委地成尘？

没想到，这场名叫"莎莉嘉"的台风临时改了主意，或许它原意就打算如此。人类又怎能猜得透风的全部心思？"莎莉嘉"在北部湾略作盘桓，便与北海市区擦身而过，直奔防城港去了。细雨淅沥，但已近尾声。被大风撕扯下来的针叶有些落在了窗台上，还都是绿的。我忽然想起一个问题：松树的叶子到底是以怎样的姿态落下？似乎从未有人描述过。它们如此之细，难以觉察。如果没风，这些总是直指大地的针大抵会垂直下落的吧——在秋天，是否有人端坐于落叶松下，千百芒针在背，而亿万针箭于头顶高悬，此等情境，人生当会有些非同寻常的颖悟？而松叶无视其他，它们只管落下，一条细长的线段，一颗拉长了的雨滴。雨丝风片，是叶子，演绎出大地的写实主义。

树也分阴阳两种，这是我最近才知道的。这两棵马尾松长在客栈的北侧，以双方的情形推算，在这家客栈的四层楼拔地而起之前，它们就在这儿了。这热爱阳光的树想必一度有过濒临死亡的危险，但如今它们长到了五六层楼高，终于让自己的一部分牢牢抓住了光线。如果能够顺利地度过二十五年的青春期（马尾松在五至十岁和十至十五岁间将迎来两次飞速生长，这一点与人类惊人的相像），它们可以长到二十层楼那么高。想想吧，如果城市里真的矗立着这样的两棵摩天大树，它们并肩而立，眺望着不远处的海洋——所有的鸟都会忍不住为它们歌唱。

旧识

台风将至的那天下午，我原本和客栈的老板娘约好，要搭她的车去海鲜市场。但是在银滩转了一圈回来，我改了主意，决定先去市区逛逛老街。

烈日当空，灼热的空气纠缠成一个巨大的、白光闪闪的线团，把海滩、街道、路旁的海鲜大排档、高高低低的建筑物，一股脑儿地裹在里面。它在燃烧，闷声不响，但让空气几近微呛。我在客栈后面的小卖部里买了一瓶矿泉水，顺便向坐在那里闲聊的两个女人打听一下去市区的公汽路线。按照她们的指点，我准备斜斜穿过马路，去对面的站点等车。

马路正中的隔离花坛稀稀落落地种了些行道树——说是灌木也行，因为这条路显然是新建的，移植来的植物也还没有长成气候。接近十字路口，有一棵树倒是长得颇高大，居然还开着花，我看了一眼，又看了一眼。嗯？怎么可能？我踏上花坛的石阶，捏住一枚尖尖的树叶。那灰绿的柳叶既厚又硬，接近蜡质，背面几乎是银灰的。

竟然是，一棵夹竹桃。

我停在那里仰头看它，一时间简直喘不过气。天太热了。在深秋，这异乡的阳光和街道恍如幻觉。夹竹桃，你怎么会在这里？暌违多年，你桃红的花还在高处的枝头灿然盛开，吐出多少年前我就熟悉的粉黛香气。旁边枝上的那一小簇则刚刚开败，花瓣的边缘变成了枯褐，但靠近花心的地方还是红的，像灰烬包裹着的一颗活着的心脏，透出让人心惊的悲凉——仿佛至死仍心怀不甘，仿佛在活着的每刻，被自身迸射的火焰灼伤。

这是我祖母偏爱的花，印象中，家里一直养着几株。它们似乎很容易成活，至少繁殖相当简易——在空酒瓶中注入清水，剪下筷子长的一截枝条插入瓶中，瓶口用湿泥封住。如此静置一两个月，枝条便生出雪白的长根，入春便可移进花盆。我祖母和母亲常持此瓶馈赠邻里和亲友，如对方欣悦收下，她们便满面春风，谆谆告以养植之法，扮演起热心得过分的送子观音。在我看来，这花木平常到近乎贫贱，花的香味也像一个土气的村姑，她们为什么如此热衷于让它芳泽远播香火绵延？

总的来说，这种叫夹竹桃的植物喜欢活着，喜欢自我繁衍，像被切成两段的蚯蚓，不仅不肯死掉，反而执意要以双倍生还——这是原始泼辣的生物本性，自承低等，毫不忸怩，反衬出人类的矫情。人喜欢林黛玉，喜欢节制，从言行到饮食，从感情到生育莫不如此。尤其年轻的时候，矫情是生活的重要组成部分。当年我不是很喜欢这花，当然也说不上讨厌；我只是觉得麻烦——活着是一件麻烦的事。

事实是，彼时我患上了轻度抑郁症而不自知。那天我和父亲拌了几句嘴，一转身，我听见祖母在旁边的房间责备我父亲："孩子上次差点救不回来了你不记得？……"我想，大概没有人比祖母更害怕我会死去，虽然她从来不曾问起。

后来我慢慢忘了想死这回事，也许是体内的血清素和多巴胺趋于正常，如同植物茎管里流淌的隐秘汁液——造物在其中加入何种成分，用以催生花朵或删除落叶？为什么夹竹桃执意在身体里携带毒汁，仍不能避免娇嫩的花苞被蚜虫啃啮？这世界只呈现它的物理表象，却很少暴露它幕后的主使者。

再后来祖母住的老房子拆迁，那时冬天已近，祖母问我要不要那棵夹竹桃——它已经长到了两米多高。相比于这个高度来说，它脚下的粗陶花盆实在太小，还不知何时磕掉了手掌大的一角，浇水时总会有一半水淌到外面，这使得它看上去整个营养不良。见我犹豫着没有答腔，祖母说："没人要就只能扔了。"

其实我不喜欢这花还有一个原因：它冬季也不落叶，必须移入室内。那么多个冬天，虽然生着炉子，房间里仍能看得见口里呵出的白汽。我眼见它的叶子落满厚厚的灰尘，谁能一枚一枚地擦洗它们？这些积灰的叶子开始自暴自弃，先是变得枯干，然后卷翘起来，但是仍然并不肯脱落，就那样用千百只枯干的指头戳住你，让你心里暮色四合，让你知道，有一种活着比死去更为不堪。

祖母盼望她回迁的新居可以铺上地暖，脚踩在上面，整个人都暖洋洋的。人老了，骨头深处蚀开深广的空洞，怕冷，怕风，怕前后左右的沟坎和凄清。但那片回迁楼整整建了六年，内中的曲折千回百转，之后又因资金缺欠，迟迟不能交付使用。我的祖母，终是没有等来她的新房。

那棵她希望可以托付给我的夹竹桃呢？祖母故去，许多事情再也无从问起。

而如今我才知道，它原产自伊朗和印度，原本只应该，生在南国。

偶遇

那是一座从童话里移植来的花房，一眼自梦境涌出的喷泉。每一滴水珠就是一朵花，在半空中围绕一个同心圆均匀四散，边缘处在重力作用下微微垂落，拱成一朵巨大醒目的蘑菇花伞。那伞顶层层叠叠，是忧伤而瑰丽的玫紫色，让夹杂其间的细小绿叶几近淹没不见。这只足有二三十平方米的巨伞安静地撑在路边，一顶传说里才有的华丽王冠，下方露出的却是荒凉尘世里一张黑瘦的脸——掩在这花海之下的民宅既小且旧，让人一瞥之下心生惘然。

那简陋民宅旁边是用预制板搭建的一爿小超市。花树阔大，把杂七杂八的几只货架一并罩于其下。货架上几瓶白酒，油盐酱醋，还有些卤蛋和面包之类。我买下几样零食，这才好意思绕着那花树的根茎转了一圈。原来并不是什么树，十几根婴儿手臂粗细的藤茎虬曲着抱成一团，洁白光滑仿佛史前巨兽的筋络，如今它们已经干燥、凝止，但仍然充满活力，好像不觉中踏上的螺旋形楼梯，攀爬中有轻微的晕眩。

这是我第一次看见三角梅。随后我想起，我曾经在朋友圈里看过这花的照片，它被种在三亚某个阳台的花盆里，身高约为一米，瘦骨伶仃，一个到了青春期但仍未发育的女孩，竟然也开出了几朵花，让它的主人大为惊喜。三角梅，当时我只是约略记下了这个名字；而这场现实中的初逢又过于惊艳，两下里对照，既梦幻又荒诞。

回到住处，我才发现那袋旺旺雪饼将过保质期，饼体已经受潮，咬上去有一种木质的坚韧。气候湿热，时间在南方被压扁、拉长、揉成碎末，让果实快速成熟，让人造之物更快地退回自然的怀中，让草木皮肤紧绷，让三角梅从这一年十月一直盛开到第二年的六月。

北海老街有更多的三角梅，大部分种在花盆里，高矮繁简不一，有的一直爬到了二楼的窗棂上方，在那里盛开得异常繁密，让人疑心那窗子后面藏了个罕见的美人。有的则刚长到一人多高，可以近距离端详花瓣和花蕊。三只花瓣围成一个端正的等边三角形，外面包裹着三只花萼，原来名字是这样来的。老街两旁的小洋楼大多建于清末或民国，一栋紧挨着一栋，偶尔两栋之间的山墙留出一米宽的缝隙，中间夹着的倾斜小街通往深处的巷弄。一百多年的雨水把曾经的白墙漂染成灰黑，裸露的青砖爬满青苔，砖缝间垂落青翠的蕨类。楼顶的女墙形制不一，墙后探出的小树枝叶疏落有致。

难以置信，娇艳的三角梅与这一切结合得如此完美，仿佛它天生就应该生长在这儿，虬根扎入时光的缝隙，茎叶嵌入老旧斑驳的墙壁……据说，此花可以辟邪护身，如果有人天生性情忧郁、内向、胆小，对生活缺乏信心，可以在南向的厅堂里种下这花，阳气便可以点点滴滴，贯注于脾胃和内心。

那天我在香港沙田的某个社区里走，阳光朗照，虽然季候已入深冬，但四下里草木葳蕤，高大的紫荆花正在开放。我走过一家万宁连锁超市，正准备沿阶梯上行，无意中瞥见不远处的墙角半倚着一株花树。小跑几步过去看，果然是三角梅。他乡遇故知，我一时不知该如何向它表达我的惊喜。我摸摸它的花瓣，把脸凑近一点，出人意料的，我闻到它递送过来的淡淡香气。

三角梅又叫叶子花。汪曾祺有一篇文章提到，昆明和楚雄的三角梅都很多，他说：

> 叶子花的紫，紫得很特别，不像丁香，不像紫藤，也不像玫瑰……它好像一年到头都开，老开着，没有见它枯萎凋谢过。大概是它自己觉得不过是叶子，就随便开开吧。

也许三角梅真是这样想的。

在草原上想你

我想你是在一大片草原的中央。河水漫漶，水与岸齐。我知道，草原上所有的河流都是这个样子。河流是另外的草原。草的脉管里藏进一条细小的河流，沿草尖向上，雨丝般细密的河流奔往天空。而水的流动无意间模仿了草原的斑纹，草在风中唱出水清澈的歌声。

我想你像一条蛇游过草原。一条丰美的青蛇，草原谦卑的守护者。在阳光下面，你柔美的鳞片次第闪烁。你这比人类远为古老的物种，前方的道路遵从你神秘的嗅觉。

有时我想，其实你就是我。我从未谋面的自己，奔走在另一个世界。

我来了。

正是七月，草原深处流动丰美的蜜汁。在七月，还有谁像我这样渴望走近你？好像我出生在远方，就只为有一天赶来与你相聚。我的外祖母，我的母亲，她们的一生都紧紧依偎在你的身侧。我母亲出生的时候，也是七月，你越过高高的河堤抵达她的村庄，一个遥远的、我从未去过的地方。但是刚刚分娩的女人照例是不可以碰水的，所以我外祖母抱着我的母亲，被人抬出你热烈簇拥着的产房。生于辽河边，死于辽河边，我母亲说，这就是她们母女的命运。

我来了。我从赤峰火车站的月台上走出来，身后高大的白色建筑物上，两个神秘的蒙古文字金光暗闪，街边景观树的绿荫则发出炽热的白光。我没想到赤峰会是这样。我以为有了你，赤峰必然也是一个水气充盈的城市。这天夜里，一场雨果然及时赶来。之后的一整天，雨一直时断时续，在一片灰蒙蒙的雨中，我一点一点地靠近你。

动身之前，我们——我和我的儿子——联系了小红山下的一家旅馆。小红山位于乌兰布统，就在著名的红山军马场旁边。百度上说，你最早的出发地是红山北麓的白槽沟河。经过在地图上反复查找和比对，我最终说服自己相信：你就在那儿。

但是细心的旅馆老板忘记告诉我们一条重要的常识：即使在旅游旺季，从赤峰到乌兰布统每天仍只有一趟班车。而就在我们一寸寸地挪近售票口的时候，这辆珍贵的大客车开走了。按照原定计划，我们必须在第二天傍晚前赶回赤峰。经过一番简短的商量，我们决定先前往距离乌兰布统最近的克什克腾。

那时我还不知道该如何区分"经棚"和"克什克腾"。一个旗和它的旗委所在地，我暂时理解为"沈阳"之于

"辽宁"。

下午三点多钟，我们到达经棚小镇。雨水带着暮色提前降临。很快我就会知道，五个小时之前，我们做出的其实是一个既正确又错误的决定——从经棚开往乌兰布统的班车同样只有一趟，并且刚好在我们到达之前及时开走。在地广人稀的克什克腾，除非自驾，错过班车意味着寸步难行。

好心的司机为我们介绍了一位据说非常可靠的当地导游。导游说，去乌兰布统的公路正修得乱七八糟，加上下雨，理论上的一小时车程到天黑也休想到达。不就是要看草原吗？他建议我们就在附近走走。说着，从衣兜里掏出一张游览地图。

就这样，我看见了你。这是我第一次在距离你如此之近的地方看着你。在这张地图上，你置身于一片浅黄色的包围圈里——怎么可能？你出发自一片沙漠？在此之前，我想过你藏身深山，无人知晓你的行踪；我想过我需要翻山越岭，一步步接近你的幼年，像接近我自己的前生。你是一脉溪水？一泓草根里渗出的清泉？我想过我可以追随着你的踪迹，直到你纵身一跃，飞下让人目眩的断崖。

我想过你一路蹦蹦跳跳地奔跑下山，一头撞进晨雾迷离的草原。我想你一定猝不及防，撞见了三百年前的那一场血战。那时候是 1690 年，康熙二十万大军在这里击败兵力只及他十分之一的噶尔丹。这难道不是一场力量悬殊的、可笑的战争？在电视剧《康熙王朝》里，噶尔丹是个梳着两条小辫子的粗犷男人。两条古怪的辫子并不妨碍他拥有一个真正的男人该有的那些：强悍，热烈，率真。在某些男人眼里，生命是一片不断扩张的疆域。但是，仅仅作为男人是不够的，真正的政治家其实雌雄同体。并且必要的时候，他们还可以同时出演人类和魔鬼。

我想你是怀着怎样的心情，凝望一座血肉筑就的城池。骆驼鲜活的血肉围拢成草原民族最后的堡垒，这种过分温顺的、习惯于忍耐的动物，草食者从牙齿上泛滥开去的命运。可是，又有哪一座城池不是由血肉筑成？战争永远是一台巨大的绞肉机，运转自如，声色不动。

我想你披着一身血衣怆然离去。血沃旷野，乌兰布统的草原和树林在盛夏时节绿到发黑。一岁一枯荣的草，在鲜嫩的容颜下面，藏住一蓬苍老的根。根记得每一场肆虐的雨雪，和比雨雪更为寒凉的往事。

但是我，我只想追随你的脚步而去，我想看着你怎样从一脉溪流长成一条雍容的大河，长成一首歌里的西拉木伦。

西拉木伦。四个汉字就可以奏出明亮的音乐。他们告诉我，这天籁般的蒙古语，意为"黄色的河"。

这世界上一定有无数条黄色的河，但是只有你最终抓紧了我，和我所在的城市。只有你串连起我母系上三代女人的命运，西拉木伦。那个第一个唤出你名字的人，也许他从来没有到过遥远的南方，他不知道那里也有一条黄色的河，被视为整个中原民族共同的母亲。他只是用他深色的、被干燥的秋风吹裂的嘴唇轻轻地吐出你的名字，你清凉的肌肤就倏地漫过草地，漫往远方。那条与你同样肤色的，并且几乎是平行奔流的大河，你们互为彼此的影子。这世界是一面偌大的魔镜，我和你，或者你和它，我们都只是在其间四处冲撞的孩子。

那时雨暂时停了，经棚小镇的薄暮布满湿漉漉的凉意。我的左边是山峦，右边也是山峦，它们向后退开数公里远，把地方让给正在兴建的楼群。青黑的峰峦之下，楼群纤弱而低迷。我不知道最早来此搭棚诵经的，是哪一位虔诚的僧侣。僧侣总是隐去他们被尘世磨损的姓名，只留下一个标签式的法号，止于对世人微弱的劝导。然后更多的僧侣自远方到来，经幡开始飘扬在水草和森林之间。之后檀香袅袅。被雨水打湿的梵唱拨动一棵草前世的心跳。僧侣们离开之后，小镇遗下一地浅金色的歌吟。

我漫步在这歌吟的深处，茫然四顾。我已经与你近在咫尺，但仍仿佛远隔千里。

就在这时候，我听见了水声。那么急促的水声，自小镇黄昏舒缓的地面上突兀地荡出来，低下去，马上又荡到一个更高的位置，喧哗着，拥挤着，像一大团风铃被大风搅在一起。

狂喜带来的晕眩甚至夹杂了短暂的窒息。我跑过去，脚上橘黄的皮凉拖噼啪作响，低洼处的积水溅开碎玉。

我看见大地在我眼前陡然低陷，陷落成一片二三十米深的 V 形山谷。宽大的水泥预制板沿两岸倾斜着铺往谷底，消失在你的身体下边。你是这样瘦小，我几乎要把你当成童年时老家门前的那条小溪。但是你跑得多快！你这个坏脾气的孩子，坚硬的水泥板都要被你蹬碎了。空气从你身边匆忙跳开，我的呼吸里满是你无缘无故却剑拔弩张的怒气。

我拦住两个迎面走来的女孩，向她们打听你的来历。她们互相看看，不好意思地笑了。和我一样，她们对你一无所知。但是几分钟后，我又遇到了一对情侣，女孩穿一件白色短袖 T 恤，用半是商量的语气回答我："是碧柳河吧！"说着，看一眼身旁的男友。男孩笃定地向我点了点头。

没错，碧柳河，我记得你。

你真实的名字，是"必如"。游牧的蒙古人这样亲昵地呼唤着你，像呼唤他们刚刚学会奔跑的儿子。

但是为什么？为什么一定是"必如"？在蒙古人那些秘而不宣的故事里，"二岁半"有何深意？

出发之前，我仔细研究了你整个家族的谱系。这是一张复杂的图谱，让我想起我支系简洁的家族。按照汉人的传统，我只隶属于我父系的这一支；而且，身为女子，我身后的子嗣并不会计入我出生的家谱。但是你，你的家族是母系的，那是多少万年以前，我们所有的物种共同拥有过的最古老的世系。

那个一直在纠缠着我的问题此刻又跳了出来：在河流的谱系里，到底谁是谁的母亲，谁是谁的孩子？

你是"源头"，是延伸到最远处的"上游"，那么你是最老的老祖母，还是家族中最小的幼子？你是无数条支流汇集而成的浩荡的大河，是抵达海洋的最后的"下游"，那么你到底是整个家族倾力捧出的独子，还是所有支脉共同朝拜的母亲？

你是水。你任性四溢，漫漶了所有词典中我赖以存活的秩序。

第二天清晨，我又看见了你。当出租车驶出小镇，在草原若有若无的雾气间，我几乎认不出你了。但手机上的导航图告诉我，那真的是你。你如此安宁、宽阔、坦荡、波光粼粼。你匆匆穿过小镇，你急于奔往这里。在草原上，你重新成为那许多年前留下来的古老歌吟的一部分。

而在我无从抵达的远方，你与西拉木伦融为一体。你是她的孩子，又是她的母亲。

我知道，关于你的故事还有另一个版本。听我这样说，导游的神色流露一丝诧异。他说是的。他的食指落在地图的另一个地方，那一行小字标注：百岔川岩画。

百岔川，我想那是许多座山峦紧紧挨在一起，无数个山岔，竖立成尖峭锋锐的一排排锯齿。你神秘的出生地因而从未有人目击。从峡谷间奔涌而下，在险峻的高度与高度之间，你一路制造惊叹和悬念。正午时分，阳光赶来加入你的蹦极狂欢。谨慎的阳光小心地抛出它的绳索：一条时隐时现的七彩虹霓。

而坚硬的玄武岩收藏起六千年前的绘画。牧人和他的大马。日月星辰低垂天际。荒野浩荡，真实和虚拟的野兽或奔或立。最多的是鹿。鹿在岩石上回首。鹿在岩石上跑动。鹿在岩石上眺望落日。鹿在岩石上仰首悲鸣。

二百多幅高悬在水畔山岩上的绘画，时长近五千年艰险而漫长的工程，迥异于劳作之余的娱乐式涂鸦——借助望远镜，短视的现代人才得以发现这些寂静的雕琢。

考古学家们说，它们是商先民的图腾。天命玄鸟，降而生商。但是那时候，玄鸟的故事还没有出现，在大山和草原之间，他们创造出最早的神灵。之后，他们一路迁徙向南。他们找到了另一条与你相像的大河。

岩画之下，几千年你步履匆忙。岩石怀揣记忆，神情复杂。而你不。你是时光，时光只带走所有的往昔。你带走河畔石台上祭牲温热的鲜血，带走人类抑扬顿挫的颂辞，带走入夜后的火光，和火光投射到你心中的支离破碎的影子。

但是为什么一定要在水畔？平地之上的操作不是更为安全和简易？

我突然明白，他们膜拜的，首先是你。必须有你，鹿群和大马才会环绕在此。必须有你，天空和星辰才会与大地生出联系。

但是你，始终没有出现在画面上。你在这里，在无言的低处。关于你的颂辞，是中国山水画里的那一片留白。

"去不了。"导游说。

"什么意思？"

"百岔川荒无人烟，去不了。"

"没有人住就不能去吗？"

"没有路。车不行，底盘低。"

"是说需要越野车才能去吗？"

"对。"

我很生气。我生气是因为我无能为力。我一路追索着时光的断简而来，却只能在距离你最近的地方，与你擦肩错过。

我想从你的岸上带走一粒草籽，植入我城市里荒芜的居所。我想恳请上天赐给我诗人的身份，让我一张开嘴，就倾吐出对你的赞美。

那首关于你的歌正在车载 MP3 里唱着：

　　天下最美的草原

　　是我故乡的贡格尔草原

　　天下最美的湖畔

　　是我故乡的达里湖边

129

　　　　天下最纯的泉水

　　　　来自故乡的热水神泉

　　　　天下最美的风景

　　　　就是站在大青山巅

　　　　西拉木伦河边

　　　　牧歌响彻在白云蓝天

　　　　……

　　那时候，我已经站在歌手哈桑的贡格尔草原，歌声里的达里诺尔湖已经近在咫尺。而你，你正奔往另一个方向，渐至遥不可及。在太阳升起来之前，七月的草原风凉如水，我盘膝坐在这水纹中央，试图记住眼前转瞬即逝的时光。远处的丘陵在草原上飘动。草原飘动。蒙古包和细细碎碎的白花朵飘动，这万千颗小小的心脏，找不到它落下的地方。

　　我想，有什么已经把我和一个真实的世界切开了。我身后的柏油大道笔直宽阔，把草原从正中割成两半。景点和蒙古包都设在大路的另一边。在蒙古包的大通铺上住了一夜的大学生们正在洗漱，又一辆旅游大巴赶来，游客们笑闹着蜂拥在马厩跟前。我在他们中间煞有介事地穿梭了一会儿，又回到了乏善可陈的大路这一侧，把诚恳木讷的中年司机和绿色的出租车也留在那边。车头已经调转，做出准备返程的姿态。事先讲定在草原上的逗留时间是一个半小时。草原其实一览无余，一个半小时如此奢侈又无所事事。但是我不想回去，我想要躺下来，让光阴松弛。让自己变成脚下松软的沙地，随便长出什么草都可以。草俯仰自如，它们不追索理由和意义。

我想这时候我已经把你忘了。你只不过是一个人在生命中随时可能遭遇的遗憾，很快就会退缩进潜意识深处的盲点。而我身后的道路是一个隐喻，一片刀锋，一条过分笔直的僵硬的河。被切割开去的另一半，既像过去，也像未来。但是我不想蹚过去，不想和一群喧闹的陌生人待在一起，乔装出一副有归属的样子。

我还没有找到我的归属地。我想我其实有一个过分坚硬的自我主义。

只有一次，我觉得我整个地消融在一个完全陌生的地方。那一天清晨，开往满洲里的火车慢吞吞地走在牙克石郊外，掀开窗纱，我平生第一次看见了草原。那时太阳还隐藏在地平线下面，一团团雪白的大云彩轻抚着它身下的牛群，而草地和树木仿佛正静静地打着甜美的呵欠……完全是猝不及防，我的眼泪径直落下来——你相信吗？就在那一刻，我以为我看见了天堂。

是的，这之后我才明白，一个人只有真正地见过草原，才会明白草不仅仅是草，而云彩也不仅仅是云彩。只有见过真正的草原，才会知道地球真的是圆的——在视野的尽处，天与地是隔开距离的两条圆弧，像一条河永不相遇的两岸，相伴着，优雅地垂落向宇宙未知的下摆。

那一刻，我多么希望我是一个画家。可供表达的词语无比贫乏，我需要晕眩的光和色彩，画出梵高般战栗的沉陷和迷恋。

在额尔古纳的那天夜里，我喝醉了。纯粮酿造的额尔古纳酒抽走了我的骨头。在我软瘫下去的瞬间，走在近旁的女子将我拦腰抱住，我才没有一头栽倒在深夜的小街上。她是我朋友的朋友。我甚至不知道她的姓名。她说她是汉人，但看上去是个中俄混血儿，或者来自遥远的波斯国。她喝下去的酒至少是我的两倍。喝到半醉时，她为我们唱了一首《额尔古纳河》：

　　千年流淌的额尔古纳河哟
　　你悄悄地说些什么

　　谁的昨天
　　谁的灾祸

　　你流过那凄凉的草原
　　听过蒙古族牧民颠沛流离的哀歌
　　……

是的，在她苍凉的歌声里，我流泪了。

我见到了额尔古纳河，它著名的湿地公园木质长廊上人流如织。七月流火，正值额尔古纳小镇的旅游旺季。午餐时享用的蒙古奶茶、手扒羊肉和额尔古纳酒在身体里共同酿出微醺的醉意，我在所有的镜头前傻呵呵地笑着。

他们说，在草原上，从来没有泛滥成灾的河流。草原的土壤太松软了，水流很快就会渗下去，变成地面下另一条隐形的河。

有一瞬，我几乎把它当成了你。平缓如镜的额尔古纳河。郁郁葱葱的湿地。蒙文和汉文比邻而居的小镇。丰饶到醉人的氧气。天空中的大云彩在黄昏时分与河水贴得那样的近。

朋友特意带我去看他们的露天煤矿。现代化的全封闭式输煤管道蜿蜒如蛇。两条去向相反的蛇，一条输送原煤，一条输送灰烬。两条平行的河流，一条是黑色的，另一条是灰色的。黑河流往发电厂，灰河流进开采后的废弃矿坑。重新填满煤渣后的矿坑再铺上泥土，种植草皮。两旁的煤冢隆起成一条绵延的人工丘陵。我们乘坐的越野车从这些正在开采的矿坑和埋葬煤灰的坟冢间逶迤驶过，车后尾随一路淡淡的黑尘。

朋友告诉我，这些煤炭生成的电力正是输送往东北三省，输送进我熟悉的日常生活。这是另一条看不见的河，它最终变成食物、光影、温暖、通讯，变成无可剥离的生活本身。而我短暂停留的伊敏小镇，整个镇子就建筑在电流之上——学校、医院、宾馆、体育场、电影院、家属楼……全部属于自成王国的华能电厂。

据说，呼伦贝尔草原上的煤矿，还可以开采一百年。

那么一百年后，呼伦贝尔还会是呼伦贝尔吗？那座在煤矿上建起的四四方方的伊敏小镇，它将会迁移往哪里？它会不会成为另一座楼兰古城，在草野的深处，由时光永久封存？

那时候，我盘膝坐在草原的中央。粗硬的草梗戳着我裸露的小腿，不远处有小蚂蚱在悄悄起跳和试飞。贡格尔高原长风浩荡，天空中丝丝缕缕的云彩缠绕成松软的棉花糖。我没有回头，不知骑马尝鲜的游客们将去往何处。我只知道，那条柏油大路还笔直地横亘在我的身后，在路的尽头，达里诺尔湖碧波荡漾。而在更远的西部，呼伦贝尔草原上的油菜花正呼啦啦灿然开放。

你也在我的背后。你是另一条道路，云影游移。你呼出的鼻息拂动我的发梢。我几乎听见你在一大丛紫花后面窃笑的声音，看见大颗大颗的星子帘幕般飘垂进你的夜晚。

你在那儿。在铁丝圈起的篱笆之外。在渐渐疯狂的世界之外。你在奔跑。而我的双脚，已经变成了一脉流水。

蚁穴

一

我赶到的时候，她已经等在那儿。一件半长不短的红色羽绒服，脸被早春的风吹得又干又皱，连多肉的鼻尖也红红的。房地产中介是年轻人的天下，相对于这行当来说，这张脸显得多少有点不合时宜，尽管她可能并没有超过三十岁。她在楼口按门铃的时候，我已经有了预感；果然，她带我去的正是半个小时前我刚刚看过的那个房间。五楼，小小的一居室，没有衣橱，一张与老式橱柜连成一体的写字桌，大约早在多年前就被某个淘气男孩划烂了桌面，如今上面覆了一张地板革。月租两千二百元。

对面的楼里还有一套房子可看，两千五百元。我说太贵了，远远超出此前的预算。她说房东已经来了。那就看看吧。等到一脚踏进房间，我知道，就是这儿了。这房子前几年刚刚装修过，厅厨打通成一体，通透敞亮，地板暖黄，银灰色的橱柜也恰合我意。可是卫生间里只有一台迷你洗衣机，洗床单之类的大件怎么办呢？房东说他带我去看——一台双缸洗衣机搁置在阳台的一角。当我第二次趑到阳台，房东突然大步过来，塞给我一张纸条。

接下来一切顺利，因为各自省下一笔中介费，双方都表示可以在租金上让步。为了表达诚意，我主动提出月租两千三百五十元，就这样定了下来。

可是那个做中介的女孩怎么办？便宜易占，良心难安，也许我可以送她什么礼物，或者悄悄塞给她二百元？但是我该怎么说呢？会不会引起什么后续反应，甚至让自己和房东登上中介的黑名单？断断续续地纠结了一个月，还是算了。

但她还在我的微信上。这一天，她突然问我："沙姐，你找到住处了吧？"我回复："找到了。"她又问："在哪个小区啊？"我想了想。她每天陪客户往来看房，而我呢，一个短暂的外地房客，出来进去压根没有看人的习惯。想必她是看到我了。事实上，早在房东大步走向阳台的瞬间她已经起疑，和她道别的时候，她看看我的手，笑。我的右手空着，左手上握着一副羊皮手套，手套上面还压着一部手机。她没有办法。但这件事纠缠着她，就像纠缠我一样。我有点惊讶，不是因为她的促狭，还有那种毫无意义的执拗。打破砂锅，只为了找到藏在里面的一只气泡。在这一点上，她和我是多么相像啊。当年的我，和现在的我。多年来我似乎从未改变过。但时间多多少少削掉了我的棱角。那么她呢？

她是由一个叫万壮的男孩介绍给我的。万壮长得并不壮，个头矮小，但走路极快。他说他来自湖北。说这话时我们在电梯里，从第十二层到三十几层，他显得焦急，不停地把重心在两条腿上倒来倒去。我不动声色，假装没有发现他在悄悄地打量我。其时我们置身于一幢庞然而沉重的公寓，走廊里擦肩而过的房客表情阴沉。房间内部倒是装修得很好，卫生间几近豪华，有舒适的绛红浴缸可以泡浴。听说我要在那里租房，同事们赶紧告诉我，那里是天津城有名的治安最严峻的地方，有吸毒者，有小姐和日租客。我于是退缩了。春节后我再来，万壮说他转到了同一家中介的另一个营业点，离这儿很远。我想，他们这行业大约走马灯似的，如同流水。

但是谁又不是流水呢？人到中年，我不是也远离家乡，从另一条河里莫名其妙地漂流到了这儿？

二

这房子位于宜昌道，离单位很近。来看过的同事都说不错，除了贵些。但是没办法，这里是整个天津城的经济文化中心，旁边的楼盘已经炒到每平方米八万元。即使是这栋已建成十几年的老楼房，也需要我不吃不喝积攒下全年的薪水，才能买得下它的一个平方。

这天傍晚，我正在埋头吃晚饭，忽听得身后扑哧一响，回头去看时，不由呆住了。过了几秒钟，我反应过来，跳起来拉开柜门，水哗然涌出，在地板上迅速漫延。一番手忙脚乱之后，我俯身向里边察看，发现是水槽下方的排水管连接处脱落开了。来不及细想，我动手将管道插上。可是未等我起身，又一波水流倾泻而下，排水管应声断开。等我收拾完残局，才发现，停水了。

　　直到第二天傍晚，水仍迟迟未来。我跑去向邻居打听情况——那户人家正在做晚饭，门窗大敞。这座公寓型的老楼房为南北走向，东侧是一通到底的长走廊，住宅全部集中在西侧，但厨房因为紧挨着走廊，油烟机管道无法通到楼外。是以一家炒菜，四邻尽享其香——原来楼中并未停水，而且上下水管道都是纵向，与横向的邻居并无关联。

　　楼上楼下跑了一大圈，终于被我找到了症结所在——楼高十八层，从一层到四层的纵向四户人家，共用同一条供水和排水管道。供水总阀设在101。

　　给我开门的女人有一张苍白而愁苦的脸，也有可能，这是花白头发渲染出的假象。她说这楼房因为排水管道偏细，自建成便落下顽疾，断断续续一直堵了十几年，疏通来疏通去，始终解决不了问题。她指给我看她家裸露的排水管，那上面绑着个用塑料布自制的漏斗，自管道渗出的脏水点点滴落，在塑料漏斗上敲出微弱的闷响。她家的厨房里垫着几块砖头，地面上还汪着一层水渍。简陋的老水槽旁边，散着一匝待洗的菠菜。她说她实在受不了了，她要搬到女儿家去住，把这套房子租出去。我等着她说完，问，为什么不找物业？他们怎么可以只管收费不管维修？她把脸转向别处，像一个没完成作业的小学生，嗫嚅着说，她不知道物业费的事，他们也没来收。我猜测着她的经历——下岗大潮席卷中国的时候，她应该还没有到退休的年龄？和我住的房间一样，这套房子西向，没有阳光，简陋又潦草。我忽然觉得，对有的人来说，一生的失败最终都将凝结于某个具体的物件上，比如说，一座既不如意也不舒适的房子——它既是依靠，也是负累；它带来温暖，也带来寒凉……像久病的亲人，像一只蜗牛，不得不穿着它伤痕累累的老外套。

我向她保证，立即与房东商议疏通下水，请求她将卫生间的水阀打开，让我先冲个澡，半个小时就好。

楼上的401住着一对小夫妻，他们的厨房也是开放式，靠墙放着一只贮水的白色塑料桶。男的有一张帅气诚恳的脸，正在掌勺做晚餐；女的戴眼镜，有一点无伤大雅的小心机。她说她不知道是怎么回事，还以为停水了呢。我想起上个周末，我家的水槽里突然涌出的半池脏水——那是煮排骨或红烧肉之前过滤的血水，带着油腻灰污的浮泛泡沫，散发着小日子温热的微腥气味……我没有再去拜访过他们。

我的房东姓温，网名叫"帅克"——也许年轻时当过兵吧——第二天他就找了人来疏通下水。然而好景不长，没出一个星期，管道再次堵塞，如此循环反复。我终于明白，这栋长年罹患肠梗阻的房子，症结比我想象的远为严重。积年的食物残渣一层层堵死了一楼和二楼的管道，眼下已经迫近二楼的天花板。四楼倾下的脏水堵在三层和四层之间，巨大的压强撑裂了钢铁水管，水从我看不见的裂隙间一直渗到地板下面。人从上面走过，地板缝里便滋滋地涌出水来。至此房东也急了，找来了201的房主，从上到下进行了一次彻底疏通。

这一场下水道之战前后进行了将近两个月。每次疏通完毕，厅厨里狼藉一片，疏通剂奇特的化学气味混合进腐烂的食物残渣的恶臭，扑鼻欲呕。

每一栋房子，大约都有它不为人知的难堪一角；往往，光鲜的外表之下，是不足与人道的一地鸡毛。

三

过了没多久，蚂蚁来了。

先是零星的几个小黑点在整理台上探头探脑，我也没怎么在意。独居异乡，日子多少有些孤寂，我想念我那只叫塔塔的猫。它已经习惯了我不在家的日子，一旦明白我每次归来只是短暂逗留，它便不再对我的出现表达惊喜。出租房里没有我心爱的猫咪，几只蚂蚁或许也算得上微型宠物？

那天因为要凉拌一盘苦苣花生，我拉开抽屉，一袋白砂糖刚拿到手中，又险些跌落在地——所谓万头攒动，如雪的白糖颗粒之间，游动着无数只小而漆黑的蚂蚁。那袋白糖自启封之后，大概只用过一两次，我拿了只密封夹夹在开口，但它显然没有起到应有的作用。我把糖袋扔进垃圾桶，想了想，又取出来放在门口的橱柜下方。过了两天，估摸着那些散兵游勇应该已经找到了它们的甜蜜粮仓，这才把袋子拿出去扔掉。不知这支蚂蚁大军的命运如何，作为一个虎头蛇尾的伪善主义者，我止于做到不亲手杀生，其余的，囫囵将之归咎于天命。

但是我实在低估了这种节肢动物的顽固习性。那只曾经装糖的抽屉经过反复擦洗，作为衬垫的卡纸也早已丢弃，洗洁精、白醋和酵素轮番上场，清除了蚂蚁们在白色胶合板上铺筑的隐形道路，最后，我还在上面涂了一层柠檬汁。可惜这些百度上给出的法门全不管用，残余的蚂蚁部队仍然坚持来此巡逻，寻找失去的糖矿的下落。突然消失的采掘大军打击了蚂蚁王国的元气，不知那黑暗中的帝国正流布着怎样的传说——UFO，北纬三十度，黑洞，平行空间，反粒子……抑或其他？在人类世界，2014年失踪的马航MH370至今全无线索，悲伤的亲属仍在引颈以待，怀揣日渐渺茫的希望。而在蚂蚁王国这儿，悲伤可能是分散的——它们的同伴众多，生命的大部分能量全神贯注于生存与劳作。就我们的肉眼所见，蚂蚁们奉行一种过分整齐划一的集体生活；一旦离开群体，落单的蚂蚁立即进入生命的倒计时，最多只能存活数日。高度协作的社会创造了一个有序的王国，所有的工蚁都由雌性充任，出于自愿或者惯性，它们放弃了生育本能，成为终生纯洁的处女。而一直以来，自然界和帝王们鼓励繁衍和生殖，农民出身的明太祖朱元璋，甚至立法惩罚晚婚晚育。但如果必要，以蚁族为例，帝国的创造者也可以从基因着手，彻底改造臣民们的意志。

这桩白糖遇袭事件同时暴露了上帝、我和蚁国之间的关系：上帝创造了人类，也创造了蚂蚁，而人类创造了超市；当我从超市里买回一袋白糖，并不知道它将成为被蚁国占领的免费富矿。可以想见，那只最早发现了这座矿藏的蚂蚁，柔软的触角因激动而陡然僵直，它体内充溢的巨大惊喜，丝毫也不亚于当年的巴尔沃亚发现了太平洋。哦不，对蚁族来说，它比巴尔沃亚要伟大得多。因为大洋是如此之大，并且永远荡漾在那里，如果它被发现的时间，不是在 1513 年 9 月 25 日，那么在其后的几百年间，这一时刻也必将出现。但是一袋糖，它留在抽屉里的时间相对短暂，并随时可能转移到另外的所在，比如说，冰箱。对一个并不发达的文明而言，某物无法被看见和触摸，则意味着其本身并不存在。而因为这个伟大的蚂蚁探险家的发现，很有可能，一个崭新的蚁国得以诞生，就像无垠的呼伦贝尔草原之上，因煤矿而诞生的伊敏小镇。新的蚁巢就定址于这巨矿的附近，沿着被橱柜遮挡的下水管道，天才的建筑师建造起它们辉煌的宫殿。王和它庄严的后居于皇宫的中心，源源不断地娩出新生的工蚁。新闻上说，有专业人员在河堤上挖出一座巨大的白蚁巢穴，蚁后身长十厘米以上，体色白中泛黄，至少已经存活了三十年。它的身体是一只修长而浑圆的碗，里面密密麻麻，盛满了熟透和半熟的卵。这长寿而无节制繁育的母亲，被众多遗失性别的女儿拥戴和哺育——它们均衡地悬挂在天平的两端，一边是无数，一边是唯一。

蚂蚁们继续大摇大摆在我的整理台上漫步，有的甚至爬上餐桌寻寻觅觅，而我迟迟没有痛下杀手。我的小姑子徐畅是位虔诚的居士，长年食素。据她说，她的房间里曾经有过三只蟑螂。夜里她念诵经卷，蟑螂中的一只每每赶来旁听。后来另外的两只蟑螂不知去向，而剩下的这一只，静静伏在她的拖鞋旁边，于诵经声中安然死去。徐畅坚信万物皆有灵性，我也如此寄望于我的蚂蚁邻居。擦洗整理台之前，我以指甲在蚂蚁聚集处连续叩击，敦促它们快速离开。如果它们执意不肯移步，我的抹布只好绕行。有一天纱窗不知何故破了个洞，溜进来两只蚊子，它们不仅夤夜袭击，连我午睡时也不放过。我买来杀虫喷剂，同时警告蚂蚁们即日搬家。一千多年前，韩愈写过一篇《告鳄鱼文》，限令潮州境内的鳄鱼在七日之内全部迁离。据说鳄鱼们果然听话，乖乖前往大海定居。

到了七月，我妹妹沙琳带着她五岁的女儿回北方度假，见我如此与蚂蚁细密周旋，不禁大翻白眼。沙琳说：人不犯我，我不犯人，欺负人欺负到家里来了，可别怪我不客气！沙琳在天津住了两周，每天大刀阔斧，绝不手软。蚁国连受重创，竟也将这片重要的狩猎场列为禁区，拱手相让。直到沙琳走后一个多星期，才有零星几只蚂蚁探子重新前来，它们马上发现，所谓白云苍狗，转眼已换了人间。于是大军出动，我的整理台再次沦陷。

四

我发现，蚂蚁们之所以如此眷恋我的整理台，一个最重要的原因，在于我的日常口味与它们存在高度重合。我喜欢甜食，自小就热爱一切甜蜜的东西，蜂蜜，果汁，蛋糕，曲奇，诸如此类。我不吃苦瓜、茼蒿菜、婆婆丁，不吃辣椒和生的葱姜蒜。据说，人类对甜食的嗜好乃是出自天然——因为散发甜味的植物通常也是无毒的。而且相较于其他养分，碳水化合物更容易被人体消化和吸收，迅速转化成热量供给身体所需。这源自采集时代的经验，时至今日，仍牢牢铭刻在人类的基因里。

蚂蚁们越来越肆无忌惮。它们的活动半径不断扩大，竟然攀上光滑陡峭的瓷砖悬崖，找到了我藏在吊柜里的那瓶蜂蜜。这几瓶蜂蜜是朋友从郑州带来的，瓶口没有密封，只是一只以锡纸包裹的软木塞。等我发现的时候，蜂蜜里已经浸泡了数只蚂蚁尸体。仅此也还罢了，它们的足迹又一路扩张到了卧室。清晨闹钟铃响，从床头柜上拿起手机，每每恰逢一只蚂蚁于屏幕上做疾走练习。一日晚间，我正在写东西，手下的键盘突然出现一个迅速移动的白色小点。定睛细看，原来是一只蚂蚁，衔着一粒白色的东西——大约是我刚才吃曲奇饼时不小心遗落的碎屑——这甜美的食物相当于这位搬运者的一半身长，让它激动得脚步踉跄。我停下打字，目视它从 M 键疾行到 V，然后横向跨越到 G，不知为什么又转身踅回 J 键。然后，它迂回着穿越到 U，好几次险些跌落进键盘间陡峭的悬崖里。此后它在数字 7 和 8 之间徘徊了一阵子，终于越过 F8 到达安全的彼岸。我吁出一口气：这下子它可以一路向前，带着它宏大的战利品凯旋。但是错了，它转身又回到了 F9，并在那里犹豫不决。我不耐烦地敲了敲面板，这下坏了，惊骇之下它失足掉进了 F9 和 9 之间的峭壁，好半天也没有爬出来。我想象它在幽暗的山谷里茫然穿行，徒然找寻自己和同伴们留下的气味，而那些我从未见过的电脑回路仿佛死亡的迷宫。2003 年 5 月，阿伦·拉斯顿攀岩时失足掉落峡谷间的缝隙，右小臂被大石压住，困守五天五夜，不得不以一把野营小刀，将手臂自肘部生生割断。

对人类而言，蚂蚁验证一种盲目而卑微的存在。它们数量众多，而且一旦置身于集体内部，它们就仿佛无惧于生死。

五.

一年的租赁合同即将到期，我在佟楼一带找了套房子，租金便宜一些，房屋面积也缩小了将近一半。不过基本设施也还齐全，而且阳台朝东，在我的想象里，每天早晨拉开窗帘，卧室里立即洒满阳光，这景象简直接近天堂。

整个冬季，我在宜昌道的房子没有阳光。虽然阳台阔大，但对面的三栋楼——名义上与我住的楼房隶属于同一个小区，但门口有保安值班，区域设施和楼的外观也比这一栋要好上数倍，我猜测这是所谓的商品楼和回迁楼之别——两下相距还不到二十米，只有春夏季的正午，才有阳光到我的阳台上短暂造访。而单位的办公室虽然朝南，九楼的位置也算中等偏上，但是每天直到十点半钟以后，阳光才能绕过对面写字楼的楼顶，洒到我们的窗台上。阳光在城市里竟成稀缺之物，这件事超出我的预想。年少时读书，我每每困惑于"天井"一词，总觉得依稀明白，却又不甚了了。如今客居天津，我仰面四顾，发现自己时刻置身于"天井"的中央。

搬家的时候我才知道，这短短一年里我积攒了多少身外之物。衣服就不用说了，光是备用的护肤品就重达四五公斤；一瓶四百毫升的润发乳被我遗忘在柜子深处，元旦时去香港又特意带回来一大瓶。我是谁？我属于什么族类？哪一种生物如此热衷于囤积和购物？蚂蚁搬家一样折腾了一个多星期，最后的一天，我以为再跑两趟即可大功告成，打完包后我傻了眼，前后运送了六次，竟还遗落了电饭煲的插线，又丢了一只心爱的太阳镜。直到天已黑透，拖着一堆锅碗瓢盆爬上七楼，筋疲力尽之余，心头突然涌上一句："秦淮水榭花开早……"

想想，这都什么和什么，全不搭调。

第二天一早，我被一阵扑鼻的霉味呛醒——与卧室相连的阳台被改装成了厨房，而原来的厨房做了一间狭小的儿童室，刚好放下一张单人床。贫寒生活无非这样，一切只求实用，无暇顾及其他。但直到签完合同，我才被告知厨房水槽的连接处轻微漏水，要用一个不锈钢盆子接着。但渗水点可能不止这一处，因此整个水槽下方潮气浓重。卫生间的坐便器水箱也裂了一道口子，我奇怪自己两次前来看房，何以竟至对这许多破绽视而不见。阳台上的玻璃和卫生间墙壁都脏得惊人，我用掉了两瓶重油污清洁剂，一边擦洗，一边猜测着曾经住在这里的一家三口人的生活：女孩一度学过绘画，儿童室里留下了一大一小两只画板，抽屉里还有一张静物素描，看得出功底不差。年轻的女主人可能是某个商场进口化妆品专柜的销售员，卧室门上方的透气窗用几张兰蔻海报挡住光线。我丢掉了她留下的几只山寨护肤品空瓶，和两双女孩的波鞋——她已经长大了。还有一只男主人的皮鞋，鞋码很大，质地不错，他是哪个机构的办事员吧，需要每天穿得西装革履，像一位真正的成功人士。但真正的成功者可能已经换上了沙滩裤，正斜倚在某个南国海滨晒着太阳。总之这一对年轻的夫妇已经见识过真正的繁华，那繁华是一条壮观的河流，在这个逼仄的小屋倾泻而下。我知道那种眩晕，因为难以置信。他们因而看不见这肮脏的阳台，那玻璃上经年的喜庆剪纸红颜褪尽，又干又脆如一截陈年的蛇蜕。他们也看不见早晨的太阳是怎样从不远处那幢高耸的交通银行大厦后边升起，在天空中画出一条耀眼的圆弧，向南面的高空疾驰而去……现在，他们离开了，换成我，站在这儿。

我记起去年深秋的某天清晨，在广西南端的涠洲岛，我穿过一条林中小路，去看海上日出。南国的深秋依旧草木葱茏，树林中光线幽昧。行到半路，我看见一只巨大的蚁穴，它建在路旁，异常醒目。那辛勤的建筑师们从地下挖掘出新鲜的红土，让它们均匀地围绕在巢穴的出口，堆叠成一座座环形山脉。其时群山静谧，看不见一只蚂蚁——它们劳碌终夜，业已在清晨颓然睡去？我俯身探视，一时不知今夕何夕。

它们

狼

在天山北麓东端，紧挨着准噶尔盆地的东南角，整个吉木萨尔县境宛如一块长方形头巾，一只角被风吹得轻轻飏起。在地图上，把代表吉木萨尔县城的这个点与乌鲁木齐连成一条线段，其中点，便是著名的天池。

在蒙语里，吉木萨尔是"沙砾滩河"的意思。

但是，我之所以知道吉木萨尔，却是因为这里一个叫野狼谷的地方。

并非自然形成的群落，一百多只野狼的聚居，乃是人为的圈养。

养狼人名叫杨长生——这个确凿的姓名构成了传奇故事中可靠的部分。几年前，我的一位朋友和他的几个文友，曾经到野狼谷中小住。夜半时分，他们酒至半酣，起意要听狼嗥。杨长生的女儿杨杰一声呼唤，众狼群起应和，霎时狼嗥冲天，黑暗中无数狼眼绿光闪烁。

多年前的一天，在当地的哈萨克牧民家里，杨长生见到了一只锁着铁链的狼——当狼群进入繁殖季，当地的哈萨克牧民会趁着母狼外出觅食，潜入狼窝抱走小狼。这个古老的传统持续了许多个世代。哈萨克人巴巴库马尔·赛都瓦卡斯，一个被当地人奉为传奇的打狼英雄，在二十五年里，总共杀死了二百二十二只狼。如果中国的狼族也有一部编年史，它们一定会记下：那是一个种族几近灭绝的时代。但到了1989年，《野生动物保护法》出台，将狼群纳入保护范围，被掳获的大小狼只如何处理，从此成了问题。我们无法知道，在遇到杨长生之前，这只狼有过怎样的遭遇；总之在那一天，一个中年汉人与一只狼蓦然相见，出于某种神秘的、我们无从解释的因缘，汉人鬼使神差地走上前去，怜惜地抚了抚野狼粗糙生硬的颈毛，如同抚摸自家豢养多年的爱犬。而狼的表现同样让旁观者目瞪口呆：像一只家犬那样，它亲昵地用头蹭起了汉人的裤管。

从此，吉木萨尔和周边地区被掳获的野狼，像沙漠里那些无处可去的水滴，一滴一滴地，汇聚到了这儿。

怎么说呢，有些事物，似乎唯有破碎才会产生价值——在人类眼里，多数动物的命运生而如此。在百度百科和汉语词典中，动物和植物们被标注以食用功效和营养价值，仿佛它们并非活着的生命，而只为了变成人体所需的维生素和蛋白质。然而杨长生似乎并不这样想，他给每一只狼都起了名字。他也不肯出售它们，无论是完整的，还是破碎的。只是偶尔，有电影和纪录片导演会来这里挑选"演员"，有几只狼因此成了"明星"，只是公众并不知晓它们的名字。在大多数人类眼里，与猫狗之类的宠物不同，狼是远距离外的生物，它们每一只都长得差不多，甚至无从区分性别——在狼的眼里，人群大抵也是如此。然而它们认得杨长生，这个提供食物、居所、医药和爱怜的人，它们从人群中单独辨认出他的脸，他的身形和气味。也许他前世曾是它们的同类，或者一个曾被狼群救助的孩子……谁知道呢？

这个依靠经营物流起家的商人，在无意中背离了他的标签和身份。商业怎能不以营利为准则？而且，这是狼，狼心狗肺、狼狈为奸的狼。羊群的天敌，人类眼中无情的兽——他为什么执意要以每年数百万元的消耗，悉心养护这些凶残的敌人？

故事不止于此。

那几天，谷中有一只叫"妞儿"的母狼即将分娩。而按照预定计划，杨长生本该前往国外洽谈一笔业务。因为实在放心不下，他临时更改行程，一直守护到小狼顺利诞生，这才匆匆奔赴机场。

在他离去之后，"妞儿"竟然一只一只地咬死了自己的幼崽。

为什么会这样？从国外归来的杨长生大惑不解。冥思苦想之后，他忽然明白：一定是"妞儿"误以为他的匆忙离去，是因为讨厌自己生下的这些孩子！

这是一个荒谬的答案，并且如此让人恐惧……但是问题在于，它又如此难以辩驳。而我们宁愿相信，母狼咬死自己亲生的幼子，只是出于疯狂的兽性。

那一夜，一只鲜血淋漓的母狼，成为我整夜纷纭梦境的源头。

我没有见过狼。虽然在乡下度过整个童年，但在20世纪70年代的乡村，狼已经成为一个遥远的传闻。在我故乡的山野，没有狐狸，更没有狍子。但是有黄鼠狼，它们在夜间神出鬼没，曾经咬死了我钟爱的一只白鹅。蛇是另一种常见的生物。和黄鼠狼一样，蛇是阴性的——似乎只有这样的物种，才能在人类密集的脚印边缘隐秘存活。而狼，它们凶狠、暴烈，却很难潜入村庄并隐匿行踪。总而言之，它们像光线一样易于暴露。哪里有狼的踪迹倏尔一闪，惊奇的传闻就会像风一样飞速播散。即使它们改变习性让自己变成草食动物——我确实看到过这样的新闻——也难以改变它们给人类带来的惊恐。它们灼烫的血液有如海潮，在月圆之夜汹涌呼啸。而在人类聚居之处，它们也像潮水般，无声溃败。

它们原本是独立而自由的族群，是风和雨的同类，是与自然血肉相连的部分。

杨长生说，他的理想是让这些狼得到驯化，让它们可以与羊群和睦相处，甚至像牧羊犬那样，成为羊群的守护者。因为除此之外，他实在想不出这些狼在离开他的庇护后，能够安然存活下去的办法。

这似乎是可以实现的前景，因为犬类即由狼驯化而来——当人类踏入渔猎时代，狼群中温和的，抑或是善于取巧的一部分，从习惯于享受人类扔过来的兽骨和残羹开始，一步步变成了可供驱策的畜。人手中的箭镞和狼的速度与利齿，结合得何等完美无缺。

只是，驯化后的狼还是狼吗？像燃烧后的金刚石——即使明知道它们同样由碳分子构成，但是有谁，会把煤混同于钻石？

微渺如一只狼，面对生存，它将如何再一次确认自己的身份？

有些物种的消失似乎是必然的。

有些人，亦是如此。

鹰

照片上的这只鸟长得喜感。它的脸，怎么说呢，一只柔软的、揉掉了所有棱角的正梯形，就像是从好莱坞哪一部卡通片里跑出来的那样。两只大而圆的眼睛差不多长在这张脸的正面，此刻正豹眼环睁，瞪住那个给它拍照的人。黑褐色的喙角向脸颊两侧延伸出褐色的花纹，尖端向下，构成括号形的两撇胡子。而喙上的凌厉弯钩意外暴露了它的身份。同样显露它身份的还有两只粗壮的脚，土黄色的脚爪末梢，是铁青色弯曲的锐利趾甲。

它出现在河南杞县的一片麦田里。麦田的主人说，他从未见过这样的大鸟，也不能确定它是不是一只猫头鹰。他发现它飞不起来了，甚至连跑也跑不动。他找来一根树枝，压住这大鸟的翅膀，然后小心地把它带回家去。

它的身上没有伤，他由此断定它是饿的。但它对送到眼前的玉米粒和馒头皆不屑一顾，对切成块状的生肉也同样不肯下箸。这只傲慢的大鸟最终被送到野生动物救护中心，它的身份在此得到确认。它是一只大鵟，俗名土豹子，以田鼠为食，平日盘旋在高空，偶尔停栖在高处的树枝。然而和中国北方的大部分地区一样，入冬以后，杞县持续雾霾，这只习惯高空侦察的大鵟无法看见大地上的猎物，险些被活活饿死。

鹰是不是依靠红外线来捕捉猎物？是我的记忆有误，还是，即使神秘的红外线，也无法穿透眼前这片厚重的跨年雾霾？

就在这只饥饿的大鵟坠落麦田的同一时间，我正在香港沙田的小沥源。从我坐的十楼窗前看出去，对面的花心坑和牛坳山一片葱绿，四季尽皆如此。视野正中一棵不知是什么品种的树，看上去比它身后的峰顶还要高出一截。而峰顶之上，天空蔚蓝如洗。这时一只大鸟从树梢背后掠过，它平伸的双翅尖端微微上挑，在晴空之上，宛如透明海水间偶尔画出的一小段波涛。在城市里看到一只鹰，这件事多少有些让人激动。元旦那天下午，我到那山里走了走，一条名叫"梅花古道"的山路，连接起梅子林和花心坑。走到半路我折返回来。山里太静，偶尔几声鸟叫，却看不到鸟的身形。山路旁还有几座原住民的墓，看形制少说也有几十上百年光景。那只从山谷间掠过的鹰住在哪儿？从地图上看，这一大片山峦海拔不过二三百米，但时有登山者在此迷路，引得直升机半夜出动，亮起探照灯搜索救援。明明有路，路旁又有标志牌，人竟然也会丢？被吵醒的鹰，会怎样看待这件事情？

在我小时候，鹰是山村上空常见的风景。有时正在场院上玩，一道影子水一样从地面上滑过去，一抬头，便看见鹰。彼时的乡间，野兔已经少见，而多的是散养的大鸡小鸡。所以一旦有鹰出现，小孩子如同发现敌情，有的向天空大叫或者扔石头示威，有的跑去给家里的大人报信。如今想来，尽管村庄里每每传来谁谁家的鸡被老鹰抓走的消息，当年我却始终没有机会看清鹰的长相——它们飞得太高，掠过地面的速度又过于迅猛，让人类的视网膜细胞来不及反应。

我曾在一座山庄里看过另外的两只大鸟，不是大鸨，也不是我早年在小城动物园里见过的秃鹫。囚禁它们的石头房子被分隔成单独的小间，长宽约在二三米左右，高度约有一米八，房子外面的铁笼也是这个尺寸。这两只大鸟的铁笼外面也挂着标牌，上面只有一个字：鹰。鸟的身长大约有五十厘米，我认为它们更可能是隼，但是不能确定。那一排小隔间分别住着野猪、火鸡、山鸡和珍珠鸡等，但这两只大鸟显然与它们截然不同。我几乎要替它们向山庄的主人提出抗议，既然知道是鹰，为什么要把它们关在这样低矮的笼子里？但是多高敞的笼子才能配得上鹰的飞翔？而只能低飞的山鸡难道就理所应当被关在这里？

那山庄里有一只高大的秋千架，发现它的时候我高兴坏了。我先是站上去，随即发现自己缺乏基本的技术和胆量，于是改为坐姿。我调动起全身的神经和肌肉，试图找回童年时代的技艺……但是不行。更糟糕的是，这只秋千架就竖在鹰笼的对面，而那两只鹰（或者隼）中的一只，始终站在它石头牢房的窗框正中，那个没有安装玻璃窗的空洞的正方形，被暗无光线的屋内背景一衬，就构成了一个黑色的画框。这大鸟纹丝不动地立在那儿，身姿笔挺，脚爪紧扣窗沿裸露的石头。它的肚腹是网状纹理的麻灰色，而脊背和翅膀近乎漆黑，看上去活像披了一件威风凛凛的黑色大氅。这位身披大氅的骑士瞳孔漆黑，目光如炬，凌厉的视线穿过我的身体，一直望到一个人类未知的所在去。陡然之间，我觉得自己坐在秋千上摇来晃去的形象无比可耻，鹰持久的静默让我看起来也更近于一只好动的猴子。而秋千翅膀状的横梁正是人类试图为自己制造的模拟飞翔，它偏偏要向着一个比他更热爱自由的灵魂展览并炫耀——虽然，这木头的翅膀也先行缚上了粗壮的绳索。

据说，这世上曾经存在过一种体形最大的鹰——亦即传说中的哈斯特鹰——它们双翼伸开宽达三米，可以杀死重达四百公斤的猎物。但在七百年前，也就是人类踏上新西兰岛两个世纪的时间内，它们无可挽回地彻底消失了。

有些生命，它们不是没有翅膀，但这翅膀的命运，比天生的俯伏更让人悲凉。

麻雀

有一段时间我住在山里。山高林密，我曾在清晨的山林里偶遇一只害羞的松鼠，午餐后回到住处，又在楼前的台阶下撞见一条晒太阳的小蛇。阶前的草坪里有许多蚂蚱跳来跳去，木篱旁边一丛繁茂的大丽花，花瓣已有些萎蔫，却依旧散发出它们特有的辛辣香气。彼时已是仲秋，而山中的草木仍然满目生机。阳光灿烂的正午，总会看见一群麻雀在那丛大丽花下进进出出，让我疑心它们在花荫里建造了一座夏宫。但直到这些鸟飞落在檐前的电线上，与我的眼睛距离不过两米，我才发现它们形体壮健线条优美，不同于城市里那些圆润娇小的同类。它们的眼睛下方还有一道向眼梢挑过去的白色花纹，而我之前见过的麻雀则在脸颊上涂着白粉。是麻雀分出许多种类，还是，它们干脆就是另一种鸟？

问题在于，还有哪一种鸟会这样主动靠近人类？

它们也常栖落在旁边那座小木屋的屋脊上，在上面站成一排，像人在超市收款台前慵懒列队。最多的一次，我数了一下，有十三只。屋脊陡峭，上铺红瓦，而雀脊褐灰，两下里色彩衬得很美。我听得它们中有谁叫一声："这!"而另一只答："这这!"我伸长了脖子去看,可惜终未能瞧出"这"在哪儿。

有一天我外出漫游,认识了旁边村子里的一只小黄狗。那是一只温和腼腆的狗狗,它先是冲我叫了一声,然后在我的注视下慢慢退入悬空的鸡窝下方。它的前腿膝盖处奇怪地垂下两缕长毛,好像有一点异域牧羊犬的血统。随即我明白了,这狗的职责,或者说,它存在的意义,就是守护那座鸡窝。那家的主人大约是老两口,他们很可能忘记了,一只狗除了要吃饭,还应该有水喝。一念及此,我顿觉生命悲伤,正如身缚绳索,连饥渴也无从诉说。自此,只要食堂给我准备的饭菜中有肉食,我都会给它留着。但那户人家位于村子的最深处,往返一次需要半个多小时。某日我借来一辆自行车,给小黄狗送去一瓶水和一盘炖鸡肉。

回来的路上再次经过一座水泥桥,它横跨小雅河。路与桥的连接间有不大的坡度,但足以让自行车行进的速度放缓。突然,我的眼角余光中,有什么东西在动。我转过头,定睛一看,是一只麻雀。不,是许多只麻雀,凭空悬挂在一个竖直的平面。怎么回事?

我绕进路旁的田地,一径走到近前,才发现那里有一张网。织网用的尼龙丝细极了,因而这网几乎是透明的。这张网护住的一小畦即将成熟的高粱,正向空气吐出我们嗅不到的芳香。但麻雀闻得到这香气,它们打斜刺里飞来,猝不及防撞到网上。出于本能，它们当即以足蹬网，尖细的脚爪由此缠到上面。越是挣扎，缠得就越紧。早先撞上来的那些麻雀有的已干枯腐烂，而后来者对此恍如不见，仍旧陆续赴死——或许麻雀的视力与人类相仿，仓促之间，这张几近透明的网确实难以发现；但人类会从同类异样的情状中惊觉事态的蹊跷，进而规避危险。

那只显然是刚撞到网上不久的麻雀，见我走近，惊恐万状地在网上乱挣。我一面试图安抚它，一面想要解开缠紧在它脚爪上的丝线，但哪里解得开？于是我丢下它，跳上车往山庄疾奔。半路上，我遇见山庄食堂里做服务生的男孩——此前几天，在我的追问下，他承认他只有十六岁——他正蹬着三轮车去买菜。我问他有没有带剪刀或小刀？并大致告诉他我在半路上的发现。等我取了剪刀回来，见男孩已摘下麻雀，他把它轻轻团在手心里，递给我。我张开手指，向上一送，那小小的鸟展开双翅，向南方张皇而去。

我记得有一位作家，曾在文章里说起他与麻雀间的旧事——儿时他身居乡村，总有些麻雀落入乡人诱捕的罗网，成为孩子们的玩物和零食。他每每以零钱易之，将它们放生。但是后来，他疑心这些被他救下的麻雀，仍会一再重蹈覆辙，于是狠心剪去它们的一只脚趾。少了一根脚趾的麻雀，无论起飞还是栖落，都会清晰地感觉到与往昔的不同——缺失的脚趾再也无法轻松地抓紧树枝。也就是说，除了被剪下脚爪那一刻的疼痛，这只曾经涉险的麻雀，在很长的一段时间里，需要重新面对它残疾的生活。它会由此牢记曾经的轻率带来的严重后果，就此在类似的诱惑下心生警觉。它甚至还会向它的家人、朋友和孩子们讲述——用我们至今未能成功破译的麻雀语——让生命的记忆和智慧得到传承。

据说鸟类之中，乌鸦的智商是最高的。小时候学过的课文里也有乌鸦喝水一节。为什么主角偏生是乌鸦，而非更上镜的黄鹂，画眉或喜鹊？这其中大约多少有些长期观察得来的经验？又有研究称，麻雀的智商仅低于乌鸦，而乌鸦则比备受人类夸赞的海豚更聪明。由此推算，麻雀的智商或与海豚不相上下？

麻雀的大脑占身体总重量的三十四分之一。纯属巧合，人类也是这个比值。小小的、以飞翔为业的麻雀为什么要发展出这样沉重的大脑？难道只因为，它是距离人间烟火最近的鸟类？当然燕子也在人类屋檐下定居，但以人的视角来看，燕子因需要南迁北徙而近乎客人，麻雀则因长居左右而被视作邻居。按照人类的社交惯例，客人即便偶有恶习也可以暂且隐忍，而邻居因旷日持久往往生出龃龉。近朱者赤，与人类的长期周旋，是否促使麻雀的大脑得以超强进化？我觉得，学术界理应开设"被人类改写的生物学"这一学科。

但乔治·布封讨厌麻雀。在《自然史》中，他认为麻雀"生性贪婪，而且数量众多，干尽蠢事又一文不值"。随后他写道："这些家伙的习性多种多样，比别的鸟儿具有更多变、更完善的性情，而这无疑是由于它们习惯于群体生活；它们只从社会索取一切适合自己的东西，却又不为社会增添什么。它们由此获得一种谨慎的本能，这种谨慎以处境、时间和与其他条件有关的习惯的不同形式表现出来。"

我觉得，写到此处，布封想到的可能并不是麻雀。和这世上的许多时刻一样，生命所承受的恶评和诅咒，原本并非他或者它们应该承担的。

蛾

它们到处都是。一眼看去，都是土褐色的，像一枚枚干枯的落叶。它们还抱着亿万年前的生存法则，以为脚下会是泥土，或者山林中厚厚的一层枯叶。它们以为褐是永远的保护色，但是错了，几年前这里新建了一座庞大的休闲山庄，平坦坚硬的柏油路面和停车场黛青发亮，水泥台阶则泛出灰白的冷光。人工种植的草坪可以一直绿到深秋，窗棂刷成纯白或者天蓝，也有的保持着原木色，一种湿润的暖黄，用清漆仔细刷过。

它们将自己行将枯萎的身体摊开在这些色彩上面，足有成年人手掌大小，一种触目的安静。悲凉，但是无法可想。

到达山庄后的第二天清晨，我穿过甬路去吃早饭，不料迎头遇上了一只蛾子。它伏在山庄那条主干道的中央，难道不担心自己会被过往的人和车辆碾压成泥？我蹲下身，捏住它的一只翅膀，把它放到路旁的一棵苹果树上。但它马上滑落下来。想到树下的草坪是蚂蚁王国的地盘，我权衡了一下，让它暂时栖身在一块景观石上边。

但是走出没几步，我又遇到了第二只。这次我无法把它从路面上拉起来，它的腹部尾端有一堆黏稠的黑褐色的东西，把它与黑色的柏油路面紧紧粘连在一起。

那是它的卵。

我住的小楼窗子的下半部分贴上了半透明的毛玻璃纸。那天早晨，我拉开窗帘，毛玻璃上映出两个奇怪的阴影。再拉开窗子，原来是三只飞蛾攀附在纱窗上，两只在偏右上方，正安静地接尾；左下方的，却是在产卵。

这景象诡异，我一时目瞪口呆。

必须在有限的时间里找到生命的另一半，交媾，产卵。秒针嘀嗒，它们如此焦虑，因而肆无忌惮？狂欢之季也是死亡之季，我觉得，整个山庄笼罩着蛾类的气息。

它们尤其偏爱我门外檐下的那条走廊。走廊也是原木打造，南向，阳光将这些木头晒得很暖。每天吃完早餐，我会将藤椅搬到这里，一边看书，一边让自己晒晒太阳。秋日阳光的小火焰跳荡在我的背脊和脚趾上，这些地方流着我行将暮年的血，懒洋洋的。而背阴的卧房还凝结着前一个夜晚的阴冷，像盘成一团的冻僵之蛇。

这一天上午，我和六只蛾子一起待在走廊上。有一只蛾已经死了，翅膀残破。如此破败的双翅，它是怎样飞上二楼来的呢？另一只，双翅微微翕动，在我脚边不远处，西侧房间的门口。那个房间昨天新入住两位客人，想到她们出来进去未必留意脚下，我打算将它移到墙角。但我的手指刚刚触到它的翅子，它一下子惊跳起来，登时仰面朝天。它扑扇着翅膀挣扎了好一会儿，才终于翻过了身。对我的无端搅扰它深感气愤，于是半飞半爬地，躲到了一个离我远些的角落里。

另外的两对蛾子正在栏杆旁边交尾。其中的一对，一只深褐，一只浅褐；而另一对，一只黄褐，一只却是金绿色。它们看上去安详极了，仿佛奄奄一息。我不知道这场交欢已经持续了多长时间；问题在于，那一对翅膀颜色全然不同的情侣，它们共同繁衍的后代会呈现什么样的色泽？如果蛾的万千只复眼能够感知色彩，它们是否了解彼此之间的差异？还是，当生命滑入紧迫的倒计时，它们其实来不及仔细挑剔和筛选？

又过了两三个小时，我回到廊下，见它们双双变换了体位，翅膀也都竖了起来。蛾类与蝴蝶的区别之一，就在于休憩时前者的翅膀会水平摊开，而后者的双翅保持直立。我好奇地伸出手指，碰了碰金绿色的那只，它不耐烦地扭了扭身子，跳到了栏杆的边缘，随即向下一跃，飞走了。

它应该是一只公蛾。

留下来的这一只，肥大的腹部仍微微向一侧倾斜，保持着交媾时的姿势。我碰碰它折叠成三角形的翅膀，它下意识展开隐藏在下方的美丽后翅，上面对称地长着两只圆眼，有画了眼线的眼圈，和近乎圆形的瞳孔。在前翅边缘的遮挡下，这双眼睛忽闪忽闪的，瞪住我看。这么多年，我一直都不曾发现蛾的翅膀原来如此之美，密覆的鳞片散发天鹅绒般柔和的质感，上面是由天使绘出的神秘花纹：尖锐的锯齿，起伏的波浪，正圆和椭圆的斑点，还有众多早已失传的古老文字，笔画婉转，无人识认。

过了一小会儿，这双长在翅膀上的眼睛慢慢移近栏杆，以同样的姿势，向下一跃。

它没有选择在走廊产卵。是因为我，一个会动的、莫名其妙的庞然大物，让它觉得此地并非可靠的托孤之所？

我回过头来，几天前那只蛾留在窗纱上的卵堆还在，肉眼可见的一个个圆形颗粒，它们紧紧挨挤在一起，是不是可以给彼此提供微弱的慰安？它们的双亲，大抵业已死去，留下这群无依无靠的孤儿，任凭世界凶险，它们仍安静得宛如宇宙间飘荡的星尘。

每天都有蛾子在廊中死去。还有的从门下的缝隙爬进房间，就此停留在某处安静的踢脚线。我捏住它们的一只翅膀，小心地扔下栏杆。真是出乎意料，它们坠落的样子像一架失事的微型飞机，长着一对漂亮触角的头部笔直朝下。这个曾经会飞的生物，它死后的身体，比落叶要沉重一百倍。

通常我会一直写作到子夜，间或发会儿呆。寂寞山城，窗外只余天籁。有两次我壮起胆子开门出去，又被那无垠的黑暗一路逼退回来。那天夜里我正在卫生间洗漱，旁边的玻璃窗上突然扑上来一个什么东西。我深吸了一口气，慢慢扭头去看，却是一只体型硕大的蛾子。它六只纤细的脚在光滑的玻璃上抓来抓去，两只厚重的翅膀不断地拍打窗子。它一定在大喊："让我进去，让我进去！"后来它累了，在窗和墙壁的连接处找到了一个落脚点，久久停留在那儿，固执地在灯光里露出大半张脸。可是我已经洗漱完毕，关灯之前，心底涌出一丝歉意。对不起。但是你知道，这没有什么意义。

第二天早晨，它还在那里。但是第三天，它不见了。

止境

一

　　门开着。门框的左上角已经挂上了麻绳串起的黄表纸，一长串狭长的小旗帜。它看上去轻盈飘忽，像一群黄蝶在同一条柳枝上敛翅停落。每一只蝴蝶都由一张裁成长方形的黄表纸折成：将一只角相邻的两条边对齐，再将这个新折出的斜边与原来的两条边对齐，这样，你就得到了一个接近三角形的四边形，一个直角刚好除以四。它这样尖削，像一柄刀，便于插植和投递。当然，那时候你还不知道，这些旗帜的数目必须等同于逝者的年纪——也就是说，属于他的这一串旗帜，只有三十七个。

　　门里面有你熟悉的面孔，他的同事，市委食堂里每天都要见的。漫长的机关生涯让这些脸经过了打磨，谨慎，沉稳，与肃穆的背景足够贴切。但是有一点儿不知所措。事实是：他的死讯来得过分突然，让所有人都不知所措。

　　他在阁楼上。通往阁楼的阶梯狭仄而陡峭，你竭力平缓呼吸。楼梯口没有设门，于是你一级一级，看见了他的头发，衣服，最后是脚。他已经穿戴整齐，优质黑呢外套端庄合体，下面是深灰色西裤，裤线笔直。他一向都是如此，衣冠楚楚。什么款式的手包搭配什么款式的鞋子，每一根发丝都有它合宜的位置。你曾经猜测，只是不小心，上帝在他身上安错了性别。或者，他是你失散的孪生兄弟，你总能以你女性的小直觉准确地领会到他的心意，越过众人为他取过放在茶几另一角的一瓶橙汁。或者正是因此，他待你比待他人略有不同，他给了你更多的容忍和宽宥。

　　你停在楼梯口，低头盯住他看。他就这样躺在地板上，让你一时无法习惯。而你和他都同样熟悉的几个朋友，此时正守在旁边。他们看着你，他们也只能这样看着你。你想，这一定是他们合谋的一场恶作剧；他马上就会突然跳起来，扮出各种鬼脸，让所有人笑得疯成一团。

　　你闭闭眼，再张开。他还在那里，在所有人的视线下面。

　　一位朋友，你们当中最年轻的那一个，走过去轻轻卷起盖在他脸上的那张淡黄色绸缎。他的动作那么轻，好像生怕惊醒绸巾下面稀薄的睡眠。你暗暗吃了一惊。你见过他醉酒时的脸色；他假装轻描淡写的脸色；甚至，你还见过他二十年前的青涩，和他春风得意时的摇曳……但是这张脸，皮肤下面饱胀的紫黑色，一大枚熟透的毒浆果，熟得就要奔涌出汁液……心肌梗塞后的脸应该是这样的吗？怎么可以确定不是其他？而且，嘴唇也几乎是黑的？是否有人的怨恨会澎湃到筹划一场谋杀？一定会有人想要扼死这嘴唇里低沉的男中音，让那胸腔深处的小音箱永远不再完美共振。一定有人施展了魔鬼的诅咒，把他苦苦练就的普通话搅成一片灰白的泡沫——从他身侧的一小堆纸巾来看，他们已经帮他擦拭了这泡沫；可是它们仍在一点点地涌出来。在他的心脏停跳多个小时之后，他的胃仍然活着？

你迟疑地伸出手，好像要试探他的鼻息；但是手自己突然改变了主意，像一只犹犹豫豫的蜻蜓，临时停栖在他的脸颊上。

这是北中国的十一月。如同这个季节的大部分时间一样，你手脚冰凉。你冰凉的指尖落在他的皮肤上。他是否比你更凉？你不能确定。他就在这儿，这件事让你更加迷惑。陪同你的女友再次忍不住抽泣起来。阁楼里的空间实在太小了，抽泣声因此无比突兀和巨大，大得简直安放不下。

黄绸巾重新阖起他的脸。你站起身走到窗前，摘下口罩。窗外是另一座水泥复制的六层建筑，没有例外。即使，他始终足够努力。即使，他似乎运气不坏。

二

口罩是一扇门，小巧，乖觉，柔软。你咳嗽，它体贴地遮挡住你向世界洞开的口腔。整个地球都被甲型 H1N1 恐慌席卷，你剧烈的咳嗽让周遭的空气胆战心惊。还没等你赶到药房，传说中的对症神药已经被抢购一空。口罩因此变得格外重要。在他人的想象中，口罩成功地锁住你呼吸里的病菌。在你的意念中，口罩把冷空气和外部病毒彻底隔开。没错，仅仅需要一只口罩，你就可以与这个世界两下里相安。

为了保暖，你还戴了一顶帽子，一个圆形的、四面出檐的屋脊，看上去妥帖而安全。现在还需要一副墨镜，你就变成了契诃夫小说里著名的套中人。但是口罩上缘溢出的呵气很快就会在镜片上结满霜花；所以你虽然关上了门，却只能任由窗口向公众敞开。

所有的窗口都转向这场奇怪的丧礼。赶在大批吊唁者涌来之前，灵堂终于准备就绪。他的半身像被放大，嵌在黑镜框里。他在笑。脸微微侧向一旁，嘴角挑出一丝揶揄和睥睨。负责答礼的是他的外甥。他年仅十岁的女儿，已经被转移到亲戚家里。他的母亲始终没有出现。他的姐姐隐身在众人中间。而丧事的主理人，他漂亮能干的妻子，刚刚登上杭州飞往大连的航班。

垂着挽联的花篮里三层外三层沿着楼前的甬路铺开。有这么多花朵赶来见证他的死。三十七岁。市委宣传部文艺科科长。所有人都看得见这张白地暗花的名片——最上排是醒目的黑体字，紧接着罗列出细密小字的社会兼职：理事；主席；副主席；秘书长。光滑的仕途之上，他身披才子的清雅光环。它们最后一次闪耀，在他化为一抔灰烬之前。

你是个冷静的旁观者。你们都是旁观者。你们只是赶来印证自己的阶段性小胜利，不是吗？活着就是最大的胜利，这是宋美龄说的。这个非同寻常的女人，以一百零六年的悠长岁月，逐一击败了她全部的对手，赢了所有的政敌和情敌，最后，赢了她自己。

又一批朋友连夜从外地赶来。一场夜宴因他而起，而他已不需要位置。清空的酒杯很快就会添满，满得不见一丝缺憾。他暂时以不在场的方式在场，然后，被迅速遗忘。最多以一个早夭者的身份，偶尔进入某个虚妄的话题。无论他是否同意，他必须以生前的强势和荣光，接受生者的怜悯。

这是不是说：在死者面前，再弱势的生者，也是优越的？

他是你们中间抽身最早的那一个。如果生命是一场偶然的欢筵，那么中途退席者的贡献在于，为继续饕餮的食客提供泛滥的谈资。即使仅仅基于这样的贡献，他名目繁多的小花招也应该收获谅解。而假如一个人足够年轻又足够风光，那么他必然是，有意无意中掠夺了他人的好运。作为鲜活的障碍物，只有死亡能完成最终的移植。他谦让出人间有限的座位，把机遇提前传递给等在身后的人。因此死亡可以分解成硬币的两面：一面不合时宜。一面正当其时。

他们说，事情其实早有预兆。半个月之前，他在沈阳某院校进修。结业典礼前一天的总结会上，学员们被要求谈一谈自己学习期间的收获或感想。轮到他发言，他突然一反常态，一直追溯到自己被贫穷和卑微煎迫的童年。说着说着，竟然流下了眼泪。在座的全体师生一时面面相觑。

你无法在想象中重建这样的场景。他怎么可能哭泣？而且是，当众？相识多年，你只知道他出生在乡下，师专毕业后几经辗转。这样的经历有点儿过分大众化——在那个时代，谁没有一部鲤鱼跳龙门的励志史？问题是，这跳跃中的伤口，他怎么可能在他人面前裸露？即使将来撰写回忆录，他也会给这些伤痕穿上完美的外套。还有记忆，记忆会在其间插入各种修辞，夸张，隐喻，暗示，让人呼吸急促的排比句……记忆可以涂抹、修改和删节，让历史成为一部不断更新的删节本。而在那一刻，到底是什么，从宇宙深处突然飞来，准确击中他的内心？它怎样穿透他坚实的铠甲，抵达那个小小的、婴儿般柔软的馅心？

他们说，就在他去世的前几天，他从沈阳打电话给一位朋友，她正在筹备一场作品研讨会。他叮嘱她到时候一定要通知他。她感到诧异，又觉得好笑。由于他的特殊身份，这个城市几乎所有的文学研讨都会把他列为嘉宾，他何必多此一举？但事情就是这样巧合到不可思议：不早不晚，这场研讨会定在他丧礼过后的第二天。

为什么会这样巧？他杞人忧天的预感刚好变成了现实？冥冥之中，他如何破解命运微小的暗示？一念及此，你觉得世界谜影憧憧，沁凉而诡异。

他们说，此前一周，他多次给妻子打电话，抱怨身体不适，肩背时而疼痛。她叮嘱他去医院看看。他们说，年轻人就是没有经验，背痛正是心肌梗塞的前期症状。如果治疗及时，完全可以化险为夷。

他们说，因为妻子远赴杭州做生意，刚上小学三年级的女儿需要照顾，他便把姐姐和外甥接到家里。出事的那天晚上，他外出应酬，深夜回来时已是微醺，独自到阁楼里上网。直到第二天清晨五点，姐姐才发现他并没有回自己的卧室。外甥登上阁楼，见他脸朝下趴在靠近楼梯口的地方，业已浑身冰凉。

他们说，心肌梗塞从发病到死亡，只有短短的几分钟。病人意识清醒，但身体已经不能自主。心神不安，恐惧，出汗，恶心，上腹腹痛，伴有濒死感。

他在孤独中死去。唯一的安慰是：痛苦的时间并不漫长。

你猜想，在那最后的几分钟里，他心头一片澄明。大限将至，求生的本能让他离开电脑桌，跌跌撞撞地奔往楼梯口。奔往姐姐沉睡的门扉。他必须敲开那扇门，敲开姐姐深沉的梦境；然后，获得救援和生存。但是，那扇门在顷刻间距离他如此遥远，它与他隔着一道陡峭的楼梯，隔着鲠在喉咙深处的一声呼喊，隔着永远无可抵达的万水千山。

三

灵堂设在客厅里。到了第二天下午，一位厅级领导前来吊唁，有人簇拥上前，有人向后退却。你们一直退到门厅逼仄的角落。几米远外，钟磬悠扬，梵呗如水银般闪亮，一只一只的液态小珠，被自身的重力凝结在一起。透过人群的缝隙，你瞥见僧人黄袈裟的一角，抖动，消失。他的亡灵是否还游荡在这里？在众人中间，执意寻找他前世的脚印？或者，正被超度往西方极乐？

几年前，他用一笔电视广告提成买下这套房子的时候，肯定不会想到，它竟会派上这种用场。

如果这世上真的有灵魂，如果灵魂可以发出声响，他会不会突然失声而笑？

他是无神论者，你也是。你们整整一代人都是这个样子。小时候你们怕黑，怕鬼，但成年后再也无所畏惧。史铁生说，无神论者的优势在于，这一世可以尽情享乐，即使，有时享乐意味着作恶。

而因为他的死，你无意中窥见人间须臾更换的面具。

你忍不住猜测，如果眼下死去的不是他，而正是你自己，你会不会介意这些？或者，你仅仅需要一二至爱者的祝福？你的死会为谁带来福祉？为谁带来伤痛？你今天的答案，到了明天是否仍然适用？

即使隔着口罩和捂紧的掌心，你的咳嗽声仍然惊心动魄。于是你暂时向朋友们告退，赶去社区卫生院打点滴。当然，那时候你还不知道，这些透明的玻璃瓶里透明的液体，你肉眼看不见的大分子微粒会一颗颗沉积在你的血管里，酝酿一场来历不明的堵塞。

你选择了一间位于最里面的诊室，只有一个三四岁的女孩在那里打点滴。年轻的母亲在为她剥橘子，清冽的香味让人口腔湿润。护士开始拍打你的手背，在皮肤下面寻找青色的血管。你用那只自由的右手翻开带来的一本书，准备打发掉这无聊的时间。但是你很快就睡了过去。你睡得不安，恍惚中你正坐在电脑前，登录 QQ，看见他不知什么时候给你发来的表情图片。一只小小的右手，食指和中指打出"胜利"的 V 形。

你醒来，输液瓶中还剩下小半瓶液体。那对母女不知何时已经离去。你望向天花板，在与你的眼睛差不多平行的地方，是两只横向排列的日光灯管。纵向呢，纵向各有三排。没错，那是他。不久前，他把网名改成了"大地葵花"。在雪白的天花板上，六只灯管绽放出更为雪白的光。你忽然觉出异样，它们分明是……三只阴爻排出的一组卦象。

年轻的时候，你着迷于一切神秘之事。一本《周易全译》，你翻来覆去看了两年，仍是云里雾里。不过，基本的卜卦方法倒是明白了。乾为天，为父，为君，为至阳；坤为地，为母，为臣，为至阴。阴性的大地永远宽厚而静止。但是，那又是什么意思？

当晚回家，你从书橱里找出那本尘封多年的《周易全译》。"坤，元亨，利牝马之贞。君子有攸往，先迷后得主，利。西南得朋，东北丧朋。安贞吉"。

你想，这完全是巧合。几天前，你曾连续两天来这里打点滴，却从未进入里间的诊室。东北丧朋。安贞吉。六只灯管和占卜用的六枚硬币，它们的语言有什么微妙的区分？在古罗马老普林尼讲述的故事里，一群牝马在风中高高地竖起尾巴，它们将由此受孕。一切顺利。你要相信一切顺利。卦辞就是这样说的：你必须安然地坚持下去，坚持就是胜利。

四

　　他只比你早出生一个月。也就是说，在你们这个小团体里，有关年龄和阅历，他始终是你最可靠的参照物。但是此刻，他躺进殡仪馆的冷冻棺里，让你第一次真切地触摸到死亡的凉意。它已距离你如此之近，近到，可能只有一个月。如果生命只剩下最后一个月，那些你以为可以无限拖延的开始，是否已经来不及？

　　你不寒而栗。整整三天，你站在一场地震的中心。四周脚步杂沓，震波呈圆环状逐一摧毁往昔安恬的光阴。一切都变了样子。一位女友告诉你，在吊唁后返回沈阳的路上，她终于给她深爱的男子发了一条短信。她对他说：我不想在我离世的那一刻，后悔一直没有告诉你。

　　另一位朋友，在丧礼过后不久，去了西藏。被事业和俗务纠缠多年，他一直在等待一段足够的闲暇，来完成这个遥远的梦想。但是他目睹了一个比自己小十岁的友人的死亡——如果他业已走在生命的延长线上，为什么不可以生出更多的旁逸？

　　整整三天，你守在这里，在鲜花和人脸之间。花香浮动，往事弥漫。最早送来的花篮已经光泽黯淡。花朵是这样的：在盛开的一瞬，生命的倒计时已经开始。而人脸是这样的：在降生的那一刻，衰老已经开始。于花香的深处，人脸藏起它老去的秘密。

　　你远远地看着这些脸。脸上的表情，表情背后的深渊。为什么沉默？为什么伤感？为什么窃喜？为什么得意？

　　在众人之中，一位四下里走动的老人引起了你的注意。老人发丝花白，穿一件棕黄色夹克，在一片黑灰白中间，他是房间里罕见的一抹暖意。他是他的亲属？如果他活着，如果他的生命可以延续三十年，大抵就会变成眼前这位老人的样子：脊背微驼，身形细瘦，气质儒雅沉郁。老人在各个房间里走来走去，巡察，省视，自顾自地点头、叹气。没有人认得他；他似乎也不认识任何人。

　　他是谁？

　　他肯定不是他的父亲。三年前，你深夜赶去一个村庄，参加他父亲的丧礼。那是你第一次近距离目睹他出生的环境：一座普通的农家小院，深陷在静夜的一隅。房屋内部显然刚刚装修过，地下的瓷砖和墙壁焕然一新，连四壁上悬挂的本地书画家的作品也是刚装裱不久。他腋下夹着咖啡色名牌手包，迎来送往，谈笑自如。但是字画的尺寸有些大了，让这个客厅后面狭小的起居间显得越发拥挤逼仄。他椭圆形的头部掩映在一幅金秋丰收图之间，好像他也是其中的一只瓜果。但是他显然不属于这儿，他不属于这个夜幕深处积满无奈和哀愁的乡村。他也不属于几十公里之外灯火阑珊的小城。你忽然记起有一天，他毫无来由地对你说：沙爽，你适合生活在上海那样的城市。你马上明白了他的意思：那是他，他更渴望生活在那里。像一尾鱼，消失在许许多多陌生的鱼中间，消失在新鲜而广阔的水域。

那个夏夜，在他乡村的庭院旁边，你看见了天空中一条明亮的银河。它倾斜着，从你的头顶奔流而过。那么多尘埃般密集的星辰啊……像无数悬置的往事，尘埃般，悬而未决。

老人消失在人群之中。这时站在你身旁的一个朋友，突然说了一句话。好像是对你说的，又好像在对着空气发布。你吃了一惊，下意识环顾左右。人群仍然兀自波涌，这个足以引发骚动的小新闻，看来并没有被人捉住。你低声说：别说了。但是这个渴望倾诉的人还是忍不住又咕哝了一句。你向他看一看。你的眼睛里肯定抖出了一大块胶布，准确地贴满他的下半张脸，严丝合缝。

作为有限的知情者，从得知这个秘密的那一天开始，你就知道你别无选择。你终于可以懂得他了。他难以言说的不幸原来隐藏在这里。并且，无能为力，无可选择。你甚至担心他会知道你知道这个秘密。现在很好，你再也无需为此忧惧。

你想，所谓朋友，就是那个不小心储存了你过多秘密的人。他所知晓的秘密往往超过你的估算；只是，他不想告诉你。

随后你发现，在一个秘密的后面，其实还有另一个秘密。许多个秘密牵连在一起，一环环扭结成他和你，和你们欲言又止的一生。

你会记得他。在记忆拉出的一串串胶片里，他是一个若有若无的在场者。他是一个虚弱的旁白，渐次淡出；最终，归于寂灭。

风干

三哥发短信来的时候，我正在大山里流连。秋气渐深，眼前的群山层林尽染，晨夕之际，山巅的云雾须臾变幻，让我几乎忘了自己身在人间。

三哥并不关心我所谓的"闭关写作"是怎么回事，一听我无端滞留外地，他劝我早点回家去。他说他正在大连金州，参与跨海大桥修建，连日阴雨，施工停顿，但又无法请假回家。我想到苦雨凄风，工棚里想必潮湿阴冷，便问他有电热毯没有？三哥说冷倒是不冷，就是想家。他说他是不得已在外面打工，有时想家想得直掉眼泪。他说在家千日好，"你怎么没事总往外面跑？"

我一时不知如何作答。

三哥姓郑，是我儿时的邻居、同窗兼玩伴。在我的老家郑屯，郑氏家族占有绝对优势，而沙姓只有三家，户主分别是我祖父和他的两个兄弟。我家和三哥家的直线距离，不会超过二十米，中间隔着一条小路，以及三哥同族堂叔家的院子。我从小就叫他三哥，直到六岁那年，我自作主张报名上学，和八岁的三哥同在一个班，才知道他大名叫作郑吉。我个子矮小，理所当然地坐在第一排，而三哥的座位在教室后面。与我同班的还有我三爷爷的小女儿，我叫她三姑，并不觉得这样的关系有什么怪异。我的这个堂姑同学也年长我两岁，到了十八岁上，因为恋爱遭到父母的反对，她喝下一整瓶"敌敌畏"。当我得知这个消息，她死去已久；我想起她生活在那样一个兄妹众多的家庭，生计艰难，越是天性温柔淳厚，也就越是动辄得咎，这一场爱情也许正是她渴盼多年的逃离的可能……可是我，竟已记不起她的面容。

我们的教室里有长排的木头课桌，大约是村里的木匠草草打制的，粗粗笨笨，印象中几乎无法移动。桌面下方也没有抽屉，如果书包带子够长，当然可以挂在桌子边上。我的书包是我母亲用碎花布拼接的一个长方形布口袋，带子既短，当然也不能调节，只得放在座椅上。但是说来奇怪，郑屯小学并不为学生提供座椅，每天早上，我们必须从自家扛一只凳子来到学校，放学后再扛回家去。

想来那时候，一只凳子，也是农家的一件重要家什。

我人小力微，拿不动木头疙瘩做的笨重的杌子——后来读《红楼梦》，发现贾府里也有杌子，是一种小凳。但吾乡的杌子四条腿高而峭立（在一个孩子的眼里），供人坐的长方形平面则又小又厚，四条长腿以榫头接入其中。为保持重心，四条凳脚微微向外箕张，在接近地面处，复以四根粗实的木条进行加固。这种杌子虽然做工粗糙，但极是结实耐用。平生第一次自作主张，我哪里料得到上学之路竟是如此多艰。祖父也被这个凳子问题难住了，他在家里家外巡视了一周，告诉我可以拿那把竹椅。

家里有一对蓝漆的竹椅，我至今不知它们的来历。北方不产竹子，而它们的做工，显然出自专业匠人之手。即使那时我还是一个小孩子，也隐约知道它们不同寻常——邻居们家里都没有类似的物什。不知它们后来被丢弃还是搬家时送了人，成年之后，我一再地想起它们。

竹椅重量虽轻，但既然是椅子，当然尺寸阔大，加之又有靠背，必须用两只手才能搬得起来。六岁的我，就这样抱着一件超出自身体积的庞然大物，磕磕绊绊地行进在村路上。途中我要翻过一道沟渠，再穿过一片玉米地。走上一段路，手臂酸麻，只得放下竹椅，围着它左转右转，试图找到一个省力的点。在理论上，这个点应该是存在的，只是我始终未能找到它。竹椅的四条腿和它的靠背构成了多个复杂的平面，它们纵横交错地组合在一起，挡在我和我上学的道路之间。据说，女性天生就缺乏空间精确度和想象力，因此很难学好立体几何，而我并非如此。这只形状复杂的竹椅为我开启了最早的几何学功课——弧形起伏的靠背包围了它的三条侧边，剩下的这条边长，就紧紧抵在我的肚子上；它的四条腿悬垂在我看不见的地方，但我必须明确估算出它们与地面之间的距离，避免二者之间危险的碰撞。纵使我小心翼翼，这些不知何故突然延长的椅子腿还是会常常磕到地上，爆发出锐利的吱嘎声响。这把椅子显然并不那么结实，人坐在上面，只要稍微改换重心，它所有的接榫处立即作出各种回响。万一哪一天它突然散了架，那可怎么办？

就是在这样内忧外患的时刻，三哥出现了。有一天放学，他从后面超过了我，又返回身来，接过我的椅子，并径直把它送到我家里。后来他干脆每天早上来接我一起上学，他用一条手臂紧紧钩住他家那只沉重的杌子，另一条手臂环住竹椅的靠背，让它紧贴在他身体的一侧，有时还索性把它顶在头上。而我呢，左右肩膀上各挎一只书包，满心欢喜地跟在他的后边。

必须承认，在此之前，我与三哥之间的情谊，不见得比与其他的伙伴更为深厚亲密，但上述的剧情日复一日地上演，一切就都不一样了。

一年级上学期结束，我考了个全班第一，但为我做搬运工的三哥，却名列倒数。那个寒假，二大娘开始发打三哥来我家写作业，他不会做的地方，我随时讲解。这样到了下学期期末考试，三哥取代我成了全班第一，他得到的奖品是一支价值一元多钱的包尖钢笔。而作为第二名，属于我的奖品是一支裸尖钢笔，售价七角钱。

二年级下学期开学之前，我转学进入城市。又过了几年，我的外祖父母和祖父母也相继进城定居，我的假期回乡之旅，基本就此中断。

只是断断续续地，我得知三哥的消息。小学毕业，他未能考上初中，只得回家务农。他成了家，新娘来自外村。再后来，我祖父和外祖父相继故去，葬入郑屯村西的鹤阳山墓地。于是情势逆转，我又在特定的某些日子里，频繁往返于城乡之间。至于我们当年就读的郑屯小学，也迁了新址，老校舍折价卖给村民们。三哥买下了其中的一座——无巧不巧的，正是当年的教师办公室。

那一年清明，我去三哥家小坐。三嫂质朴温和，他们的儿子刚满两岁。屋子正中那根古铜色的柱子，让我一时有点恍惚。我怎么会忘记呢，因为有一天放学后去外祖父家里玩，我忘记写作业，被班主任郑老师叫进办公室。我小时候自尊心强烈，当着多位老师的面，我竭尽全力，忍住不哭……抬起眼，二十年光阴呼啦啦瞬间飞散。我起身告辞，三哥说他正要到前街的父母家里去，和我同路。那天刮着很大的风，我裹紧风衣，一边小心地倒退着走，一边问他过得好不好。他说：不好，没有钱。我一下子笑出来。但见他皱着眉头，面有隐忧，赶紧打住。他说这次去父母家，其实是去借钱，因为买了学校的这栋房子，债主正在催要。我问二大娘有钱拿给他吗，他说他也不知道，说着，神色焦虑烦恼。那时我虽然生活无忧，却是月光一族，见他被生活如此煎迫，唯有默然。临别时他托我在城里的装修队帮他找份活计做，我倒是认真记下了，但最终未能帮到他什么。

再后来，郑屯村的学龄孩子越来越少，不得不并入镇上的小学校。那座几乎是崭新的校舍和操场，也没有派作他用，就那样荒芜了下来。它的对面，是气派的郑屯村委会。每次归乡，车子经过村委会和校门夹峙的主干道，我好奇地向两边张望——村委会的黑漆大门总是虚掩着。而透过校门窄细的铁栏杆，我看见那些教室蓝漆的门窗，操场上的花坛里，杂草疯长……这是一片我从未涉足过的地方，为什么我还是认定，它们与我休戚相关？在匆促的一瞥之间，它们一闪而逝，如同我在郑屯度过的短暂童年。

就在四年前，我年迈的大爷爷过世了。至于很早就与我祖父断绝往来的三爷爷，在我祖母下葬的答谢宴上，我终于见到了他——一个几乎完全陌生的老者。

几年前的某一天，我突然接到一条陌生号码发来的短信。对方说他是郑吉，正在营口一家工地上干活。工地的位置，在城北的近郊之地。

这个世界上有很多骗子。有一次，我收到一条短信："刚才发的消息收到了吗？"我回复："没有啊。"在按下发送键的瞬间，我猛然记起几天前看过的一则新闻，某先生只不过回复了一条不知谁发来的短信，致使手机在不知不觉中被植入了木马软件，银行卡中的数万元旋即不翼而飞。一念及此，我惊出一身冷汗。但是新闻并没有给出这种情形下的补救方案。如何自救？完全来不及细想，我当即关闭 WiFi 和移动网络，并且关机。而后开机，检查手机是否安装了不明软件，同时启动杀毒程序。确认未有木马植入，我把包括微信、QQ、手机支付等在内的所有密码全部修改了一遍。此后多日，我不得不反复翻查记事本，那些急切间杜撰出的密码纠结成一团乱麻，把我的生活缠裹得七零八碎。每天我都要拆开这堆乱七八糟的铠甲，进入它们的内核，把我那点可怜的财产作一番检查。直到一个月后，它们仍未曾损失分毫，才算放下心来。

时至今日，我仍无法确定，那条不期而至的短信到底是一场未能得逞的骗局，还是一支偶然飞错了地址的流矢？不管怎么说，它准确击中了我生活的靶心，那些新闻和传闻里一天天积累起来的负面消息，借由这个约等于一平方毫米的漏洞，蝇群般井喷而出……我甚至说不清，我更希望事情的真相属于哪一种。如果是前者，隐藏在暗中的恶意得到证实，身为蚂蚁般卑微的小人物，连平庸也不能带来安全，我又该如何防守？而按照概率学的定义，侥幸的一次脱逃等于加大了下一次被命中的可能——科学有时候就是这样让人绝望的。但如果是后者，所谓的急中生智顿时变得无限滑稽，风声鹤唳，我们以一生的精血滋养幻觉中的天敌……幻觉，这同样是一桩可怕的事业。

就这样，一条来路未知的短信，在我的生活中，掀起了一场飓风。

但是面对这条自称郑吉的短信，我竟然没有升起丝毫的警惕之心。是的，仅仅是这个名字，已经让我放下了所有成年世界的武器——它出现在我混沌初开的岁月里，与那个我可以无条件信任的世界紧紧联结在一起。

我马上回复过去，问他什么时间下班，我要过去看他。

他说别介，还是他来我家看我好了。

我想他并不知道，在城市里，那个习惯家庭式聚会的时代，早在二十年前就已经过去了。城市的蜂巢，一格一格封存着我们各自的秘密。至于那些共同的和公开的，是更为巨大的、不可言传的秘密。而乡村是秘密得以顺畅流通的地方。有一年回乡，我看到一张打印在八开纸上的"大字报"，不由得心惊肉跳。那是一首七言长诗，或曰"顺口溜"，历数现任村长兼支书的种种恶行，细节历历，连贪污的公款都有具体数字。这样的事情，在城市里简直无法想象——城市的利益链当然是存在的，但它如同皇帝的新衣，很难捕捉到真实的体积。那一刻，我忽然想见面后一定要问问三哥，关于那张"大字报"上的一切，是真的吗？

我和三哥最终约在一家西餐厅里。那是我和闺蜜常去的一家店子，牛排和比萨都烤得不坏，还有大份的薯条用以消磨时间。更关键的，卡座沙发宽大舒适，人陷在里边，身前身后，绿植环绕成一个自如运行的微型宇宙。

提前在短信里详细说了西餐厅所在的方位和行车路线。约定的时间已经过了半个多小时，三哥迟迟没有出现。终于他说他到了，在外面等我。顾不得诧异，我快步下楼，远远见他站在一根路灯灯柱下面，神情古怪不安。这是八月，他穿一件长袖迷彩服，迷彩裤的裤腿挽到膝盖，赤脚穿一双黄胶鞋。如果这身衣裤小上一两个码，一定够酷的。

在座位上坐定，服务生送完餐就消失了，三哥的神色慢慢舒缓下来。我们说到那一年，也是这个季节，二大伯因为有事要办，吩咐两个儿子上山替他看守生产队的果园。于是三哥急三火四跑来招呼我跟他上山。半路上，他悄声告诉我，果园里有棵树上的梨子非常好吃，他已经踅摸好久了，但一直没有机会给我摘一个。他让我在果园边上等他，万一二胖哥上来，就说他去拉屎了，同时给他打暗号。不用说，在这种事情上我们早就配合默契。三哥把背心的下摆塞进裤腰里，一溜烟消失了。不多时，他再次出现，背心里鼓鼓囊囊地装了足有六七只硕大的梨子。不料恰在此时，二胖哥的身影远远地出现在山路上——这可怎么办？三哥突然捂住肚子，蹲了下去，等二胖哥走得近些，就听见他弟弟在哎哟哎哟地呻吟。我以为二胖哥一定会起疑心，但是他弯下腰来，要背着弟弟上山去。三哥说不用，他蹲一会儿再拉泡屎就好了。说到这里，我们两个人都笑不可抑。三哥的下巴尖，鼻头也尖，像扑克牌J的那张脸。这是我人到中年的三哥的脸，除了多了些皱纹，别的都没有变。

三哥说他是最近几年才开始做回老本行。在此之前，也就是2000年到2006年，他养了六年船，在与郑屯只隔着一道鹤阳山的北海。当时亲友们帮忙凑足了三四万元，他打了一条小渔船，雇了两名水手。水手的工资按当天出海所获的销售所得进行分成，各得百分之十二左右，剩下的归他这个船主。扣除税款、保养船只、购买机油等，在这六年间，三哥纯收入三四万元，刚好还上了当初买船的钱。

我说：啊？

每年初春，海边的冰凌还没有化尽，大小船只开始准备出海。先要捻船，将桐油和石灰调制后加入麻丝搅拌，填补进船身的每一道缝隙之间，用一只方头的凿子，逐一敲打夯实。然后检查发动机、备网，租用船坞轨道下海磨合。早春的海风冷峭如刀，海天之间一片苍茫，小船上无遮无挡，只能任其削割——带舵楼的大船造价一百多万，哪里敢想？收网的时候，手指上直如刺满万千钢针，直到痛得麻木。如果收获尚好，心里总还有股安慰的暖流；收获差的时候，身冷心寒，整个人就是一块散发腥气的冰。在大海上颠簸了一天，回到岸上，脚下的大地仍然软绵绵的，摇摇晃晃。

等到天暖再出海？当然也行。但对渔人们来说，上半年实在短暂。到了六月中下旬，渔政部门即开始通知封海，休渔期到了。

三哥低头，给我看他的秃顶，说，那几年，头发都愁掉了。

我笑。

他说，其实即使是在休渔期，还是有人偷偷出海。而如今的海滩也是承包给个人的，按照规定，每人只能承包六十亩海域，但有人用亲朋的名字变相承包，将承包区域连成一片，连中间未承包的海域也顺理成章地囊括进去。这样的海滩霸主有钱有势，渔民们招惹不起，只能远远绕行。

我问他在建筑工地上做木工收入怎样，他说他的工钱是按日计算，每天三百元。

我又"啊"了一声，忍不住心生艳羡——这一年，我刚离开一家文联下属的杂志社，在那儿，我的月薪是一千元。

可是，三哥说，有的日子不能出工，而且一个工地上的木匠活儿也就只能干两三个月，多数时候找不到活计做。三哥是单干户，他和另一个同乡结成搭档，自己找活做。我问他为什么不加入包工队？郑屯不是就有包工队吗？三哥说，那谁谁谁，有钱有势脾气大，在他手下干活，一个个孙子似的，他实在做不来。糟糕的是，有时工程结束，工钱却拿不到手，虽说这两年国家不允许拖欠农民工工资，但这种情况还是避免不了。

一语成谶。过了没多久，三哥发来短信，说他在城北工地上的活计已经做完了，但眼巴巴地等了一周，工钱迟迟没有结算，也不知道结算的日期，他和搭档困在这里，进退两难。

问清楚这工程归市公安局下属的某个处管，我开始四处探问。某日饭局，座中有一位在公安局工作的诗人，说起来也是相识多年。我试探着说了此事，诗人满口答应。过了几天，我问起，诗人让我等消息，但此后再无下文。

我想，三哥以为我在这个城市里生活多年，还成了个"作家"，一定认识很多有能力的人物。他哪里知道，能力与能力之间，往往需要物理上的等价交换；而我，在现实世界，偏偏是个一无是处的人。

最终，三哥自己找到公安局某处，拿到了他的工钱。

三哥找我借钱的时候，是在秋天。

三哥的儿子——我只在他咿呀学语的时候见过一面——去年考上了一所省内大专，学习汽车修理。新学期快要开学的时候，三哥问我什么品牌的笔记本电脑比较好？我咨询了两位电子行业的朋友，谨慎地向他推荐了两个国产品牌，并建议他到京东网上商城购买。我的推荐显然没有在这个家庭中获得一致通过，过了些日子，三哥让我帮忙查查联想某个型号笔记本的售价，说他在县城的专卖店买到了，五千元。我问：已经买了还用查吗？他说：查。这款电脑在京东的售价是三千六百元——犹豫了一下，我建议三哥再去那家专卖店一趟，看看能不能找回些差价。他没有应答。

不久，三哥找我借三千元急用。那次在西餐厅，他说到他前两年在老宅前边新建了一座大宅，欠下了六万元外债。我当时问他既然有房子住着，为什么还要借钱盖房子？他说，政府在筹建北海新区，把郑屯也规划了进去，动迁时会有不少补偿款。眼下，作为债主之一的小姨也要盖房子，但他手头的钱凑不上了。

我说，我打给你吧。

但他还是从老家赶过来了。一路上，他需要倒三次车，乘公交车又坐过了站，我跑了三个站点，才算找到了他。他说他搞不清网上打过去的钱怎么取出来。他没有接受邀请到我家小坐，就在银行的椅子上和我说了几句话，把薄薄的一小沓人民币小心地塞进夹克里面的口袋。等公交车的时候，他说孩子还有两年就能上班挣钱了，那时他的负担会轻一点。车来了，我看着他天蓝色的夹克衫隐进车窗玻璃后面，慢慢驰远。

之后几次回乡扫墓，车子经过三哥的新宅门前。院墙裸露着水泥本色，紧闭的大铁门，也始终没有上漆。我不知道三哥一家是否已经搬到了这座新宅院，还是仍然住在以前的老房子里。

我在山里的那段时间，连着下了几场秋雨。三哥时有短信发来，问我的书写到哪儿了。他说等他有时间把郑屯的事情写下来给我作素材。他说孩子开始进入实习期了，不再需要他寄学费和生活费。有一天，他说，要不，我把那三千元还给你吧？

我说，我不急用的。

他说，谢谢你相信我。

我说，我不信你，还能信谁呢？

我觉得我说的是真的。

总有些人和事，你必须把他和它放在一个可以信赖的世界。并且必须，永远如此。

我的手机越来越卡，并且在第二次刷机时出了问题，保存在手机里面的通讯录因此丢失了。

再然后，我来到一座陌生的城市，又换了一部新手机。

过了好长一段时间，我才发现，我丢失了三哥的号码。

三哥的那部老掉牙的小屏幕手机，可能也坏掉了吧。已经很久没有他的消息。

再一次，他暂时从我的世界里消失了。他会不会重新出现，还给我三千元钱？找我借钱的时候，三哥特意向我申明，他没有赌博，让我放心。他不知道，对我来说，这真的是一笔赌注，虽然数目微小，但它所承担的，又未免过于沉重了。

远离故土，我发现我和三哥一样，其实也会想家想到流泪。那个叫营口的小城，有我的家人，有我吃惯了的北方菜蔬和水果，还有一只叫塔塔的猫。有时候我会下意识地唤一声：塔塔！好像只有此时，才想到它与我远隔千里之遥。

我的妹妹沙琳移居香港多年。她说，当一个人游历多地，让他感觉生活得最舒适的，一定就是那个叫故乡的地方。

我想她是对的。

我想起祖父去世之前，有一天突然说起，他想吃尖把梨。

那棵尖把梨树，就在三哥家老房子的院门前边。到了秋天，别的梨树上的果子，都已经被采摘殆尽，只有这棵尖把梨树，枝头上还稳当当地悬满果实。生产队似乎忘了还有这棵梨树；或者，是有意留给我们这些住在周围的孩子。但是即使在完全成熟之后，尖把梨也是果肉坚硬，又酸又涩。采摘下来的尖把梨，要储藏上两个月，果肉才会变软，味道也变得酸酸甜甜。但是小孩子哪里有这样的耐心？在一个孩子的眼里，两个月，如果用于等待，简直像一辈子一样遥远。

那些秋天里悬在枝头的尖把梨，我一直不知它们后来去了哪里。

祖父说他想吃尖把梨的时候，是在六月。枝头的尖把梨还是未长成的少年，而前一年采摘的尖把梨，又早已在市面上绝迹。后来我想，正是因为空缺，渴念才得以生长；人类的渴念，又往往源于这渴念目标的难以兑现。

而对于包括人类在内的所有物种而言，活下去，也许是最大的渴念。

我想起有一年寒假，我回到故乡。那时候，我大约已经上了初中。三哥满脸神秘地来叫我出去，并示意我不要告诉别人。他带着我，潜入南坡的果园，沿着一棵棵果树仔细地找过去。我莫名其妙地跟在他的身后。隆冬的果园覆盖着厚厚的积雪，那是一整个冬天的雪，前一场还未及融化，后一场已经降临……他到底在找寻什么？

终于他轻轻地欢呼一声，踮起脚尖，从一根树梢上，摘下一枚小小的干枯的苹果，宝贝一样，小心地塞进我的手里："快吃！"

我犹豫了一下。手中的这枚果子，在秋天的采摘季，它想必长得又瘦又小，看上去还没有成熟；或者，在一枚叶子的遮掩下，它被采摘者有意无意间遗漏。尔后，它就一直孤零零地悬挂在这里，被风干、冰冻，又在有大太阳的日子里，融化、变软，而后再一次牢牢冻住……它越来越皱，越来越小，小成了一枚枣子的模样，表皮呈现褐色，上面还有一个虫洞。

我的犹豫大概只持续了一秒钟。风从果园的树隙间呼啸着跑过，三哥满脸欢喜地望着我。

我把这枚小苹果举到嘴边，咬了一口。

啊！它是这样的美味！浓郁到不可思议的果香，是许多许多只苹果，浓缩成小小的一滴，奔跑着，赶来犒赏我的味觉。

我永远记得那样的时刻。那个蛰居乡村的少年，怀揣着他巨大的秘密。他把他隐秘的发现，慷慨地送给了我。

那是大地以白霜洗过，以大雪封存在岁月深处的——我甚至说不出它是什么。

围城

在梦中，我寄居的天津城兵荒马乱，全城逃难，物价飞涨，一票难求。某画家的一幅扇面（在梦中它被称作"篦头"）从二十五万元一夜间涨到七十五万。未几，又涨到了两千余万。不过，我已经在七十五万元的价位上，用它换了一张火车票。然而，这张网上订购的车票迟迟无法到手；至于我的妹妹沙琳，更是连一张车票也未能抢到。处境糟到这个地步，我仍有闲情指给沙琳看一家店铺："这家的睡衣面料舒服，性价比不错呢。"当沙琳的手指刚刚触到那袭睡衣的衣角，床头闹钟骤响，我怔忡而起，一时不知今夕何夕。

那一场大水带来的惊悸，我以为它已经过去了。原来它仍在那里，只是变成了一个隐形的湖；在这一天夜里，湖水溢出，构成了一场纷乱梦境的源头。

那天早上我醒来的时候，雨已经断断续续地下了一夜。进入雨季之后，天津的雨水约好了似的，总是落在夜里，还经常伴随电闪雷鸣。但到了早上，世界风歇雨住，好像什么也不曾发生。开始我还以为这是老天对上班的人们格外眷

195

顾，但很快发现，这些夜间的雨水经大太阳一晒，立时暑热蒸腾。偌大的天津城被封闭进一间透明的玻璃房子，阳光无遮无拦，却没有一丝风吹得进来，空气中密集的水珠仿佛肉眼都能看见。我从它们中间穿过，觉得自己也变成了大大的一颗水珠，从里到外，沉郁又黏稠。

　　这天早上的雨水把气温陡然刷低了多度。我在吊带背心外面罩了一件皮肤衣，拿上雨伞就出了门。走出楼口不过十几步，我就知道我过于轻敌——如果这场雨真是敌人的话，它着实来势汹汹，横扫千军。我手中的雨伞只护住了头脸，浑身衣裤转眼淋到透湿。西康路两侧的路面已成汪洋，所幸人行道上尚未积水。我随即看见了一道奇异的景象——无一例外，路旁的下水道变成了一眼又一眼喷泉，足有几厘米高的水柱，从井盖的孔洞处喷薄而出。连着西康路的沙市道已经成了一条水流湍急的小河，水深没过小腿。我选择水浅处小心蹚水而过，有一瞬间，我大脑中水光荡漾，一阵晕眩。清冷的流水有一种黏稠的质地，它裹紧了我，试图将我挟带而去。

　　从住处到单位，这段距离不过三百米。银亮的电梯门映出我狼狈的影子，像经历了一场长途越野。单位的 QQ 群里正一派热火朝天，同事们都在分享上班惊魂记。在此之前，这场席卷大半个中国的强降雨已经制造了太多新闻，但是此刻，天津城也成了"看海"新闻的一部分：平日里窄窄的一道海河如今漫过了河畔的景观带，隔着屏幕都能感觉到它狂乱的呼啸；城内有的街道积水超过一米，公交车开过，停在路旁的小轿车们随着荡漾的水流漂浮而去……而单位附近的这一带地势较高，如今成为整个天津城积水状况最轻微的区域。

那时候我还不知道，就在一百年前的这个月份，天津也曾沦陷于一场暴雨。

雨仍丝毫没有要停的意思，单位紧急通知下午放假。我回到住处，开始收拾行李——隔天就是我母亲的六十六岁寿辰。按照吾乡的风俗，六十六岁，是需要子女为父母隆重庆祝的第一个生日，仿佛它开启了老年的正式入口，而后一级级通往长寿楼阁的高处。我妹妹沙琳二十天前已从香港返回，先在天津住了两周。好像对即将到来的险境隐有预感，她在几天前开始向我抱怨，因为暑假期间票源紧张，而我对此竟然毫无概念。不过一向好运如沙琳，很快在携程网上捡到一张别人的退票，当即动身赶回家乡。

至于我，直到启程的这一刻，仍不知噩梦即将开场。

下午两点，比发车时间提前了三个小时，我出门赶往天津站。楼前人行道上的积水几近没膝，我横提拉杆箱，咬紧牙关涉过水域。我的表情大约写满了穷途末路的苦恼和悲怆，迎面涉水过来的女孩看我一眼，忍不住笑了。或者她只是觉得这处境新奇又有趣，而我却把有趣败坏成了逃难的意思。

没错，就是在那一刻，我决意逃离这个城市。

地铁仍正常运行，这让我暗暗松了口气。等到进入火车站区域，气氛陡然一变。先是入站口更改，临时从楼下转移到楼上。这样直到进入候车室，也就不觉得怎样惊异。除了人数比平日里多了将近十倍，而入口的大型电子屏幕上罗列出二三十列临时取消的车次，以及长长的一排宣告晚点时间的红色数字外，似乎没有什么大的异样。我注意到，排在最前面的列车，已经晚点了八个多小时。所有能坐的地方都坐满了人，有人席地坐在本该属于过道的地方。嘈杂像夏日里疯长的野草；而在嘈杂的下方，有什么正在酝酿。嘈杂中浮漾着黄种人惯于隐忍的脸。我忽然想起上午看过的视频，那些随着水流浮漾的小轿车——他们与它们，在什么地方无比相像。

时间仍在流淌，但候车室却变成了阻塞流水的地方。此时我当然还不知道，就在前一天的凌晨，因为施工的土方堵塞了河道，上游的洪峰到时，漫溢的七里河河水涌进河北邢台大贤村，致使八人死亡，一人失踪，其中基本都是老人和孩童。洪水浩荡，直到几天以后，他们微弱的呼喊才突然倒灌进我们的喉咙。那时我已在营口的家中，是晴朗的早晨，我的那只叫塔塔的猫睡在我的脚边，突然，它伸出前爪，轻轻抱住了我的脚掌……不需要更多了，我所有的奔波、焦灼、等待……都在这一刻得到了加倍的报偿。

而在这一天下午，天津火车站候车室变成了水面不断上涨的小湖。身体修长的火车有着河流的模样，但四围的大水阻住了它们的流淌。在我候车的这两三个小时里，人流的泉水仍在源源涌入，室温和空气中的二氧化碳含量持续攀升。眼看着傍晚临近，焦虑的人群开始躁动。问讯台前挤满了人，每当有穿制服的工作人员走过，总是被人们团团围住。我也挤进问讯台咨询了一下，被告知我将乘坐的列车也已晚点，但并没有取消。至于晚点多久，只有果决干脆的一句"不知道"。

据说，勒庞的《乌合之众》在学界被指水准偏低，但勒庞至少指出了一点：被人群淹没的个体普遍情绪化且智商走低——我想，在接下来的许多个小时里，我被感染上了一种名叫集体无意识的细菌。大脑轻度缺氧，我焦虑、不安，反复陷入漫长的犹疑。阻滞显然越来越严重，所有的列车好像都凭空消失了，没有人知道它们去了哪儿。只留下这座巨大的候车室，孤零零悬在半空里。我感到四围波涛汹涌，人群焦灼的呼吸已经有了危险的气味。在十一号检票口，因为前面的几列高铁悉数晚点，层层滞留的旅客神色茫然。我不肯相信我将乘坐的列车迟迟没有到来——只是一场大雨而已啊，钢筋水泥的高架铁路足有两层楼高，怎样的大雨才有可能将它损毁？直到后来，当我终于踏上一列逃离的火车，过了山海关，天上下起小雨，这个时速三百余公里的庞然大物突然慢了下来，以蜗牛的速度一寸寸向前爬行。而脚下的那条不知名的河流，由此仿佛宽广得难以估算。这列钢铁的怪兽，显然有它致命的软肋，却苦于无法言说。而在那个被迫凝滞在十一号检票口的傍晚，我几乎是恼怒和绝望的。我猜测，所有的词和短语里面，都隐藏着一个 pH 数值；把"不知道"这三个字溶解后滴上试纸，它将呈现醒目的红色——

这些构成未知的酸性物质，从脚尖处开始，一厘米一厘米将我腐蚀。我翘首等待的归程遥遥无期……难道，我要裹着一身淋漓的汗水，站在一排钢铁栏杆前面，像一只绝望的兽，挨过漫漫长夜？

可是我，从来就不是一个容易焦虑的人。去年冬天，我从外地返家，迎头遇上一场雨夹雪。我乘坐的高铁列车进入盘锦站就停了下来。最初的半个小时里，众人坐在各自的座位上静默等待，然后大家开始走动、吃东西，客气地轮流用插座为手机充电。我所在的车厢紧邻餐车，人来人往，越发纷乱。又过了一个多小时，天色眼看就要黑下来，车厢里的水也用光了，厕所散发出刺鼻的异味。列车员既说不出前面到底发生了什么，也不肯告知重新开车的时间，他们锁住车门，禁止众人到站台上乱走，车厢就此变成了冰天雪地里一座逼仄的围城。争吵终于无可避免地爆发了。而这期间，我一直在看叶嘉莹的《南宋名家词讲录》，如果不是觉得实在引人侧目，我其实还想小睡上一会儿。

但是在这天傍晚，我的手心里攥满焦灼的火焰。家人们不断发来微信询问，我这才意识到，仅仅是一遍遍重复同样的答话，已经足以让人胸闷气短。但是突然，手机一片死寂，网络莫名其妙地中断了。整整半个小时，我不断刷新手机，网络仍迟迟未能恢复。这最后的一根稻草迅速击垮了我，我穿过壅塞的人群，赶去楼下退票。

接下来的排队无比漫长。三个小时之后，我终于大汗淋滴地挤出人群。这期间，各个退票窗口不断爆发激烈争吵，而我在几经犹豫之后，还是在蒸腾的汗酸气味里，尽可能不动声色地咽下了一个面包。有那么几次，我觉得头晕恶心，双腿软绵绵的，是这个面包给了它们力气。在漫长的等待中，我身边的两位旅客已经聊成了熟人；排在我身后的女子与我年纪相仿，她脸上汗水涔涔，不停地扇着手中的纸张。多数时候，她丰满的身体被后面的人群挤压在我的背上，让我觉得她就是这个夏天的一部分。她说，像我这趟车的情况，连晚点时间都无法告知，有可能干脆就没有发车。因为这趟车的始发站是上海，一路上所经之处尽皆暴雨为患。她提醒我不要与前面的人留有空隙，提防有人加塞。但是她话音刚落，就有个戴眼镜的女孩佯装成找人的样子，插到了我的身侧。没错，这世上总有一些善于取巧的人，而多数时候，我们无法预知他们的身份。

在最后一班地铁停运之前，我走出地铁站。西康路上空空荡荡，大水业已退却，只留下零星的水洼和满地湿漉漉的印痕。世界如此安静，我走过长街，沉重的拉杆箱辘辘作响。街旁的长椅上有两个老人正在乘凉，她们有一搭没一搭地说着话，在我经过的时候，漫不经心地投来一眼。在她们这儿，只不过一场雨来了又去，一切丝毫不曾因此改变。

而最大的改变，总是藏在人的心里，无法被人看见。

那场发生在一百年前的围城事件，我是在一次偶然的阅读中得知的。1917 年 7 月下旬，连续三日，暴雨倾泻在太行山和燕山迎风面。山洪暴发，直隶省内的七十多条河流相继决口，洪水漫漶直隶全境。作为直隶省会的天津，因为地处海河入海口，"几有陆沉之慨"，受灾最是严重。洪水到达天津城中时，也是在夜半，顷刻间水盈数尺。和一百年后的大贤村村民们一样，市民们从睡梦中悚然惊醒，老弱妇孺逃生不及，被溺毙者当即达到二三百人。时值溽暑，逃出生天者亦大多衣不蔽体。大水久久不退，天津成了真正的泽国，"凡浴桶、大盆、空缸等物皆为过渡之具，薄板、竹竿悉成桨楫"。城中路上有骡车载家具勉力前行，水面距离骡鼻只差一两寸。要知道，彼时的天津，乃是整个华北的商业中心，这一场盘踞数月的大水让天津城乱成一团，与外界的水陆交通全部中断。城中人心惶惶，忧虑隆冬结冰之时，洪水仍不能退去，于是纷纷逃难。事实上，直到这一年十一月底，官方仍在为救灾之事焦头烂额。

而在这一天深夜，我筋疲力尽地回到住处，瘫倒在沙发里。窗前那棵白杨树的枝叶间，透过对面高楼上的灯光，在微风中一闪一闪，恍若隔世的星辰。新闻里说，新一轮的大暴雨即将在一天后抵达东北，这让我更加心急如焚。有生以来的第一次，我真切地意识到，在这个城市，我是一个异乡人；而所谓家园，是地图上那个你宁愿与之同风雨共患难的小小的点。

直到第三天清晨，我终于逃离天津。我动身得太早，这个城市还没有醒来，在若有若无的晨雾里悠然浮沉。我多么幸运，竟然抢到了这趟列车的最后一张票，虽然它只能将我送到盘锦，但比起回家的巨大喜悦，这点小小的劳顿奔波算得了什么？感谢那个隐在网络深处的退票者，是他的偶然退出，让我得以在当天傍晚，奇迹般地出现在我母亲的寿宴上。我二姨问：怎么买到票的呢？我竟然一时语塞。亲人相聚的时间如此短暂，我哪里来得及细数此中的曲折——这列被我刻意选中的高铁，始发自天津西站，然而当它到达天津站，已经晚点近一个小时。站方分三次通报了晚点信息，每次向后延迟十分钟。当第三次通知响起来的时候，排在我旁边的两个人放弃了。我看见他们的背影萧索地离开长长的队列，不由得猜测，他们在这两天里到底经历了什么。挫败是某种有形的东西，它寄居在人的脸庞和肩背上。但他们刚刚离开，检票就开始了，先是更换了检票口，接下来又反复调换站台。以致当那列火车终于驶到众人眼前，人群才突然醒悟过来，开始相向奔跑——他们候车的位置，恰恰与所在的车厢处于相反的方向。但是几乎所有的人都在笑着，比起那些仍然滞留在候车室中的旅客，他们是多么幸运啊。终于可以逃离这个难以言说的城市，可以像水一样，自由地流往他们想去的地方。

　　而像水一样的自由流淌，又是多么重要的事啊！

冷事实

冷事实

《冷事实》是美国民谣歌手西斯托·罗德里格兹第一张专辑的名字。这张唱片只卖出了三十多张——即使它完全具备了走红的各项要素：明星公司；精英制作人；以及更重要的：一个天赋极佳的新歌手。所以，开篇的惨淡业绩并没有让它的制作者感到气馁，紧接着，他们又推出了第二张唱片。但是，仿佛世界对精英们的过分自信作出的刻意嘲讽，这一次，销售总额竟然没有达到两位数。在这个市场主宰的世界里，罗德里格兹这颗新星还未及升起，就从乐坛上彻底消失了。

这是 20 世纪 70 年代初期，发生在美利坚的一则故事。

但是这个已经画上句号的故事悄悄伸出了一个小小的分支——在美国售出的寥寥三十几张《冷事实》之一，偶然被一位美国女孩带到了南非，并在她周围的朋友中迅速风靡开去。它的发行者们在当年许下的豪言最终被证明完全正确，只不过，是兑现在地球的另一面。这张唱片在南非至少销售了五十万张，几近家喻户晓。在种族隔离的年代，罗德里格兹自由自在的歌声鼓励了无数人，并就此成为这个国家的精神圣经。可是除了西斯托·罗德里格兹这个名字，南非人对他们热爱的这位歌手一无所知。

出于好奇，两个南非人——一个珠宝商和一个作家，开始对罗德里格兹的身世展开调查。他们很快听说，在最后一场演出中，绝望的罗氏在舞台上点燃了自己，就这样于众目睽睽之下自杀了。

传说中惨烈的告别方式更加重了追寻者的好奇心。他们甚至专门为这场找寻创办了一个网站。可是接连几年，他们一无所获。在经常创造奇迹的美利坚，罗德里格兹仿佛石沉大海，或者干脆就不曾生存在人间。

但是忽然有一天，一个电话打了过来，自称是罗德里格兹的女儿。她说她的父亲仍然活着，并一直生活在底特律。这天子夜，追寻者床头的电话响了，话筒另一端传来他们再熟悉不过的那个声音——他真的，竟然，还在！

与音乐有关的梦想破碎了，但这并不影响他平静地活下去，做一个劳碌的建筑工人，和一个称职的父亲，修修补补，养家糊口。偶尔，只是偶尔，看一场吉他演奏。

将近三十年过去，他业已人过中年。但是当年那种内向的、近乎羞赧的气质还在。他对发生在地球另一面的事情一无所知。但也似乎，并不感到惊讶。一桩事物总有它的两面，一面是黑的，另一面可能是红色，也可能是白的。他的知音在他的生活以外，他们的欢呼和赞美从来不曾抵达他的耳边。

他受邀前往开普敦。演唱会上座无虚席，听众们对着他欢呼，和他一起唱那些他们不知听过多少遍的老歌，现场气氛几近入魔。是的，如果也曾有那样一件东西，始终在心底陪伴你长大，你就能够了解那种激动和痴迷，好像突然踏入一个只曾在梦中出现的王国。他们排着长队等待他的签名，甚至还有一个人以专事模仿他而出了名。但是奇怪，面对这一切，他神色安宁，好像这些都已经发生过了，而现实只不过是梦境的必然重播。

然后，他回到底特律，仍然是一个平凡的建筑工。在南非发生过的一切只停留在另一个维度，像小小的水池中的波澜，并不曾漫过有限的边界。狂销的无数张唱片中，可能还包括大多数的盗版，他让一些人因此成为富翁；至于他自己，在经济上仍旧贫穷。

这就是世界的真相。即使才华盖世，你仍然可能藉藉无名。即使造就成功的一切因素都已齐集在你的身边，你的梦想仍然可能只停留在一个虚拟的画面。而纵使成功，也不一定像励志故事中所传达的那样，一切圆满。恰恰相反，真实的世界更像一面筛子，整个由漏洞构成。而筛子最常见的材质就是金属——

坚硬的金属，通常，也很冷。

逃离

凌晨时分，我从噩梦中惊醒，辗转反侧，迷惑不已。

在梦中，我正在与许多人一起，排列着长长的几个纵队，准备进入一座大楼。

那是一幢半新不旧的楼，大概有四五层高的样子，外表方方正正。楼体表面上没有任何装饰，裸露着灰突突的阴冷水泥。它就这样夹杂在几幢楼房之间，丝毫也不引人注意。但如果说有什么特别之处的话，那就是它的每一个楼层都设有一道侧门，连接起这些侧门的楼梯，则修建于楼体外部，可以在紧急时作为逃生通道。我早年就读的那所市属重点中学，两栋教学楼均采用这样的设计。至于我所在的这个长长的队列，正是从第一层楼的侧门缓慢地延伸进入。奇怪的是，我并不知道自己为什么会站在这里，以及，是怎样来到了这儿。我显然并未离开自己长年居住的城市，但是这幢楼于我如此陌生，我甚至不知道它隶属于什么机构。

我开始感到不安。这不安一点点升腾为隐约的恐惧——那些在我之前进入楼中的人，他们，无一返回。我到底为什么一定要进入这幢楼里？在前方等待着我的，又是什么样的命运？

这时候，我发现排在我前面的臧姐——在现实生活中，她是我在杂志社的前同事。虽然实际上她与我母亲差不多年纪，但因为私交甚好，我们一直以姐妹相称——和另外的两三个人一起，她悄然踏上了通往二楼的那道阶梯。显然，和我一样，她疑心前程中暗藏的危险，因此选择了另一条线路，试图离开队列并将自己隐匿起来。她没有回头向身后的人群望上一眼，但是她的背影分明在告诉我：嘘！不要出声——

这时我已经移到了楼门前。来不及细想，我向侧面踏出一步，尾随在臧姐身后，快步登上楼梯，从二楼的侧门闪身进入。

一阵骚乱，有人从身后追来，而臧姐已然不见。出于本能，我沿着二楼走廊一口气跑到大楼正中的那道楼梯——整个布局与我当年就读的中学一模一样。这时几个男生正从三楼走下来，他们的脸上和身上，多多少少地带着一些伤，似乎是经历了一场什么角斗，他们被特许离开这儿。

而我是那个未经批准就试图擅自逃离的人。我几步跳下楼梯，穿过正门跑到大楼外面，沿着楼前的大路继续奔逃。追赶我的人仍在身后喊叫。这时候，那几个男生骑着自行车从后面赶了上来，我转而向他们求援。得到首肯，我跳到其中一辆自行车的后座上。

但是追兵仍紧跟不舍，眼看着越迫越近——从始至终，我没能看清这些追杀我的面孔。他们是谁？寥寥几人还是数量众多？也许，追杀我的只是一大团噪音？

我示意骑车载着我的男生，赶紧拐进路旁的那条小巷。

从小巷里出来后，追兵终于不见了。向救了我的男生道过谢，我这才发现自己已经无处可去：回家当然是自投罗网；而投奔娘家，被抓到也是转眼之事；入住宾馆呢，又需要出示身份证……侥幸地逃脱险境，我居然，就此沦落为无家可归的通缉犯。

我被自己的处境吓得醒过来。

说真的，作为一个安纪守法的五好市民，我从未想过自己会置身于这样的险恶处境。

我想起臧姐。和我一样，她是一个胆小的女人。退休之前，她担任一家国营大厂的工会主席，退休后应聘到杂志社负责广告工作。虽然业绩上无懈可击，但直言快语的臧姐始终未能与主编搞好关系。在被迫离开杂志社后，臧姐只与我保持着联系，甚至在端午节特意为我送来她包的粽子。因为不想被领导和前同事们撞见，她约我到杂志社旁边诗词学会的办公室。大约是相识不久后的某一次闲谈中，我们得知彼此原来毕业于同一所中学，竟是一对相隔二三十年的老校友——难道，梦境因此而起？

我想起那些男生们身上和脸上的伤痕，那一场我未曾目睹的战争，它深处的寓意指向何地？而我又是怎样得知他们会向我施以援手，并且足堪信任？如果再联系到我的现实处境，那么，幽深的潜意识试图通过梦境告诉我的，又是些什么样的秘密？

——也许，恰恰因为对正在发生的一切一无所知，出于女人的胆怯或直觉，不约而同地，我和臧姐选择了逃离。

消失

那天上午，女友突然发来微信："看新闻没？Z昨天中午堕楼身亡！"

啊？

Z是我朋友的朋友。按照中国式交际原理，朋友的朋友在相当概率上也会成为我们的朋友。而事实上也几乎如此。我的这位朋友是某出版社的中层，一个拼命三郎式的人物。那段时间我正在与他合作编写一套书，其工作狂人的节奏让我倍感压力。在北京做完一个阶段的编辑工作，因当时我居住的小城尚未通高铁，只能先到省城转车。但抵达省城时已是傍晚，三郎的两位老友设宴为他接风，Z便是其中的一个。

那天Z说，他年轻时也曾是个文学青年，那时他接替母亲的工作进了工厂，并在工余时间读完了中文自考大专。因为擅长写写画画，还在报刊上发表过不少"豆腐块"，领导安排他办板报，后来又兼写通讯。有一次报社打算做两位劳动模范的报道，但一时抽不出记者，于是编辑想到了他。当天下着大雨，他冒雨蹬着自行车从城东赶到城西，又赶去拜访城北的另一位劳模，只用了一天一夜，就赶出来两篇共达五千字的报道。就这样，他从车间调到厂部，又调到上面的局机关宣传科，然后一步步做到了眼下的位置——说话的这时候，他是一家厅级机关的三把手。

道别时，他说初次见面很愉快，但他明天上午有个会必须参加，只好拜托身边的这位朋友开车送我回家。而直到今天，我也没能想明白这件事情的来龙去脉：当交谈的双方都清楚正在讨论的是一件完全不可能发生的事情，他又怎样能够把它表达得那样肯定和真诚？而且与此同时，他又是凭借什么，把这种"没有可能"明确无误地传达到我的脑中？

这是一种表达上的奇迹，其微妙之处，完全超越了语言所具备的功能。

后来大家在一起喝茶，他说到自小家教严格。他母亲是满人，日常中规矩极多，比如说"满酒半茶"——给人斟酒时要求必须斟满，但斟茶就只能斟到茶盅的一半，因为茶是烫的，斟满的话，饮茶者就有可能会被烫到。而放下茶壶的时候，壶嘴不可以对着在座中的任何一位，因为早年坐的都是八仙桌，就留下这么个繁文缛节。我接口问：如果是圆桌呢？他说，那就没办法了！说毕大笑。

我开始明白，这个人在仕途上的成功可能并非出于幸运和偶然。他确实修养不坏，善于捧场又极有分寸，记忆力更是好到惊人，你一个月前说过的某句话他可以随口引用，并恰好拿捏住其中的精华部分。而且，正如第一次见面时留下的那个悬念，他永远都有办法把他真正的意见隐藏在被他说出来的话语下面，像一个棱角分明的四方体，包裹上一层温软的、圆润的表皮，但是仍可以让四方体的每一条棱线都呈现得优雅而清晰——他究竟是怎样做到这一点的呢？

我觉得，这似乎不太可能完全倚赖于后天的练习，而更接近某种天赋的能力。

后来又见过两或者三次。他们三个人也曾到我居住的城市里游玩，我亦聊尽了一番地主之谊。

但毕竟是生活在不同世界里的人类。我和三郎保持着断断续续的联系，从他那里，偶尔得知 Z 的消息，据说他终于修成正果，当上了所在单位的一把手。而我的女友，因为在同一系统的下属部门工作，偶尔也会对我提及 Z。但我和 Z 已失去联系，如同生命中那些偶然相遇的人，彼此间清浅的交集，轻轻地相对笑过，也领会得到对方的善意，但终至无话可说。

有些人，是注定要从我们的生命中消失掉的，即使他们仍然活着。

但作为生者的消失和作为死者的消失，到底是不同的。因为，如果确认双方之间仍有重逢的机会，我们似乎就可以这样的，继续淡漠。

但是到底是什么？让 Z，这个如鱼得水的人，这个人精般的个体，竟然选择了这样一种惨烈的方式，来告别人世？

他选择了在单位。在正午时分。他是突然起意，还是内心挣扎许久后作出的艰难抉择？

大约是一年以前，一位学妹的姨父因为身患绝症，不忍拖累家人，居然在子夜时分爬上医院的顶层，从十一楼纵身跃下。学妹说，一想到姨父在生前的最后一刻，心怀的那份凉彻骨髓的绝望和悲怆，她就忍不住为之战栗。但是更让她无法接受的，是包括姨妈在内的亲戚们，他们所表现出来的那种平静和安宁——就好像，那是一个人理所当然的命运。

因此我和学妹说起 Z。但是她说，沙姐呀，你可真是菩萨心肠，什么人都同情啊你。

我一时无言以对。学妹说得没错，对世人而言，Z 只是个随便什么人而已。甚至，会有人认为那就是他理所当然的命运。而他也确实只不过是，在一段特别或并不特别的时期内，众多自杀官员中面目模糊的一个。

仅此而已。

Z 死后两个月，我再次在网上搜索他的名字，这才惊讶地发现，他的同名同姓者居然如此之多。而他，连同他身前身后的秘密，无论他有意还是无意掩藏的，在这许多铺天盖地的同名同姓者中，决绝而彻底地，消失了。

虚构的真容

密码

一个顶级的艺术品拍卖大师应该是什么样子？维吉尔·奥德曼为我们提供了完美样本：细致，冷静，明察秋毫。总而言之，一位真正的、百科全书式的鉴赏家。训练有素的幽默刚好适用于提升现场售价。而与此匹配的，他还拥有大师理应具备的怪癖。

出门之前，他步入衣帽间，拉开橱柜。一排排整齐罗列的精品羊皮手套，像提香的调色板，冷调的色彩之间流淌微妙的关联。这手指上延伸出的第二层皮肤，手套保证了必要的贞洁——决不触碰到他人，也避免被他人触摸。在手套们井然排开的屏障背后，是一道不为人知的密码锁。在键盘上逐一输入正确的数字，锁住的暗门应声开启。

这一年，维吉尔·奥德曼已知天命，或者也可能，年过六十。对于成功者，年迈似乎并不营造太多的悲情气氛。没有人知道，他的前半生里藏着一个孤儿。犯错的小男孩被修女罚去修补画作。惩罚培养起意外的迷恋，从此他一再而巧妙地触碰禁忌，以获得与色彩亲近的机会。童年埋下了开启一生的钥匙，这也是真的。

女继承人的电话夹杂在他的众多日常事务中间。父母双亡，克莱尔说她父亲临终之前，告知她如果拍卖藏品，一定要委托给奥德曼先生。微妙的奉承并不足以打破他的坚冰。出于商业考虑，他勉强同意她的请求。但是她两度失约，引起他的暴怒。最后的一次，她在电话里承认她患有广场恐惧症，十几年来独居古堡，无法外出或面见陌生人。在古堡的地下室里，他发现了几只古怪的机械零件——他疑心它们来自传说中某个神奇的机器人。而事实是，他猜对了。

似乎只是源于神秘的古董机器人的吸引，他签下合同，并一点点磨练出非凡的耐心。隔着房门，他与她商讨问题。因为她，他开始学会了使用手机。因为她，他摘掉了手套，也不再染发，只因她说她厌恶虚假的东西。因为她，他在不知不觉间解除了全部伪装，向世界袒露出一颗赤裸的心脏。

他甚至按捺不住澎湃的好奇，偷窥了她的容貌。一个纤细苍白的女子，理所当然地，有一种楚楚的美丽。他不知怎样才能走近她，一道紧闭的门扉有如万水千山，他不知如何安放这备受煎熬的爱恋。他开始向年轻的机械修复师吐露秘密。而这个无所不能的技师，从此成为他的挚友和亲人。他指点他给她送花，筹划二人晚餐。在他的指点下，他一天一天深陷。到了最后，他甚至甘愿付出一场苦肉计的代价，只为了激励她走出封闭的古堡——他赢了。

而事实是，她赢了。

他是一只制作精良的密码锁，而且几乎，没有破绽。但是被精心编排的数字一个一个地输了进去，每一个都是对的。或者说，大抵是对的。偶尔的失误，也被他的心，误读或忽略。就这样，他带着她来到他的家里，拉开那只列满手套的橱柜，点开密码锁——那整个密室的墙壁上，挂满他精心收集而来的名贵画作，无一例外的，它们全部是，女人的肖像。在此之前，那么多年里，这就是他全部的世界——他对女人和爱情的想象。还有他倾尽一生的财富和慰藉、骄傲和光荣……而此刻，他相信，他已经在她的身上，全部找寻到了。

然后，他短暂地与她道别，去完成他今生的最后一场拍卖。

然后，实际上，再也没有然后了。

骗局的设置需要繁杂的技艺。但是他们——几个胸怀大志演技尚好的骗子——成功地复制出了女版的维吉尔·奥德曼。她病态的封闭、拒绝和恐惧，是他的。她乔装出来的神经质和怪癖，也是他的。

这就是世界的真相：你乐于帮助和解救的，永远是与你相似的那个人。而最容易骗到你的，不是别人，正是你自己。

一个人，总是摔倒在他自己的影子里。

这部名为《最佳出价》的电影，它讲述一个暮年爱情的故事，一个老房子失火的故事，一个关于密码和锁的故事。这人间的骗局早已上演过千遍万遍，再重复一次，似乎也没有什么要紧。

故事的最后，他坐在那个她向他描述过的咖啡馆里。无数只钟表的齿轮，在他的身前身后嘀嘀嗒嗒转动，一对对情侣在各自的世界里谈笑风生……侍者走过来问："先生，您一个人吗？"

犹豫了几秒钟，他说："不，我在等一个人。"

她是虚构的。但是所幸，咖啡馆并不。

她是虚构的。但是也可能，那一场爱情并不。

谁知道呢？

裂纹

她真美。很难相信这么美的女人居然已经有五十岁。作为一个依靠性别和容貌吃饭的人，她得天独宠，让同行们只有艳羡的份儿。当她们坐在花厅里，一群二三十年前的巴黎交际花，一度名利双收的高级妓女，对辉煌往昔的追忆只能加重时光的迷幻和残忍——就是这样一群曾经让诸国君主和贵胄们魂飞魄荡的美人，而今要么痴肥得惊人，要么早衰得诡异；只有她，舒适地端坐在一张靠背椅上，沉静优雅得仿佛一道谜语。她们承认她有非同寻常的睿智，以此避开了这一行随时可能遭遇的职场风险。艳遇与爱情不同的地方，在于它可以全身而退，在大幕落下之前带走俘获的珠宝而不带走伤痕。

她这只旧花瓶保存得如此之好，几乎看不到时光留下的擦伤与裂纹。花瓶里面还盛着满满的水——那些隐身进背景深处的玫瑰和蒲草，他们有类似塑胶的根，浅淡的停留也来不及带走清水和养分。

她真美。当他终于说出这句话的时候，我们在屏幕的外面，同他一起发出由衷的感喟。在屏幕的外面，我们满足于看见一抹这世上最柔美光洁的脊背。

他那么年轻，使这场恋爱在开篇处接近乱伦。假如她也肯在三十岁那年为哪个人生下一个孩子的话，这个在假设中长大成人的男孩或女孩，完全有可能成为故事的插叙，像藏身在卧房里的镜子，使空间深处的光线发生变化。事实上，正是孩子的出场提醒和催化了父母们的老迈。所以偶尔，我们要感谢身后的流水被堤坝阻断。自空无一人的幽深背景中转过脸来，人过中年的美丽女子仍然为旁观者保留了一个有关少女的传奇和假想。

他不是她可能遭遇的第一个，但是这一次居然是真的。要一直到六年以后她才会明白，他就是那个她以为今生再也没有可能遇见的人。那一生中唯一的一个。在她的一只脚即将踏入暮色之前，他来了。

这个她曾经的同行兼竞争者的儿子，她原本只乐意把他当作小孩。那时候她还算年轻，这个六岁的男童叫她"诺诺"。舌尖贴近上腭部位，发出的声音暧昧而纠结。他和她的声音最终注定要纠缠在一起，像一朵淤泥中长出来的花，清楚欢快地照见了另外一朵。作为美妙的镜子或曰人生导师，她提醒他注意 Soul 这个词，也就是他漂亮的眼睛：上眼睑弯曲出可爱的弧度，形状接近灵魂或者鳎鱼。从此这个女人变成了他的地中海，她海底柔软的细沙隐藏着整个天堂的秘密。

她帮助他远离酒精和可卡因，帮助他辨识并推导出一条条社交定理。而爱与被爱也是需要修习的，这是生命中最璀璨深奥的命题之一。他年轻的身体里燃烧着迷迭香与佛手柑的情欲，这让她沉湎其中不能自已。但他终究是要离开的，回到他正当的、世界早已为他铺好的轨道上去。与所有体面的男人一样，娶妻生子，学会打理繁杂的生活和经济。她送给他一只硕大的珍珠领扣，奢华温柔的淡粉色，由他戴着它去举行婚礼。再送给自己一枚价值一万一千六百法郎的翡翠戒指。雍容的翡翠中央有一道肉眼难辨的裂纹，纯白坚硬的贵金属，环绕住一颗生出了裂纹的心。

它本来可以更贵。如同她的运气本来可以完美。她以为没有人会发现这巧合中隐喻的微瑕；她不知道，一个失去至爱者的灵魂，它散发出来的孤寒远比岁月的法令纹更乐于泄密。

因为这个过分年轻的男子，她变成了一个有裂纹的女人。在他离开以后，她的床铺空了。一个妓女的床铺，它怎么可能，因某个人的离开就变得无从修补？她的裂纹来自时间或者上帝的诅咒，来自她与他之间横亘着的三十年光阴。为什么她要比他早出生这么多年？因为这个不知谁犯下的过错，世界毫无道理地惩罚了他们。

应该说，所有的爱情都是一连串的老套故事。只是因为有了米歇尔·菲佛，这部名为《谢利》的电影才得以带给人间这么多的美梦。这个 1958 年出生的女人，早年是花厅一角静默妖娆的蔷薇花蔓，现在是好莱坞这幢白色大厦正中一株醒目的常春藤。由于天赐的美貌，她必须动用半生的力量来与"花瓶"的封号坚决抗争。这时再回过头来看一看她二十年前主演的《一曲相思情未了》，一部据说是帮她"打了翻身仗"的电影，我觉得我有足够的理由表达失望。这之前，我在第八十二届奥斯卡颁奖典礼上看到她，我确信她身怀巫术，业已练就与岁月抗衡的奇异魔法。

年轻的时候她丰满漂亮，但是奇怪的——气质粗粝而庸常。原来，在某些人身上，优雅不是天生的，精致也来自岁月的痛楚磨砺。是时间，一点点抽走了这个女人身体上多余的东西，又一笔笔描画出她裙摆上流畅的纹理。我不知道是从哪一年开始，她与曾经的自己彻底断裂成了两个人；或者，她其实是那只传说中的翡翠，隐晦的裂纹只用于增添风致和神秘。她老了，双颊因清瘦而越发明丽，微笑和出神的时候，上下唇中央出现一朵好看的缝隙，好像在轻轻地说：

"嘘——"它欲言又止，并最终在影片中隐藏了一个不能轻易说出的、随时可能被时光打断的秘密。

飞

有一个数字被同时施加以阳光和咒语。十三，在通往死亡的新生始点，古老的东方纪年进入一个崭新的轮回。年轮的钟摆抵达童稚与成年的正中，花苞萌动，初潮来临。

故事就从这个数字开始：十三岁，名叫琪琪的女孩即将离家远行。远方陌生的城市蕴藏无数种可能，未知的生活同时铺展开惶惑和引诱。作为出生在魔女家庭的孩子，这一切早已命中注定。

她将在月圆之夜离开，着一袭魔女专有的朴素黑衣。现在，还需要一把扫帚，她就能够乘着大月亮的光辉凌空飞去。

好吧，世故如你我，早已洞悉这柄扫帚的秘密，对飞翔代表的潜台词也闪烁出暧昧的眼神。但是这个十三岁的女孩，她眼下对此还一无所知。

那么一切简单：飞就是飞。或者再延伸一点：飞翔使两个遥远的陌生之地产生直接的联系，像一条线段上的两个端点。从此到彼，借助于飞翔本身的神奇，故事也得以摆脱俗世的逻辑。总而言之，一则童话出发的时候，并不需要关涉隐喻。

当然了，故事里还需要一只会说话的猫，浑身漆黑，她叫它吉吉。这个魔法世界的连接者，兼任玩偶、同伴、魔法道具和大自然的翻译师。

故事由此顺利展开，天亮以后，她如愿抵达一座海滨城市。然而现实世界并没有遐想中那样美好和温馨，甚至，连旅馆也不肯接受一个身份不明的未成年人。幸好，因为自告奋勇帮忙送回客人遗落的小物件，琪琪赢得了一家面包店老板娘的好感，并允许她在一间空置的阁楼里住了下来。厚积的灰尘需要自己清扫，她随身携带的扫帚于是派上了用场——原来，扫帚不只会带来飞翔，它本身的污秽和劳碌同样如影随形。真相的面纱正在一层层揭开，黑暗之中，我们屏息以待。

除了会飞，女孩琪琪别无长技。她把从家里带来的有限的钱款数了又数，决定发挥特长，代送货物和信件——按日式的叫法，就是"宅急便"。这是一份辛劳的工作：沉重的货物；送货途中随时可能遭遇的急风骤雨；还有更糟糕的，客人的冷眼和漠视……生意清淡，女孩和黑猫每日以薄饼充饥。穿行在城市的衣香鬓影之间，她好像突然发现：寒酸的黑衫和布鞋，并不曾为她带来身为魔女的优越感。

有什么东西正在迅速生长。有什么东西正在缓慢碎开。

如同所有的花季故事都无法避开的那样，琪琪结识了一个绰号蜻蜓的男孩。顾名思义，蜻蜓热爱飞翔，因此艳羡琪琪具有的魔力。他成功组装了一辆可以离地起飞的脚踏车，并为此筹办一场庆祝晚会。但是琪琪在送货途中遭遇了一场大雨，归来时早已错过晚会的时间；唯一的一套外衣也淋得湿透。她气急败坏地爬上阁楼，一时万念俱灰。

而魔法原来可以被一场感冒摧毁。好像突然之间，她再也无法让自己飞起来——飞翔在此具有了另外的意义。轻盈，欢快，飞可以同时克服卑微的肉身和重力，进而抵达高处、光明与未知。魔法削弱，意味着琪琪赖以为生的能量濒临瓦解；消失的魔法关闭了通往整个自然的路径，黑猫的语言随即变成了单调的喵声。

电影播到这里，我们大抵已经明白了宫崎骏的意思。所谓魔女，只不过是一种委婉的比喻——十三岁，为什么她必须外出"修行"，而非"求学"？而所有的这些：无可选择的命运、随身携带的微薄盘缠、无依无靠的境地、寒酸的衣履、必须承担的艰苦劳作……每一种看似随机的元素，全部指向同一种诠释：身为贫苦人家的孩子，她必须及早自立。而所谓修行，不过是磨练身心的婉转指称。就这样，她来到了这座海滨城市——开放、广阔和富饶的海洋，暗中反衬的，是她不得不远离的穷乡僻壤。

这就是宫崎骏为我们制造的梦境和暖意。在这部名为《魔女宅急便》的卡通片里，他把寒凉而窘迫的人间磨难，点化得如此丰美和神奇，并让它拥有童话般完美的结局。他什么也不曾说破，只把这么多的幻想和鼓励，送给我们，送给每一个被命运裹挟的、无助的孩子。

弹簧刀

我见过真正的弹簧刀。在 20 世纪 80 年代，我居住的小城轻盈而充满弹性。彼时我父母正当盛年，我弟弟则在读初中。我不记得那把刀是谁从外面带回家里来的，只记得它从刀鞘中"嗖"地弹跳出来的时候，刀刃银白闪亮，像喷火兽的舌头。而那些被刀尖陡然刺穿的空气，正在微微颤动。后来它去了哪里？就像一个萍水相逢的人，一条在地下隐晦穿行的河流。

有一年我到处寻找这样的一把刀，当然是在成年以后。但是它们好像已经在民间隐遁。做警察的朋友问我要刀做什么用？我说：防身。他说：你算了吧。我这才相信它早已在禁忌中越陷越深，以致它本身就是惊险。但是历经世事，我理解了为什么有的人宁可放弃公器，转而求得快意恩仇。到了后来，我真的有了一把刀，不过严格说来，它简短的刀身远未能达到一件武器应有的长度。它看上去更像一件艺术品，一只还没有蜕下幼壳的蝉，或者敛翅栖息的鸟。掀下机关，它锐利的刀尖从镂空的翅膀下面倏然张开……十年磨一剑，谁有不平事？俯察内心，我觉得胸中的戾气仍在。有一天，我会不会杀人？

"有的人管它叫弹簧刀，但我叫它恺撒刀。它有一个很长的木手柄，就像斧子的手柄一样，前面的刀也很长，形状很像香蕉，刀刃一边锋利，另一边是钝的。"一边说着，他一边反反复复地搓着手。他搓手的样子显然怪异极了。十指弯曲，两只掌心交叉重叠在一起，左右手颠倒着搓来搓去——对了，就像我们用肥皂洗手时的样子。但是他搓手并不代表焦急。他搓手，好像手掌沾染上了什么他不想触碰的东西。

——但是，他描述的似乎不像弹簧刀的样子，而更像是一把割草的镰刀。

有的人生下来就迟缓笨拙。从很小的时候，他就被父母嫌弃，被周围的孩童捉弄和孤立，他习惯独自待在他的小黑屋里，望着地板——不，其实并没有地板，只是一个小小的洞穴，与下方的地狱短暂相隔。被反复击打之后，一个人的童年真的会紧缩成一枚原子，它注定要在某个始料未及的时刻，突然炸裂。

十二岁那年，少年卡尔无意中撞见下流的杰西正在欺侮他的母亲。他抓起一把刀冲进屋去，咔咔两刀，将杰西砍死在地。他的母亲惊叫起来。"我这才发现我妈妈并不介意杰西对她所做的事情，她的表现比杰西还要让我愤怒。"他试图拼死护卫的母亲原来并不站在他的这一边，这是一个让人绝望的发现。几乎毫无迟疑地，他再次举起了刀子。"有些家伙问过我，如果一切再重来，你还会不会做同样的事情？我知道我会的。"

事件震惊了米尔斯波格小镇，少年卡尔被送进精神病院。二十五年后，医生认为卡尔已经治愈，不再具有暴力倾向，允许他恢复自由。卡尔回到小镇，他知道父亲也许仍然活着。好心的医生帮助他在修理铺找了一份工作，到了夜间，他就睡在工具室里。在快餐店门口吃炸薯条的时候，卡尔遇到了小镇少年弗兰克。几年前，因为失业，弗兰克的父亲开枪自杀了。卡尔帮助弗兰克把沉重的几大包衣物送回了家。弗兰克的母亲琳达在小镇上一家超市工作，她的男友多利为人粗鲁，酒醉后更是喜怒无常。虽然心生失望，但琳达也害怕多利在暴怒下伤害自己和儿子，因而迟迟无法下决心提出分手。多利有时留下来过夜，他随时可能爆发的摔打和叫骂让弗兰克紧张痛苦又毫无办法。超市的老板沃恩是琳达的好友，但他是一个同性恋者，内心柔弱，在多利的暴虐面前，无力对琳达和弗兰克提供佑护。弗兰克邀请卡尔与他同住，这样一来，卡尔得以近距离地接触了多利，面对后者的嘲讽和辱骂，自始至终，卡尔一言不发。他想起自己暴躁冷酷的父亲，知道弗兰克即将踏入自己当年的命运……决心已下，卡尔告诉弗兰克："我想抱你一下，然后我就要离开了。"他轻轻地把一只胳膊搭在男孩的肩上，而男孩浑然不知即将到来的永别。卡尔随即找到沃恩，告诉他：无论他喜欢的是男人还是女人，都可以做一个称职的父亲。然后，他回到车库里，冷静地将一把刀磨得锋利……一切都解决了，以最简单而有效的方式，如同修理一台坏掉的机器。卡尔又回到了精神病院，他以自己后半生的囚禁和孤寂，换来男孩可能中的幸福。

这部名为《弹簧刀》的电影，由比利·鲍伯·松顿自编、自导、自演，并一举获得 1996 年度奥斯卡最佳改编剧本奖和最佳男配角奖提名。这个来自阿肯色州林区的贫民之子，十八岁时故意将自己的名字改为乡土气十足的"比利·鲍伯"，暗指自己出身"贫农"。在《弹簧刀》上映三年后，他出演影片《空中塞车》，与年轻的安吉丽娜·茱丽相爱，并于翌年举行婚礼，双方年龄相差整整二十岁。可惜，这场轰动一时的爱情剧，最后以散场告终。

导演并出演《弹簧刀》的这一年，比利·鲍伯·松顿四十一岁。在剧中，他饰演的卡尔体形雄壮、缩颈、驼背。面部咬肌发达，说话时口唇开合动作小而简洁。眼神深陷，沉静坚定，令人印象尤其深刻。

在这里，人性展示了它沉默隐忍的力量——这个男人，我是说卡尔，他整个就是一把弹簧刀。他的坚忍和温情，他未曾爆发出来的力量，自始至终，隐身在刀鞘的内部。他只肯把坚硬而迟缓的外壳，呈现给这个轻薄的世界。

当你老了

"当你老了，白发苍苍，睡意昏沉 / 在炉火旁打盹……"

当你真的老了，会不会喜欢这首诗？你知道，叶芝写下它的时候，还不到二十八岁。而它所要献给的毛德·岗，比叶芝还要小上一岁。在燥热正午的远眺中，黄昏呈现出模糊而安宁的美。但真切的暮年可能挟带残忍的锋刃——它总是来得太早；但当你发现这一点的时候，又往往已经迟了。在这个无知无觉的时间段里，你退化成了人群中虚弱笨拙的那一个。一个先是被时光劫掠，而后又被骗子、小偷和强盗列为白金客户的家伙。

　　短短一年之内，他已经是第四次遭遇盗匪，而且，就在光天化日之下！他，哈里·库姆斯，他已经有多老了？七十八岁？或者更多？年纪只不过是一道简单的减法题，像这一条略显僵硬的右腿，仅此而已。"是的，我刚好有些零钱，但没有多余的。"他回答得棒极了。但时间化成了眼前这个神经质的、缺乏幽默感的小偷，横冲直撞，一地狼藉。

　　这是 20 世纪的第七个十年，纽约市中心的公寓已经不需要炉火。他的自言自语是一簇微小的火苗，在冬日的永昼里兀自燃烧。但是也不对，因为房间里除了他，还有一只猫。"托托，你知道的……"在英文中，"Tonto"指的是阿帕奇分族的印第安人。至于这只叫 Tonto 的橘猫，它有着印第安人的神奇和美妙，与他年老后加倍的执拗相得益彰。和 21 世纪以后的中国一样，20 世纪 70 年代的纽约也正在疯狂地拆除和重建，他居住的公寓即将拆毁，改建成大型超级市场。在它土崩瓦解前的最后一刻，他仍坚定地盘根在他的沙发上，直到工作人员将他像一盆植物那样抬出来。是的，他是一株怒气冲冲的仙人掌，对翻天覆地的世界毫无办法。而恰在此时，那个抢劫未遂的小偷从人群中张皇地跑过——活像证词中某个未及言明的细节。

他的长子伯特是个正常的中年人。所谓"正常"，就是习惯性选择大多数人都会选择的那些：良善，安定，稳妥，尽可能地剪除生命中旁逸斜出的枝叶。如果人类可以按照对世界的妥协程度进行划分，这一对父子显然属于不同的类别。伯特一家四口住在纽约市郊，但老哈里（他还带来了一只猫）一旦深入，完美的家庭就暴露了它的烦恼。正值青春期的孙子诺曼迷恋上素食和神秘主义，并且执意不再开口说话。他的父母对此无计可施，他的兄弟则一再挑衅和挖苦他。总的来说，怪异的东西在某些人看来永远是错的。但老祖父不以为忤，他试着了解这个孙子，并宽厚地体谅了他。和中国的大多数家庭一样，刻板的儿媳并不欢迎公公的来访。难道不是还有另外的子女？为什么责任只该落到自己的肩上？

哈里老人决定前往芝加哥，那里有他深爱的女儿雪莉。但是在登机口，老人被告知他必须暂时离开他的猫。简直是岂有此理！哈里愤怒地放弃了他的机票，改乘长途大巴。但托托不习惯使用汽车上的抽水马桶，在老人的强烈要求下，司机不得不中途停车，让蒙混过关的猫乘客下车小便。作为一只猫，托托不需要顾虑人类的时间和规章，它趁机跑出老远，任由它的老主人气喘吁吁地追在后边。现在，问题来了：司机不肯扔下他的乘客，而哈里同样不肯放弃他的托托。看来，带着一只纪律散漫的猫乘坐长途客车可不是一个好主意，它的旅程需要一辆私人小轿车。但是，什么？驾照？他的驾照早在十几二十年前就过期了。不过那又有什么要紧？他总会有办法把他的爱猫和车一起带到芝加哥。

自由的感觉如此突如其来。没错，这样的感觉好极了。

在途中，离家出走的十六岁少女辛格搭乘他的车。闲聊之中，他说起他年轻时代的爱情，少女说，你为什么不去看看她呢，既然她住的地方离这儿并不远？

就这样，他见到了他当年深爱的女神，她已经忘掉他了。事实上，她几乎已经忘掉了一切。但是那又有什么要紧？她还是那样优雅而美丽，她还有她娴熟温柔的舞姿。光阴匆遽，老之将至，而衰老，是抵达永恒的前提。

他甚至在狱中遇到了一个真正的印第安巫师，古老的咒语治愈了他经年的旧疾。无论你是否乐于相信，这世界迟早会向你展露它神秘难测的部分。

谁能想到呢，倒塌的老公寓演变为自由的序曲……流离失所？对某些人而言是这样的。但对另外一些人来说，所有的变故都暗藏生机。即使你已经足够老了，但灵魂的疆域如此辽阔，随时随地，人心的湖泊里都可以盛装下整个蓝天。而湖畔的老树正萌发崭新的嫩叶，从一平方毫米的芽尖开始，春天无垠地漫漶。

是的，我也有一只橘猫，它刚巧出生在春天。我也想，为了带上它远走天涯，我必须有一辆车。

是的，这个老人，他多么像我。他代替我活过一次，而我将代替他，继续深入未来的岁月。即使这部名为 *Harry and Tonto*（中文译作《老人和猫》）的电影诞生的时候，我还只是一个襁褓中的幼儿。即使十一岁的托托在途中因衰老而死去，它度过了爱意充盈的一生，并将在旅途尽头的海滩上，在另一只橘猫年轻的身体里重新苏醒。

那句话应该是这样说的：

这世上所有的离去，都是另一场久别重逢。

虚无之塔

辩护人

一张肥胖的年老的脸，加上一个肥胖的老年的身体，这样的配置显然增加了罹患心脏病的概率。不幸的是，他的职业又为这概率叠加了风险。事情就是这样，威尔弗里德爵士，一部移动式大英帝国律法辞典，刚刚在医院里躺过六十天，总算获准回家疗养。如今他的心脏是个脆弱的婴儿，由护士普小姐全权负责照管。贴心的老管家还特意在楼梯上加装了一部升降椅，省得他辛苦地爬上爬下。正当老爵士陶醉于自由上下的乐趣，一桩未及预约的诉讼案找上门来。

人到中年的沃尔差不多算是一个穷光蛋。但不久前他结识了一位富有的寡妇，两个人相谈甚欢。不幸的是，某天深夜，富婆被人杀死在家中，而一周前她刚刚修改了遗嘱，将八万英镑遗产留给沃尔。所有的证据都指向沃尔犯下了谋杀罪，眼下他唯一的稻草，是妻子可以作出的不在场证词。根据多年办案识人的经验，威尔弗里德爵士相信沃尔是无辜的。既然无人胜任这桩案件的控方律师，老爵士决定先把心脏问题放到一边，拿起这只烫手的山芋。身为就职三十七年的老律师，爵士深谙此中的奥秘：所谓成功，有相当一部分来自于虚拟的信心——如果不能坚定地信任委托人的诚实品性，法庭对决之间，任何微小的犹疑都将构成无从弥补的遗憾。

沃尔在律师办公室逗留的时间很短，闻讯而来的警督带走了他。紧接着，沃尔之妻克里斯汀也不请自来，她向老爵士透露了一个秘密：她并非沃尔真正意义上的妻子，他只是将她带离了她深陷于战火和饥馑中的祖国，而她法律上的丈夫仍生活在那里。她的镇定和冷漠让老爵士深感惊愕，她含糊其辞的对答更让他怀疑：她在法庭上作出的证词极可能对沃尔不利。于是他决定规避这位重要的控方证人，却终不能阻止她在法庭上现身。她推翻了此前的说辞，指证沃尔在那天夜晚十点半之后才回到家中，风衣袖子上溅有血迹。他对她直言不讳：他杀了那个女人，并请求她为他作出虚假证词。

至此沃尔被判谋杀罪已成定局。但是这天夜里，一个奇怪的电话打进了律师办公室。身份不明的神秘女子声称，她有他们需要的证据，只要他愿意付个好价钱。满怀疑虑的老爵士匆忙赶到火车站，花四十英镑买下了那几封信。信是写给一个叫马克的男人的，在信中，克里斯汀对他倾吐了绵绵爱意，并告诉他她将在法庭上作出伪证，以此永远地摆脱沃尔。

这神秘的女子是从哪里得到了这些信？这是一个谜。按照这女子的说法，她很高兴她终于有机会报复那个夺走她至爱的女人，因为她理应受到惩罚。

转机来得过于突然，这意外获得的胜利，反倒让爵士心存隐忧。法庭宣判之后，克里斯汀被愤怒的众人责骂和羞辱，不得不退回法庭暂避。但这个非同寻常的女人仍保持着她的优雅和镇定，面对老爵士的质疑，她终于道出了真正的秘密：她在法庭上作出的证词是真实的，杀人者正是沃尔。但一位妻子的证词如何让所有人确信无疑？作为一个出色的演员，她精心策划了整场戏剧，并客串了出售情报的神秘女人。信是她写的；至于马克，当然是虚构的人物。她宁愿承担作伪证的罪名，只要可以救下她深爱的男人的性命。

躲在一旁偷听的沃尔此时现身。这得意扬扬的杀人犯业已顺利洗清了罪名，即将携他年轻的新欢登上豪华邮轮，尽情享受身为富豪的美妙人生。那把他为了蒙混过关而故意划伤手腕的水果刀还留在桌子上，此时它冷冷地递出幽暗的光。闻声赶来的普小姐尖叫起来："天啊，她杀了他！"

"不，她处决了他。"老爵士出言更正。即将起航的船票需要退掉，他的休养旅行取消了。又一场谋杀案刚刚发生，而他又将出任控方律师，责无旁贷，自告奋勇。

纯属偶然，我发现了这部名为《控方证人》的电影，它拍摄于 1957 年，豆瓣评分高达 9.6。但是它当得起这样的赞叹——每一个细节都设计完美，机巧对白更是引人喷饭。就连剧中人物的姓氏，也暗藏机心：老爵士的姓氏威尔弗里德（Wilfrid）源于日耳曼语，意为"意愿 + 和平"（will+peace）；而沃尔（Vole）含有多层意思，既是"田鼠"，也可理解成"全胜"或"孤注一掷"，正吻合那杀人犯的秉性和气质；至于普小姐的姓氏 Plimsoll，意为"橡皮底帆布鞋"——没错，我们知道，那是护士的标准配置。

谁说正直和可爱的人一定是对的？不，他也可能错到离谱。但正如老爵士所说："正义的天平也许会偶有倾斜，但终将回归正义。"

对世俗人生而言，"正义"是个虚幻的词汇。可生命漫长，谁能保证自己一生平顺，既不会成为被告，也永不踏上原告席？一个人纵使生性宽和柔弱，被逼到忍无可忍，也要拍案而起。这时候，"正义"便落地为实，化为某种实实在在的东西，它是你理应获得的工资、版税、房屋、遗产；它是你清白的履历，是你做人的尊严。

我曾经看过那部《辩护人》的韩国电影，并相信那是真实的社会里真实的人生。做一个为稻粱谋的庸常凡人并没有什么可耻，做一个为他人的不平奔走疾呼的人则令人生敬。我也曾经坐在原告席上，为人性的曲折和幽深暗自惊心。是的，一定有这样的时刻：你渴望眼前存在的是一个理性和正义的世界——它与你如此息息相通，从来就不曾分离或割裂。

虚无之塔

北欧小镇的深秋安恬而静美，但是多多少少有些乏善可陈。森林在小镇的边缘处，野鹿成群出没其间。落叶窸窣，酝酿着冷而湿的腥甜之酒。如你所知，这里的人们相互熟稔，他们办 party、郊游、野餐，男人们聚在酒吧里豪饮。他们生于斯长于斯，在可以预见的将来，也必将终老于斯。

这是小镇的命运，和小镇上人的命运。

卢卡斯是一位幼儿园教师——小镇能够提供的职位总是有限的，而人则是一枚一枚棋子，要么在此，要么在彼。像卢卡斯这样的人，安静，温和，清秀，似乎天生就适合做一位幼儿教师。虽然他刚刚离了婚，正为了每月同儿子的相聚而与前妻反复拉锯。但这是生活中可以被分解和原谅的部分。男孩子们喜欢他，总是和他闹成一团，而克拉拉则安静地坐在一边——这个五六岁的小女孩，是卢卡斯的挚友兼邻居的女儿。这一天，当他在那群淘气男孩的"进攻"下倒在床上装死，克拉拉突然爬上他的胸膛，出人意料地，在他唇上印下一吻。

该如何应对小女孩稚嫩的示爱？这个中年男人对此缺乏经验。想了想，他把那张塞进他衣袋里的心形卡片还给女孩，郑重地告诉她：只有对爸爸妈妈才可以亲吻嘴唇。

女孩小小的自尊心受到了伤害。当幼儿园园长问她为何闷闷不乐，克拉拉的回答让人惊讶。尴尬的女园长请来了专家，在一连串提问下，小女孩有点懊悔自己惹来了麻烦，却又找不到化解的办法。而专家认为，女孩的语焉不详正是源于受到了惊吓，而且像这么小的孩子，他们既没有理由也不太可能编造谎言。

所有的家长都被告知幼儿园里发生了什么事，而在他们的观察和追问之下，小男孩们也表现异样。孩子们甚至详细描述了卢卡斯家地下室的陈设和壁纸的颜色……转瞬之间，小镇居民们眼中的好好先生变成了面目可憎的恋童癖和色情狂，人们满怀怒火、义愤填膺。只有卢卡斯尚未成年的儿子相信自己的父亲是清白的。警察随即拘捕了卢卡斯，可是他们始终无法找到这位嫌犯的任何罪证——卢卡斯家里压根儿就没有地下室！

被法庭宣布无罪释放，但这并不代表卢卡斯洗清了他的罪名。他心爱的小猎犬被人残忍地杀死；家中的玻璃也随时可能被愤怒的路人砸得粉碎。到超市购物的卢卡斯被店员殴打并驱逐。平安夜到来，卢卡斯着装齐整，前往教堂，满脸的伤痕和瘀青泄露了这个男人正经受着的煎熬和屈辱。当孩子们甜美的童音唱响赞美诗，卢卡斯的眼中慢慢涌满泪水……他起身冲向克拉拉的父亲，他曾经的挚友和兄弟，是什么让他们莫名其妙变成了死敌？

回到家中，小女孩再一次告诉她的父亲："他其实什么也没有做。"这一次，做父亲的哭了。

误解似乎就这样得到了冰释，生活又回到它原来的样子。当深秋再一次光临小镇，卢卡斯的爱子终于等来了他拿到狩猎证的日子。按照小镇的传统，所有人都赶来参加这庄重的成人礼。祖传的猎枪被郑重地交到男孩的手上，在几个朋友的陪同下，父子俩向森林走去。

依旧是落叶窸窣，森林弥漫着冷而湿的腥甜气息，一切都似曾相识，一切都恍如隔世……突然，一声枪响，沉浸于怀想中的卢卡斯登时魂飞魄散，跌倒在地。

暖黄的夕照穿过枝叶间的缝隙，一个逆光的黑影，正举枪向他瞄准。卢卡斯闭上眼睛，再睁开，黑影已悄然消失。

是幻觉吗？还是，真的有人刚刚在背后试图将他杀死？

是的，生活并没有真的恢复原样。它永远也不会恢复到原来的样子了，只是在表面上，它平滑如初，像冰河深邃的裂痕覆盖上一层薄冰。

他怎能忘记那些汹涌的恶意？它们凭空而起，又消泯于无形。但是它们，曾经淹没了他整个的生活，甚至生命。

流言可以杀人，众口可以铄金，古今中外莫不如此。《战国策》中讲过一个类似的故事——当年曾参住于费地，当地有个与他同名同姓的人犯了杀人罪。于是有人跑去告知曾参的母亲。曾母正在织布，知子莫如母，她并不相信自己的儿子会做出这样的蠢事。但是接下来，又有几个人跑来说了同样的话。曾母再也不能不信，她慌乱地扔掉手中的梭子，逾墙而逃。

曾参是孔子的得意门生，他参与编纂了《论语》，还著有《大学》和《孝经》。孔子临死之前，将儿子孔鲤的遗孤托付于他。而众人的讹传如此强大，强大到足以摧毁一个母亲对爱子的信任。

这是建立在谎言之上的虚无之塔。这塔由空气累积，仿佛顷刻之间，化身为众人心中的道德高地。俯瞰的感觉如此美妙，谁不愿意将自己安放在这儿？而一旦站上这样的高地，也就没有人肯主动承认它是虚构的。是的，人心会执迷于它创造的幻象，因为潜意识会生成对比——他者的罪孽刚好衬托了自身的高贵。如同酒醉者难以分清现实和幻觉，而承认幻觉，首先构成了对个人智商的嘲讽和威胁。

世事变幻，这部名为《狩猎》的电影在现实世界里一再上演。而生活没有旁观者，如果可以选择，我们是否更宁愿扮演受困于自身错觉的大多数，置身于众人中间寻找安全？万一不幸，我们被命运之神乱箭射中，化身为百口莫辩的卢卡斯……枪声回荡，世界如此令人猝不及防。

消失的小镇

道格维尔小镇隐身于落基山脉深处。在这里，人们习惯于日升日落、深居简出。但是这一天，伴随一声枪响，一个美丽的年轻女子闯进了小镇，追杀她的黑轿车尾随于后。这些不速之客遇到了小镇年轻的作家汤姆，并留给他一张名片。

这逃亡的美丽女子名叫格蕾丝。汤姆说服人们收留下这个可怜的女孩，以两个星期的"试用期"为限，让她帮助大家做些杂务。转眼两个星期过去，格蕾丝得到了众人的好感和友谊，那些礼物被悄悄塞进她的行李包里：详尽标出了当地危险区域的地图；烤得刚刚好的面包和馅饼；小男孩心爱的一只铅笔刀……甚至，还有一张面额不菲的钞票。

经过小镇居民们共同投票决定，格蕾丝留在了小镇上。

小镇有些众所共知的秘密。比如说，杰克·麦凯失明了，但他以为可以掩饰这一点。而多年来小镇的建筑并没有什么改变，每天傍晚时分，教堂尖顶的影子仍然倾斜地映上杂货店，尖角刚好指在"正在营业"的"营"字上面。杰克乐于讲述这一切，类似的伪饰无伤大雅，但也无意中透露了一个无人明言的事实：在这里，没有人会真正地同情弱者，个体的缺陷因而需要掩饰。

还有，查克与妻子维拉的感情并不好。但他们生了七个孩子，还养了一条叫莫斯的狗。这一天，维拉因为要去听一场讲座，由格蕾丝来替她照顾孩子们。查克先于维拉回到家中，他对格蕾丝说了一番话——

"这个镇已经从里面烂掉了，如果它明天埋葬在山谷里，我该不会错过的……那树，那山，简单的人们，如果这些还没有让你变成傻瓜的话，我打赌肉桂会的。"

是预言吗？但是格蕾丝已经吃过了小镇上用肉桂做成的

馅饼。

警察的出现带来了巨大的不安。怎么？格蕾丝不仅被身份不明的匪徒追杀，她同时还是个被警局通缉的逃犯！那么除了这里，她已经真的无处可去——既然居民们承担了包庇格蕾丝的风险，那么大家有理由要求她在经济上有所补偿。因此格蕾丝被要求付出更多的劳动，同时她也应该获得更少的工资。而这是小镇居民们共同投票决定的，因此它合情合理、不容置疑。

格蕾丝的隐忍和让步再次让人们确认了自身的优越地位，每一个人都好像突然间明白过来，作为清白而安全的守法公民，自身的优越原本在同类之间湮没无闻，如今它奇迹般得以浮出了水面。而一旦意识到这一点，那渴望支配并凌驾于他人之上的隐秘欲念，便如同沉睡的饿兽悠然醒来。最初的相敬如宾就此彻底终结，下意识的践踏和凌辱迅速展开。指责、不满、呵斥，而这并没有什么不妥——主人对待他们的奴隶原该如此。就连小男孩杰森都无师自通地懂得，该如何准确地戳中格蕾丝的软肋，让她无计可施乖乖就范。

当警察又一次出现在小镇，查克以向联邦调查局告发相要挟，强暴了格蕾丝。而此事随后被维拉所知，她带来两个女人助阵，对格蕾丝推搡打骂。当着格蕾丝的面，维拉将七个陶瓷小人一个一个摔碎——那是格蕾丝用微薄的薪金从杂货店里一个一个换来的。眼睁睁看着心爱之物碎成齑粉，这是第一次，格蕾丝流下了眼泪。

　　她决定逃离这个仿佛突然间变得无比恶毒的小镇，而能够为她提供帮助的，似乎唯有汤姆一人。汤姆想出一个主意，他建议给那个叫本的卡车司机十元钱，让他借着拉苹果出镇的机会，将格蕾丝带离小镇。但汤姆和格蕾丝一样身无分文，他说他可以找父亲去借。

　　本拿了格蕾丝的十元钱，让她藏进了车厢里。车行半路，本爬进车厢，告诉格蕾丝外面有很多警察——当然，他奸污了她，又开车将她带回小镇。

　　事实上，没等格蕾丝藏进卡车，汤姆的父亲已经发现自己丢了十元钱。如何证明自己并非格蕾丝的同案犯？汤姆向大家指出，当然是格蕾丝偷了钱；而她偷钱是为了逃走。于是一切都准备好了——对待一个无耻的试图逃跑的窃贼，人们还需要客气吗？他们在格蕾丝的脖颈钉上铁链，铁链的末端锁在老磨坊遗留的那个沉重的转轮上。这样一来，她再也休想逃掉——沉重的转轮只能在平地上艰难地拖曳而行，而我们知道，小镇藏身在险峻的大山之中。

　　格蕾丝从此彻底沦为镇上男人们共同的性奴。"床上的骚动已不再是秘密，因为那不能称为真正的性行为，它们令人羞愧，就像乡下人操作母牛一样。"

　　而孩子们呢，他们喜欢坐在格蕾丝的转轮上面，她的每一步行进，因此更加痛苦而艰难。

　　故事进行到这里，已经对观众的心理和生理构成了严峻考验。如此压抑、悲屈、窒息、恶心……时间凝止，一场没有尽头的噩梦。

汤姆感到他对格蕾丝的爱已经变成了危险之物——尽管作为旁观者，我们拒绝承认它与"爱"有任何关联。但在汤姆看来，格蕾丝的存在使他有可能站到众人的敌对面，这存在因而成为负担。他拉开抽屉，找到了一年前追杀格蕾丝的车中人递给他的那张名片——它当然没有像他告诉格蕾丝的那样被悄然焚毁——果然，电话顺利地拨通了。

五天后，一列由八辆轿车组成的浩荡车队驶进了小镇，汤姆组织了一个接风代表团，对来客满怀期待——多么幸运，他即将得到一笔不菲的赏金。

故事至此真相大白。"追杀"格蕾丝的，是她那身为黑帮老大的父亲。做父亲的希望独生女儿接手他的事业，但父女俩谈崩了。女儿指责父亲手握生杀大权，自以为可以代上帝行事，未免过于傲慢；而做父亲的则一针见血地指出：格蕾丝要求自己持有非同凡人的道德水准，像上帝宽容和原宥他人的恶行，才是真正的傲慢行径。曾经格蕾丝认为，父亲身边的人像恶魔般品行败坏，但在道格维尔近一年来的遭际，让她不得不承认：眼前这些平凡的小镇居民，其实与前者并没有本质区别。她终于明白，父亲是对的，对恶行的纵容本身已接近罪孽，每个人都应该为他的恶付出代价。"如果世界上少了哪一个小镇会变得更好，那么就是这个小镇了。"

道格维尔（Dogville）——狗镇，自此彻底地从世间消失了，只剩下那条叫莫斯的狗，它不曾对世界施恶。"狗可以学会许多有用的东西，只要你不是每每在它们顺从自己本性时都原谅它们。"人性与狗性有何区别？究竟是性本善还是性本恶？一种解读说，《狗镇》片中，格蕾丝（Grace，恩泽之意）象征基督（上帝的恩典）降临人世，对凡人之罪一律宽恕以待，而钉在她颈上的锁链，一如基督被钉上十字架为世人赎罪，直至审判日最终到来。

作为一个非基督徒，我更关心的是，一群原本并不缺乏善意的人，是怎样顺理成章地挖掘出了他们内心的黑暗——如果这恶本来就在，在此之前，又是什么将它密封于凡俗生活的表层之下？善良和忍让又是怎样变成了阿里巴巴的咒语，开启了撒旦的幽闭之门？

感谢拉斯·冯·提尔，他是如此别出心裁，以舞台上画出的格子代替了房间。他以此隐去骇人的难堪和血腥，并最终让柔弱者握紧了神的枪柄。

魔法或幻影

魔法师

我第一次看见他，他正在宴席上钓鱼。

那是一场盛大的宴会，席上山珍海味，座中嘉宾云集。但慷慨的主人仍觉得意犹未尽："今日高会，珍馐略备，所少吴松江鲈鱼耳。"

只听得他在下面应声答道："此可得也。"

他让人端来一只盛水的盆子，然后用一根竹竿在盆中垂钓，不一会儿，居然钓出来一条三尺长的鲈鱼，活蹦乱跳。

自然是举座皆惊。

但主人是个见过大世面的人，反倒拊掌大笑，说今天客人这么多，这条鱼虽然够大，却还是不够吃。于是这个奇怪的人，又把钓竿垂到水盆里，再次钓出一条同样大小的鲈鱼，当然，也是活的。

我因此记住了这个技艺高超的魔法师。

而这位高朋满座的主人，他的名字叫——曹操。

问题是，魔法师是怎样预知曹操会提出这样一个问题，从而提前准备好两条活鱼作为魔术道具？

有没有可能，这一幕，其实是他们联合演出的双簧？

第二次见到他，我觉得这个出现在纸页间的名字有点儿眼熟。左——慈？对了，他就是那个在曹操宴席上钓鱼的魔法师！

但是这一次，他的境况有点儿糟糕，他遇到了小霸王孙策。孙策动了杀心，骑马尾随在他的身后。只见他手拄一根竹杖，足蹬木履，不慌不忙缓步而行。无论孙策怎样催马追赶，就是追他不上。

这一场戏看上去不太像双簧。但孙策为什么想要杀他呢？我对这个叫左慈的魔法师心生好奇。

就这样，我开始知道他并不是曹操的朋友或客人。

因为不喜欢书中的权谋和算计，虽然努力过若干次，我仍没能把一本《三国演义》翻到二十页之上，也因此错过了他与曹操之间最早的那一场大戏。

那一年初冬，孙权派人送给曹操四十多担柑橘。半路上，疲倦的挑夫们正在山脚下休息，好人左慈出现了，他帮着挑夫们把每副担子都挑出了五里地。只是经他这一挑，担子的重量轻了，但橘子并没有少。做完好事，左慈还特意留下姓名。等橘子终于送到了曹操的手里，每一只却都是空的。这时左慈再次出场，亲手剥开橘子演示，果肉好端端地都在，而且味道极好。但只要曹操自己剥，就只有空壳了。左慈告诉曹操他学道有成，会哪些哪些法术，并劝说曹操随自己去山中修行。曹操客气地推说没有合适的接班人选，左慈就建议他把位置让给刘备，否则，他就要使飞剑取下曹操的人头。曹操大怒，命人将这个出言不逊的狂道士抓住，痛打一顿。但棍子好像并没有发生应有的作用，左慈浑如未觉，反倒美美地睡着了。曹操便下令用大枷将这人锁住，关进大牢。

所以，这一天出现在曹操宴会上的左慈，是本该在大牢里挨饿的那个道士。

就这样，我知晓了他的长相。他的一只眼睛是盲的，一条腿脚是跛的。他如此神通广大，难道没有办法修复自己的残疾？还是，这就是他贯通天地与鬼神所必须付出的代价？他的画像看上去非善非恶，虬髯如戟，眉宇间却似乎深含忧虑。

那么多的人在受苦。那么多的平民和动物，在他的眼前无辜地死去。

他一次次出场，总是在忙于救治他们，还有它们。

如果追究起来，他对刘备的好感，应该是罗贯中本人的意思。至于左慈自己，另一些记载上说，他曾经戏弄过刘表。

他本来不必出场。挪移大法可以在暗中实施，这才是成年人的逻辑。但是，就像一个身怀宝物的孩子，他忍不住向世界展示的欲望。

他的举动看起来毫无目的。展示才能，却并非以此谋求重用。略示惩戒，却也不是心怀芥蒂。倒是很像孩童出于炫耀的恶作剧，一时兴起，止于兴尽。但我明白曹操和孙策为什么都想要杀掉他——这样的一个人，他的神通取天下之财皆如探囊取物，高官厚禄于他又有何用？你拿什么可以将他罗致麾下，以供驱策？但不为己用，他的存在就成为隐患和威胁。他的道行和法术越是高明，就越像随时可能挡在前路上的一道巨岭。所以曹操是这样说的："如此妖人，必当除之！不然，必将为害！"

天下争雄，所谓人才，不过是工具之一种。如同粮食和军火，一旦无法随军迁移，就必须彻底销毁。

这成人世界的逻辑，反倒比孩童的更易于理解。

因为，我们终将成为成年人，心怀叵测，机关算尽。而另一小撮人，比如左慈，他说：就不。

所有的记述都说他安然回到了山中，修得功德圆满。或许，所有人都认为，小孩子的顽皮出轨，最终也可以全身而退；至少，罪不该死。

如此一想，这世界，也还算善良。

伥

在《渔樵闲话录》里，苏东坡讲了一个关于伥鬼的故事。

唐穆宗长庆年间，处士马拯与友人马绍约定于衡山祝融峰相聚。马拯带着仆人先行抵达山顶，在寺庙中见到一位体格魁伟的老僧。见马拯到来，老僧甚是高兴。因要准备餐食，马拯打发仆人去山下的市集买些油盐。仆人离开后，老僧也不见了踪影。不多时，马绍到了，说起他在上山途中，惊见一只老虎在吃一个仆从打扮的旅客，吃罢钻进一堆僧衣中，转眼变成一位老僧。马拯急忙追问那被吃之人的服色，竟然就是他的仆人。说话之间，先前那位老僧走上山来，马拯仔细观察，但见其口唇之间，仍残留有隐约的血迹。

马拯和马绍心中恐惧，急思脱身之策。他们谎称在寺庙后面的井中发现了怪物，趁老僧探头向井中察看，合力将之推下井去。老僧果然现出猛虎原形。二人赶紧搬来大石，将老虎毙于井内。他们不敢在寺中逗留，遂急奔下山。

此时已是薄暮时分，深山空静，危机四伏。途中，二人遇见一位猎人端坐于路旁的凉亭棚顶，草丛中则布有捕猎机关。猎人见二人惶急奔至，便说道：此处距山下尚远，而路上猛虎出没，何不到棚顶上暂住一夜，明日再行下山？

二人越发惶恐，便依言爬上凉亭歇息。

转眼间天已昏冥，忽见数十人飘然而至，有男有女，有僧有道，形色不一。这群人见到猎人设下的捕猎机关，尽皆大怒，说："刚才有两个贼子害死了我家禅师，现正在追捕他们，这儿却又有人设下机关，要暗算我们的将军！"

眼见这些人毁掉机关离开，马拯和马绍惊疑不定。猎人告诉他们，这些就是早先被老虎吃掉的人，如今都变成了伥鬼，为老虎所役使。

猎人随即爬下凉亭，重新布置好机关。不多时，一只老虎咆哮而至，触到机关，箭弩穿胸而死。刚才那班伥鬼随即奔回，伏在虎尸前哀号痛哭。

马拯二人实在忍耐不住，大声叱责诸鬼："你们明明是被老虎害死，它活着时你等被它奴役，如今这祸害死了，你们反倒给它号丧，怎么就至于愚蠢下贱到这个地步！"

众鬼一时默然。少顷，其中一鬼答道："我们只知它们是禅师和将军，并不知道它们就是老虎啊！"

为虎作伥而不知其就是害死自己的老虎，这当然是个冷笑话。但故事讲到这里，苏东坡忍不住借樵夫之口感叹了一句："举世不为伥鬼者几稀矣！"

一下子，把半数以上的天下人都给骂到了。

但是幸好，还有"不知"二字。

吾生也晚，关于大地主刘文彩的故事，只有些浮皮潦草的印象。后来无意中浏览到一些零星资料，知道这个所谓的恶霸地主，和儿时语文课本里的"周扒皮"一样，人是真人，故事却是经过艺术加工过的。但是也并未多想。直到读了一篇关于其人其事详尽始末的长文，不禁震惊于整个事件的惨烈和荒谬。我猜测，当年那几位奉命创作《出租院》的艺术家们，他们的初衷，也无非想要完成一件优秀的艺术品，而艺术上的虚构处理，并不该招致指摘。问题在于，他们也许并不知道，出于政治和时势的需要，虚构竟然必须演化为真实。悲情的多米诺骨牌由此一路坍塌，从雕塑人像伸出的一根指尖开始，将整个真相掩埋在废墟之下——有谁能够想到，从艺术到谎言，只不过一念之差。

几乎是在同一时间，我还看到了莱温斯基的演讲视频。当年的"拉链门"事件让这个白宫实习生声名狼藉，几乎成为淫荡的代名词。在演讲中，莱温斯基称当年的公众一边倒式的疯狂辱骂为"网络欺凌"，一种集体无意识发作的语言暴力。没有人关注这个女孩的生命中到底遭遇了什么：因为爱上一个不该爱的男子，她被整个世界抛下了地狱。

那时候是1998年。作为一个始终落在时代后面的人，1998年我还没有跻身网民之列。但是莱温斯基的演讲让我汗颜。因为网络，世界如此让人眼花缭乱。一次次拥挤在数量庞大的围观队伍中间，即使事件真相未明，我难道不曾急于转帖和发言？

这世上有太多平庸的罪恶。出于麻木或狂热，柏林墙的守卫士兵亨里奇开枪射杀了试图翻墙而过的格夫洛伊，而当年"红小兵"们的所为，也类似于此。在关于伥鬼的故事中，即使是被苏东坡的手径直指点上鼻子，也很少有人会认可自己属于"苟于进取以速利禄，吮疽舐痔无所不为"的一类——故事的精华部分，恰在于此。

这是一个古怪而虚无的悖论：每一个人都只清楚地看到了他人化身为伥鬼的那一部分。与此同时，几乎每个人都会相信，自己代表的是乐观向上的大多数、先知、力量和正义。或者至少，是代表那聪明的、成功的族群。

猛虎只是偶尔化身为禅师，多数时候，它们并不难以辨认。而伥鬼，他们选择在适当的时候视而不见，以其受害者的身份，效忠于终生的敌人。

而通常，我们将之归咎于命运。

花凋

一

现在我们看她，真的像看一朵浮在水面上的花。时光的花瓣如此层叠交错，使裹在其间的花蕊接近一个朦胧的梦魇。这个没有根须的女子，如果不是史书上的记载确凿，我们甚至很容易就把她错认为一个传说。

有一个与历史有关的设问是这样的：对于沉浮在历史这条大河中的人物，我们应该怎样计算出他们在后人心中真实的影响力或曰知名度？答案也许可以用现代数学展示：在纸页上画出两条数轴，如果 X 轴可以设定为"质"，也就是他（她）留在世人心底的深刻程度；那么 Y 轴就应该是"量"，指向他（她）流传下来的故事的数目。而如果他（她）碰巧是个诗人，那些在世人心里留下印迹的诗句也理应加入其中——这样一路算下去，简单的算式难免又演变为一门多维度的复杂课程。

不错，她就是这样一个难以用质和量进行简单叠加的人——她留给后世的诗歌，比较有名的只有一首七绝和半首词；另外还有一阕描写她的词，因为写得又高雅又香艳，一不小心，就让她的美丽也成了经典和传奇。

但是直到今天，人们连她的真实姓氏也未能弄清楚。这算得上是一件奇怪的事：《全唐诗》里明明收录了她写的一百五十多首《宫词》，却没有人知道她的姓名，更不用说家世。

也许这是因为她是一个亡国皇帝的妃子。

因为她是一个亡国的妃子，才留下了这么一首著名的《述亡诗》：

> 君王城上树降旗，妾在深宫那得知？
> 十四万人齐解甲，宁无一个是男儿！

二

入宫的那一年，她十六岁。作为皇帝的他，后蜀之主孟昶，二十三岁。

依我看，这是一个恰到好处的年龄落差。有一点距离，但不妨碍彼此成为知己。如果落差再大一些，年长的一方就会不自觉地生出些居高临下的意思。虽然仰望也能诞生美感，但在男人这一边，多数时候，需要以对对方的尊重来延长爱意缱绻的时间——从此后二十三年里发生的故事来看，他们之间的感情，确实很有些在皇帝与他的嫔妃之间罕见的相濡以沫的意味。

她不是他的第一个爱人。在她进宫之前，他极其宠爱的张贵妃，在登山赏玩时受雷电惊吓而死，让人疑心这不幸的美人可能患有先天心脏病之类。他当然悒郁不乐；于是她被从民间筛选出来，作为献给他的安慰品。

史书上说她原姓费，是歌妓出身。又有的说她姓徐，父亲是蜀地才子徐匡璋，后来家道败落。不管怎么说，她没有显赫的家世背景，这一点是肯定的。一个没有更多选择余地的小女子，意外地被选进皇宫，又意外地获得皇帝的宠幸——后宫佳丽三千，即使天生容貌出众，但要想集三千宠爱在一身，多少要靠老天的额外眷顾。她当年肯定这样想过。因为从她的那些诗里看，她在蜀地的生活算得上相当满足、单纯和快乐。

是的，因为单纯，所以快乐。

幸福在她，原本就是意外的天赐，没有必要苛求得太多。他宠爱她，这已经足够。后宫的嫔妃加上宫女，总有数千人之多，这些可都是她潜在的情敌，但她看她们的眼光是温暖而善意的，带着些许欣赏和赞叹，带着些许同情与爱怜。

——你怎么知道？

我当然知道。因为诗歌无法说谎。虽然有的人以为文学可以作为人生的修辞，但是对不起，这些想借用文字美化自己的人最终打错了算盘。因为文字应该是从人的心里流淌出来的液体，它带着写作者的气息和体温。

　　月头支给买花钱，满殿宫人近数千。

　　遇著唱名多不语，含羞走过御床前。

　　诗有点直白，这也符合她简单的天性。但是你看看，这个皇帝是不是个没正经事儿干的家伙——居然亲自跑来给几千个嫔妃宫女发放"买花钱"，从他那挥金如土的奢侈天性来看，恐怕此举并非为了省下出纳以节约开支，而是他觉得这件事相当好玩——这满目的环肥燕瘦，满耳的环佩叮当，他心里一定油然生起无限丰足和饱满吧？作为他最宠爱的妃子，她肯定不必排在这个等候的漫长队列里，她应该是坐在他的身边，做一个乐在其中的旁观者，看着那些宫女们一个个地从面前走过去，娇羞可爱的样子让她喜欢。

　　在她的诗里，从来只有这些和众人在一起热热闹闹的欢喜，没有顾影自怜的凄凉和幽怨。一个觉得自己幸运的女人，她乐于宽厚也乐于施悯。

　　因为这宽厚，她成了一个与别人不太一样的女人。

　　她也没有什么政治野心。没听说她请夫君皇帝把娘家的谁谁弄进朝廷，做个什么什么官。如果那样，也不可能让大家连她的姓氏都搞不明白。

如果一定要深究，我认为富有忧患意识的女人其实大都缺乏安全感。一定要居安思危：将来他不再爱我了怎么办？所以赶紧趁着有能力的时候拼命敛财，再修筑一个足够坚实的政治后台。男人的爱总之是靠不住，要及早用自己的双手积累起后半生的繁华铺垫。

相比起来，她差不多是个缺心眼的女子，只知道及时行乐享受过程，却不去想一想无处着落的黯淡未来。但是世事就这样奇怪，这个没有过去也没有建设好未来的女人，被据说是最朝三暮四的职业皇帝宠爱了整整二十二年。

她是他的"慧妃"，没有史料提到他是否还有一位皇后，但即使这个皇后存在着，显然也没有对她构成什么压力。她没有想当皇后的奢望，因此也不觉得仅仅做个贵妃有什么可悲。直到后来她进入大宋后宫，太祖赵匡胤一度有过立她为后的想法，但被宰相赵普以"亡国之妃，不堪母仪天下"为由劝阻，她也不以为意，反而向赵匡胤毛遂自荐，愿为册立宋皇后的国家级大型典礼担任舞台策划，同时负责谱曲和舞蹈设计，并做得相当成功。放在今天，她是那种不争抢不嫉妒，努力团结一切可团结力量的优秀中层干部。

三

姓名：不详

笔名：花蕊夫人

性别：女

职业：皇妃

爱好：写作、骑马、射箭、踢足球

特长：烹饪、音乐、舞蹈、绘画

……

单看这个履历表，今天的女人就要倒吸一口凉气。社会在进步，没有女人肯承认自己的本事比前辈们退化了。以眼下的标准，出得厅堂下得厨房已经大抵称得上女中极品；如果还侥幸长了一副好模样，那更有百分之二百的理由敝帚自珍。如今在社会上混碗饭吃有多么不容易，女人们哪一个不是抖出了全部精神？会打字会发传真会做文案还只是基本功，还得会哭会笑会跟老板周旋跟客户套瓷。就算撇开辛苦的工薪族不做，自由职业也同样需要手艺和资本。我认识一位80后的漂亮女孩，说穿了就是给一位港台富商做"二奶"，不过这女孩的"二奶"做得还算用心和专业，因而被商人在自己的朋友圈里极口称赞。只要商人没有应酬，女孩便亲自下厨炒菜做饭，虽然都是些简单的家常菜，却让富商享受到了天堂般的家庭温暖。其余的时间，女孩用来美容购物打麻将旅游观光，让她的昔日女伴们羡慕得眼珠发蓝。现在的社会分工精细到这般地步，男人们还有谁敢指望在自己家里欣赏到专业水准的现场歌舞表演？

如果仔细清算一下，这个孟昶虽然称皇称帝，他的小帝国却只局限在四川那一小片区域。他的老爸孟知祥作为唐庄宗李存晶的堂妹夫，以西川节度副使的身份入镇西蜀，后来自立为帝。放在今天，这父子二人也就是个省级一把手。这么一路换算下来，做个一千年前的女人，远不是我们想象的那么容易。

如果说骑马踢球还可以算作娱乐加锻炼身体，那音乐、舞蹈和绘画可都是专业技术，更别说烹饪——别看女孩子小时候都喜欢过家家游戏，好像一个个天生就准备好做贤妻良母，真要让她们围着锅台转上一辈子，没有哪一个不喊冤叫苦。而且，烹饪虽然是比较世俗的艺术，却和音乐绘画一样，入门需要苦功，成就需要天赋。如果不仅能做到色香味俱佳，还能独树一帜，那简直是艺苑奇葩。

和现代派 80 后女孩的家常菜路线不同，花蕊夫人走的是出奇制胜道路。最有名的是"月一盘"和"绯羊首"两道菜。雪白的羊头加入红姜炖熟，紧紧卷起，用石头镇压，腌进老酒，使酒味入骨，最后切成纸一般薄的肉片，装盘上桌，是为"绯羊首"。将山药切片，用莲粉拌匀，加以调味，清香扑鼻，味酥而脆，又洁白如银，望之如月。千年前一个女人的灵犀一点，竟使得"月一盘"就此成了山药的别名。

至于写作，是所有的功课中最省力气的。也可以说，诗是闲着没事时写着玩的。这一说，诗人们听了难免要生气。但是事实就是事实。她的诗从不引经据典，看不出什么学问高深。只因唐朝的王建老先生写的一百首宫词读来有趣，于是她也模仿着写起来。这世上有的事本来轻松明快，怕就怕有的人太煞有介事。至于因此而才名远播，在她，此事纯属意外。

四

好像所有轻松明快的时光都是短暂的，喜庆的鼓点总是刚刚敲响就转调作悲凉的唢呐。十四万蜀军抵不住大宋的数万兵马，对着惶惶无计的满朝文武，孟昶长叹一声，出城纳降。

这是 965 年农历二月十六，元宵节刚过一个月，蜀中成都春意甫至。还是前一年春节，他在迎春的桃符上写下一副对联：新年纳余庆，嘉节号长春。

——还在四年前，即 960 年，赵匡胤曾下令，将他自己的生日，即每年的农历二月十六日，定名为"长春节"。孟昶降宋之时，不早不晚，恰是"长春"之日。而赵匡胤派往蜀地接管地方事务的，正是一个名叫吕余庆的官员。

——这是天意？是谶语？还是人间离奇的巧合？

他们被宋军"护送"，前往汴京，接受大宋皇帝封赏。但他和她所走的路线是不一样的：他南下经长江水路，由峡门赴开封；而她则独独北走剑门，经关中入汴京。途经葭萌关，她形单影只，容颜憔悴，在驿站的墙壁上题下这首《采桑子》：

初离蜀道心将碎，离恨绵绵，春日如年，马上
声声闻杜鹃。

刚写完这四句，军骑便来催促她上路。真个是国破家
亡，来程杳然，去路也半点由不得自己。

因为这首词当时未能写完，后来便有好事者替她续出了
下半阕：

三千宫女皆花貌，妾最婵娟，此去朝天，只恐
君王宠爱偏。

我想，无论哪个女人看了这天外飞来的后半阕，都会有
一股气从脚底直蹿上来。怎么可能不生气？这些没有见识的
男文人啊，干点儿什么事不好，偏要跑来这里卖弄风骚，并
且，自以为极尽聪明和华丽地，用狗尾巴续上貂。

她已经三十九岁了。在后蜀宫中度过的二十二年优裕生
活，回顾起来直如一缕青烟。在漫长的押解朝圣路上，她度
日如年。身为案鱼俎肉，她怎么可能对一个遥远国度里敌对
的帝王，心存憧憬和绮念？

但是，她心里是有某种预感的，这非同寻常的独走陆路
已经透露了某些信息。谁都知道水路轻捷但是暗藏险恶，那
个从未谋面的大宋皇帝赵匡胤，为什么居然把她的小命看得
比她的皇帝夫君还要贵重？

也许她的担忧是多余的，当他们这些亡国的君臣先后抵达开封城外，大宋朝接待的礼数一点儿也不轻慢，甚至可以算得上相当隆重铺张。《宋史》详细地记述了当时的场面：

"昶将至，命太宗劳于近郊。"由当时大宋的第二号人物、晋王赵光义亲自出马，一直迎接到郊外，规格不可谓不高。

"昶率子弟素服待罪阙下，太祖御崇元殿，备礼见之。"胜王败寇，昔日里独自逍遥的后蜀皇帝，今朝不得不做了大宋的臣子，受封为秦国公、检校太师兼中书令。赵匡胤出手大方，"赐昶袭衣、玉带、黄金鞍勒马、金器千两、银器万两、锦绮千段、绢万匹；又赐昶母金器三百两、银器三千两、锦绮千匹、绢千匹；子弟及其官属等袭衣、金玉带、鞍勒马、车乘、器币有差；又遣使分诣江陵、凤翔赐其家属钱帛，疾病者给以医药……先是，诏有司于右掖门外，临汴水起大第五百间以待昶，供帐悉备，至是赐之，又为其官属各营居第"。从孟昶本人至其家属，以及旧属臣僚，一律重重赏赐，加官晋爵。如此一来，大宋国宽厚仁义的美名声震天下，那些还没有前来归附的小朝廷，眼看着势单力薄，是拼死抵抗，还是来与大宋国共享千秋富贵？赶紧做个决断吧。

但是该来的还是来了。当着这许多人的面，他小小地将了她一军：听说花蕊夫人诗名素著，今能否赋诗一首，就述这蜀亡之事，如何？

她在心里冷笑一声。他想要她的什么态度？她缓缓低首，让他看见她的温婉和无辜。然后她抬起眼睫，他暗暗吃了一惊，那温婉的后面分明是峥嵘的硬度。她不疾不缓，不卑不亢，吟出了那首著名的七言绝句。君王城上树降旗，妾在深宫那得知？那前朝后代被指为红颜误国的美人们听了，也都会跟着舒一口淤积在心底的恶气吧？

但是你再细看，就可以看出她些微的心思。她不去歌颂他的伟绩——那算是什么伟绩？不过是一个男人的虚荣和膨胀的野心。但是她也不去揭破。用一根隐喻的针，刺出他隐喻的血，那对她有什么意义？所以她只管说她自家的事，仿佛这件事与他毫无关系。激怒他会带来什么好处？她一死了之又能挽救什么？

而且，更重要的，她并不想死。

五

她不想死，因为她不喜欢疼痛。她喜欢轻盈、欢快、喜悦，以及诸如此类的词。死亡是一件多么苦痛的事，身既疼，心也疼啊。她爱她自己，她也爱活着这件平凡的事。

能平凡地活着也是幸福的，好过不平凡的死。何况是活在这样一个美丽而健康的身体里。不是每个灵魂都有这样的幸运，在人间依附进如此完美的肉身。有多少灵魂对囚禁它的身体满怀敌意却苦于无法脱困——它不满意它的容貌、高矮、胖瘦；不满意它头发的光泽、鼻梁的高度、皮肤的颜色；

不满意它说话的声音、走路的姿势、接人待物的风韵。灵魂苛求完美，而肉身永远存在缺损。即使长年生活在深宫内苑，她还是看到了这么多人间的挣扎和不甘。那个羡慕她骑马驰骋的小宫女，笨手笨脚，上了马抓不住缰绳，只会抱紧马鞍不放，最后对自己整个地丧失了信心；那个喜欢钓鱼的高妃，只不过受了一点凉，就再也没能爬起来……而她呢，她已经三十九岁了，如果不是上天的格外恩宠，她怎么可能仍然如此鲜活而饱满？

这么好的身体，她有什么理由不加以珍惜？她有什么理由执意让它死？即使它只是个美丽的皮囊，很容易讨得男人的欢心；然而她自己，比男人们还要珍爱它十倍。

还有，谁知道她的心里是不是藏了又一声冷笑呢——她倒是想看看，如果她不主动投进死神的怀里，命运到底会拿她怎么处置？

他们总说"诗无定解"，即使这么一首坦率得近乎俚俗的诗，也可以分解出多种解释。在赵匡胤这儿，他理解为是她婉转抛来的橄榄枝。散朝后回到寝宫，他反复玩味着她吟咏的那最后一句：宁无一个是男儿，宁无一个是男儿……那蜀地的十四万兵士，当然其中也包括孟昶和他的臣子们，竟没有一个是铁骨铮铮的男子——她是在暗示他，只有他这个征服者，胜利者，才是真正的顶天立地的男人！

这一刻，他心花怒放，豪情的小闪电噼里啪啦地四下里乱溅。

他想到她的美，比那些口口相传的形容词还要耀眼十倍；他想到她可人的小聪明，竟以这样的方式向他递出了磊落的赞美。到了这个时候，昔日里那个思虑周详的帝王彻底消失，他变回一个普普通通的男人，脑子里的骏马只朝着那个意愿的方向一路飞奔。这样一来，她无奈地低首原来满怀哀怨，她有意无意地一瞥贮藏有万千召唤。她在他的心里幻化成一株楚楚可怜的曼妙茑萝，而她藉以安身立命的那株大树业已訇然倒塌——现在，他还怎么忍心看着她与那棵枯萎的朽木一起倒下——也罢，此木既已无用，就让它永远从人间消失吧！

七天之后，时年四十七岁的亡国皇帝孟昶，因"水土不服"，在大宋皇帝特地赏赐给他的深宅广厦里，暴病身亡。

众所周知，后世的史学家对赵匡胤多有偏爱，认为他是中国历史上最有人情味的帝王之一，并列举出许多实例作为佐证。比如他保全柴氏后人，不加农田赋税，对胆敢冒犯天威的人也真正做到宽宥大度。不仅如此，史学家们认为宋太祖的人格魅力几尽完美：心地清正；嫉恶如仇；虚怀若谷；好学不倦；勤政爱民；严于律己；不近声色；崇尚节俭；以身作则……把这么多好词同时奉送给一个人，这简直不像一向刻薄的史学家们的做派。既然有这么多案例树立起宋太祖的光辉形象，孟昶的猝死之谜，只能称为悬案一桩。

孟昶既死，他的母亲李氏不饮不食，三天后也平静地死去。

隆重的葬礼过后，花蕊夫人进宫拜谢皇恩。于是试图为太祖辩解的史家们开始有点说不清了——这个似乎并不酷爱女色的赵匡胤，的的确确，把花蕊夫人留在了他的后宫里，做了他的爱妃。

当然也可以把太祖的所为理解为对弱者的同情和怜惜——这样一个才貌双全的弱女子，身离故土，夫君和婆婆相继故去，倘若身边没有一把足够强大的保护伞，几乎相当于羊落狼群——但是这样的理由，联系起宋太祖此前此后爱惜羽毛的处世基准，似乎多少有点儿牵强。

唯一的解释是：当一个男人一心只想得到他心仪的女人，他可以抛开这个世界，包括这个世界上所有人的目光和口舌。

六

几乎所有后世的记述都试图证明一件事：他待她简直太好了。但是没有人提到那对她来说至关重要的一点：生活在这个繁华幽深的大宋后宫，她快乐吗？

那曾经的世界已然消散。那曾经的轻盈、散淡、心无挂碍，再也不会回来了。这皇宫不是她在蜀国的皇宫，她注定只是这里的客人，因为忘不了那被威压后不得不低下头去的命运。一个人的爱怎么可能缝合起头顶上一大片破碎的天空呢——何况，那是一份来自帝王的爱，本身就不可能纯粹和完整。

她想念那些远逝的时光，因为自知再也无法回头，这想念变得愈加痛楚和无望。失去的往往也是最好的，即使她努力做到平和豁达，但还是有一部分的她，落进了造化给人间设下的小小圈套。

她一遍遍怀想那个突然远去的帝王。他是个多么热爱享乐的人啊，如果没有意外，他本可以这样快乐地度过一生。可惜他是个皇帝，作为皇帝，他要么学会吃人，要么被人吃，老天没有留给他第三种可能。他给了她二十二年美妙的时光，这时光里聚集了她生命里几乎全部的重量。她想他对她近乎无限度的宠爱。她痴爱牡丹，又喜欢红色的栀子花，他就差人四处筛选优良品种，不仅在皇宫里开辟"牡丹苑"，还让民间也广泛种植，使得成都真的成了"锦城"。他还笑向她说："都说'洛阳牡丹甲天下'；今后，试看'蜀地牡丹甲洛阳'！"

而且，她隐约地想到，如果不是因为她，他也许就不会死；至少不会死得这样早。

她悄悄绘制了一幅他的画像，暗地里焚香为他祝祷。不料有一天她刚刚把画像张挂起来，赵匡胤提前下朝，仓促之下，她不及细想，只得谎称画像上的人乃是张仙，职司送子。五代时民间传说，有一个张仙人，俗名远霄，在青城山得道。她自幼长在青城，当然知道这个典故，便临时拉过来救急。可是因为她这几句话，后世便以讹传讹，都说张仙送子。那想要生儿子的人家，便都去求了"张仙"的画像来，供奉跪拜。

哎，有多少神灵，就这样顶着一张别人的脸，游走在这啼笑皆非的人间。

也正因为这个小小插曲，后人便有诗说她是"一点痴情总不泯"。

她"痴情"吗？

现代汉语词典对"痴情"的解释是：痴心的爱情。可以理解为"对爱情达到痴迷的程度"。那甘愿变成望夫石的女人是痴情的，双双化蝶的梁祝也是痴情的，这样一想，痴情的人似乎都有一个悲剧式的收梢，因为痴情的人不计得失也不计结果。"痴"是迷醉，是忘我，而她即使再沉醉，心底总有一小块园圃永远醒着。她实在太爱她自己了，以致不能"痴"得彻底和决绝。

好吧，既然别人一定要说她"痴情"，那么"一点"也就够了。别"痴"得太深，丢失了自己，又拿什么去爱人？而如果连这一点痴情也无，那也不配说爱了。

然而此刻，我却想到了另一件事。所有人都说赵匡胤相信了花蕊的解释，特许她另辟静室，供奉这位送子的"张仙"——好像这个皇帝当真那么易于哄骗。谁都知道他见过孟昶，而且不止一次。除非那张画像画得太失水准，一点儿也不像孟昶本人，否则赵匡胤怎么会看不出来？可千万别小看了这个男人，他可是那个发动陈桥兵变，而后杯酒释兵权的赵匡胤!

作为一个开国的君主,他当然必须具备超出常人的勇气和智慧;而这智慧表现在,必要的时候,他可以装傻充愣,假装糊涂。

作为男人,我是说稍微有点智慧的男人,让真心喜欢的女人尴尬,那自己脸上又有什么光彩?

这是一件有意思的事情:同是男人,而且同是做皇帝的男人,表达爱意的方式并不一样。在孟昶,用的是"宠";而在赵匡胤,用的是"宽容"。

如果一个女人足够聪明,她会知道:宽容,是更高一层的"宠"。

七

她想活,但就是这么一件简单的事,在她,终于也不能够。

她的死在民间被传得扑朔迷离。总的来说,宋末蔡绦在《铁围山丛谈》中的记述,应该是距离真相最近的。说的是花蕊夫人归宋后,赵光义也十分喜爱她。一次从猎后苑,花蕊夫人在侧,赵光义"调弓矢,引满拟兽,忽回射花蕊,一箭而死"。

蔡绦是宋代权臣蔡京的儿子,蔡京曾先后四次任相,在位共达十七年之久。蔡京为徽宗朝中太师之时,已年老体衰，视力也很差，诸多事务便悉数交于蔡绦裁决。宋钦宗即位后，蔡京因贪渎罪被贬岭南，蔡绦亦随之流放到白州。铁围山正是白州境内的一座山，位于今广西玉林西。而其时距离赵匡胤时代，仅百年余；蔡绦又是这样的一个特殊身份，他所记述的事件，当然比那些只会给皇帝脸上贴金的宋代史官要真实得多。

但是问题出现了：既然赵光义对花蕊夫人"十分喜爱"，为什么却要杀死她？

这里面有一个细节，不知此前有没有人注意过。那就是孟昶和他的家眷臣属将到汴京时，赵匡胤曾命"太宗劳于近郊"。也就是说，在赵匡胤见到花蕊夫人之前，赵光义已经抢先一步，目睹了她的美貌。

不过，还有一个细节我们也不能忽略：这一年她已经年近四十，而他，刚满二十六岁。

情形有点诡异。他真的会爱上她？出于什么心理？

即使以现在的眼光来看，一个三十九岁的女人，也已经算不得年轻了。除非她有张曼玉和赵雅芝那样的幸运，人到中年容颜未衰，反而在岁月的滋养下愈发清澈华美。蜀地气候温润，加上一千年前的纯净空气和绿色食品，再加上多少年如一日的优裕生活，还有她自己的乐观性格与日常锻炼，比真实的年龄年轻上十岁八岁是完全可能的。据说驻颜有术的女人需要同时具备安定的生活和不安定的内心，后者可以理解为丰富的内心与精神生活，那么这两点她也都具备。问题是她究竟有什么好，让三个先后都做了帝王的男人一见倾心？

不知在千年前的男人们眼中，什么样的女人最有魅力，现代版的魅惑女人据说要具备八种要素：健康、智慧、独立、优雅、风情、平和、率真、美丽。要求一个活在宋代的女人像今天一样在经济上自给自足显然有违常理，但是不妨理解为精神上的独立——既已拥有以上的八样法宝，在千年以前，她在男人的眼中已经堪称十全十美？

缺什么就想什么，这几乎是人间至理。孟昶虽然久习诗文，却才华平平；赵氏兄弟系武夫出身，但都酷爱读书，奈何"稍逊风骚"。那一点会写诗的才华，在她自己看来只道是寻常，他们却因此认定她非同等闲。

有才华的女人大多以才华自恃，性情尖锐孤高，但她从来就没有把写诗当作一件值得标榜的事，好像一个人怀揣珍宝，奇货可居固然没什么不对，但处之泰然，更让人生出敬意。

至于这个赵光义，我们也可以约略窥见他隐蔽的内心——他的嫉妒，不仅仅缘于他喜爱上这个女人。甚至，那也不仅仅是爱，还有迷惑、好奇，还有对一个自信的生命强烈的征服欲——她曾经属于另一个皇帝，这其间的征服，充满胜利者之外的象征意义。

当年他与其他人一起，拥戴他的兄长黄袍加身，内心里更多的是期待和欣喜。那时候他还太年轻，只想到有一个做皇帝的兄长将会带来的光明前景。但是现在，他已经尝到了权力的个中滋味，知道作为"晋王"和作为帝王相隔有如云壤——即使是一奶同胞的兄弟，他也不得不把自己的名字从"赵匡义"改成了"赵光义"。如果说改名还不算什么，那么这个女人，他先行爱上了她，却始终只能做一个"外人"。她袅娜的身影在最近的距离里走来走去，走来走去都在提醒他的失败。他嫉妒的湖心里开始浮起恨的影子——既然这是一块永远无法握在自己掌心里的玉，不如干脆让它碎成瓦砾。

还有，他也想看一看，这个惯会假仁假义的皇兄，到底会拿他怎么处置——他杀死他的女人，并且理由充分——这女人是祸水，耽搁朝政——他难道会拿他抵命？或者为了一个女人责骂他？那么全世界都会知道这个叫赵匡胤的人有多虚假。他生病的时候，这个皇帝哥哥还亲自为他用艾草热灸，怕手艺不精烫疼了他，还要先在自己的身上试验几下……他猜得一点儿也没错，他的这个兄长已经知道他眼下的势力有多强大，他一箭射死了他的女人，他居然神色如常，连眼睛也没有眨一下。

正因为他连眼睛也没有眨一下，他反而感到了害怕。这个男人，他的心太深，即使是做他的弟弟，他还是要加倍地小心。

直到十二年以后，赵匡胤病重，他的弟弟才终于找到了机会，并且也让史学家们怎么也抓不住他弑兄篡位的把柄——"烛影斧声"成了解不开的千古之谜。

八

被人爱不一定就是有福的，因为要看爱你的是一个什么样的人。不幸被赵光义这样的男人爱上，就只能"可怜花蕊飘零，早埋了春闺宝镜"。

这个赵光义，从他后来强奸小周后，毒死南唐后主李煜，而小周后也不知所终这一系列事情看，这个男人不仅全然没有乃兄的风度，也不懂得什么是珍惜，什么是尊重。遇到他，只能是女人的一场噩梦。

你以为男人因为得不到你而爱极生恨，是真的太爱太爱你？你错了，他原只不过要借用你，来好好地疼爱他自己。

然而美人何辜，香消玉殒，只因怀璧其罪。

时间转眼过去了一百年，有个叫苏东坡的人，听说了花蕊夫人的故事，还有当年孟昶在摩诃池上的水晶殿前为他心爱的女人写的一首词。可惜时光荏苒，转述者只记得词中的开头两句："冰肌玉骨，自清凉无汗。"于是这个叫苏东坡的大才子略一沉吟，补作了全词，这首词自此流传千载：

冰肌玉骨，自清凉无汗。水殿风来暗香满。绣帘开，一点明月窥人，人未寝，欹枕钗横鬓乱。起来携素手，庭户无声，时见疏星渡河汉。试问夜如何？夜已三更，金波淡，玉绳低转。但屈指西风几时来，又不道流年暗中偷换。

那楠木为柱，沉香作栋，珊瑚嵌窗，碧玉为户的水晶宫殿呀，夜色清透，四围花树暧昧，红桥隐隐。他和她酒至薄醉，相依而坐。他轻轻地握着她的手，听宫外鼓敲三更，暗香徐来，玉绳低转。只是：

又不道流年，暗中偷换。

玄机

一

　　2010年春天，注定将在许多人的内心投下难以泯灭的阴影。整个地球气候诡异，仿佛有意为纷扬已久的2012年末日传闻提供证词。随即冰岛火山爆发，在苏格兰遥遥降下一阵玻璃细雨。转眼到了翌年3月，日本发生9.0级大地震，海啸和核泄漏将恐慌再一次蔓延往世界各地。宛若时间数轴上的一个小小的对称的点，849年春天，时为大唐京城的长安也发生了一场地震。震中位于长安城外，震级并不算大，但是与所有的灾难一样，受灾最重的永远是最贫苦的人群。五岁女孩鱼幼微的父亲，在这场地震中不幸罹难。鱼幼微从此成了单亲家庭的小孩。

　　而在一千年前，一对失去了男人庇护的母女将依靠什么生存？直到20世纪以后出现的一些女性职业此时还远远未到萌芽期，但无论哪个时代，某些古老的职业都或公开或隐秘地存在着——现在我们已经无法知道，女孩鱼幼微的母亲带着她搬到妓女聚居的长安平康里，加入的到底是这里的主流群体还是这个群体的附属部分，但是我们可以想象：一个洗衣妇的女儿（不妨先假设如此），因为聪明伶俐面目姣美，完全有可能获得妓女们的额外宠爱，并由此得到了一定程度的滋养和教育，就此展开了她为时近二十年的诗歌生涯。

二

年仅七岁，鱼幼微的写作天分早早抽出了它的枝叶和花蕾。长到十一二岁时，已经在长安城中有了一点小名气。这世界总是奇怪的，比如说，有的人出起名来就是比其他人远为容易——除了本身具备的硬功夫，总还有些说不清道不明的小运气。

比如这一天，一位大师级的人物突然出现在鱼幼微的眼前。

他是时称"温八叉"的著名诗人温庭筠。何谓"八叉"？原来这温大师才思惊人，某次参加科举考试的时候，"押官韵作赋，凡八叉手而八韵成"。刘熙载《艺概》中赞叹："温飞卿词，精妙绝人。"飞卿是温庭筠的字。这个温飞卿不仅词填得妙，在诗歌造诣上也相当高，与同时代的李商隐齐名，并称"温李"，彼时正名噪京都。

就是这么一个人物，耳朵里也听到了鱼幼微的才名。这日冶游至平康里，便提出要见一见这位写诗的女孩子，当面试她一试。

这是 857 年夏末秋初，温庭筠撒目一扫，正见一棵老柳斜插江畔，便随口点了个《江边柳》的标题。

鱼幼微略一沉吟，提笔一挥而就：

> 翠色连荒岸，烟姿入远楼。
>
> 影铺秋水面，花落钓人头。
>
> 根老藏鱼窟，枝低系客舟。
>
> 萧萧风雨夜，惊梦复添愁。

温庭筠这个人一向自恃有才，对其他自称会写诗的人便多少存了点轻慢之心。尤其一生历经七场科考，他自己"八叉"手答罢考卷，眼见身边那些所谓饱读诗书的士子，一个个抓耳挠腮、皱眉苦吟，自是忍不住心生鄙夷。今见这个妓家出身的女孩才思机敏，不觉中已经高看她一眼；再细观这首五律，无论是遣词用字、平仄音韵，还是意境诗情，都很是说得过去。更何况，眼前的小才女分明还是个美人胚子。

自此鱼幼微成了温大师的半个弟子。除了在写作上得到温的指点和鼓励，在情感上，两个人之间的交往，也颇有些忘年交的意思。纵观鱼幼微的一生，温是个亦师亦友亦兄亦父的男人，是可以借着诗笺撒撒娇发发牢骚抒抒闲愁的那一种。

三

有人说，少女时代的鱼幼微是爱着温庭筠的。而两个人之所以没有发展成爱侣，是因为温庭筠比鱼幼微整整大了三十二岁，彼时已经是个两鬓微霜的中老年人；再者老温相貌丑陋，有"温钟馗"的诨名。也有人说全不是那么回事，而是温庭筠眼光锐利，一眼看穿了这个娇娇俏俏莺声燕语的小丫头，其实绝非一个善茬子，故此早早煞住了念头。好像只要温老先生乐意，时刻可以抱得美人归。这可真是小瞧了鱼幼微和教导她成人的平康里。

现在，让我们来看看这个与明代秦淮齐名的平康里到底是个怎样的所在——

当年卢照邻写《长安古意》，第一句说的便是："长安大道连狭斜。"这"狭斜"指的就是平康里。当时的"东市"是长安最大的两个商业区之一，而平康坊位于东市西，二者之间只隔一条南北街衢。以今天的商业眼光来看，东市是繁华的商业区，商贾云集，三教九流也穿梭其间；而平康里则是娱乐区域，《开元天宝遗事》中说："长安有平康坊，妓女所居之地，京都侠少萃集于此，兼每年新进士，以红笺名纸游谒其中，时人谓此坊为风流薮泽。"好一个风流薮泽！那自命风雅的文人墨客，那不甘寂寞的黑白两道，当然也少不了那些架鹰走狗的纨绔子弟，在此间纸醉金迷，流连忘返。再加上北邻便是昼夜喧呼、灯火流离的崇仁坊，整个长安的乐器管弦皆集散于此。这商业、文化、娱乐、财气、人气加在一起，又怎一个繁华了得！

看完了平康里，再来看鱼幼微在平康里做卖花女郎时写下的一首诗，标题叫《卖残牡丹》：

> 临风兴叹落花频，芳意潜消又一春。
>
> 应为价高人不问，却缘香甚蝶难亲。
>
> 红英只称生宫里，翠叶那堪染路尘。
>
> 及至移根上林苑，王孙方恨买无因。

第一句说的是风吹花凋，花期短暂，提醒世人要珍惜花开时的美；第二句说花香不同凡俗，自然价格比别的花要贵得多；第三句说这牡丹原是出自皇宫里，出身何等高贵，只不过暂时流落到民间；第四句说这花终将移植到皇家园林（上林苑是汉武帝刘彻在秦代园林旧址上扩建而成的宫苑，规模宏伟，纵横三百里），到时候你们这帮王孙公子想买也买不到了，走过路过不能错过，否则悔青肠子没人赔耶！

——这哪里是一个十一二岁的小丫头在叫卖牡丹？分明是一个颇有心计的小妇人在那里待价而沽！

这时再回过头来向我们的温大才子审视一番，会发现盛名的光环之下，某些人生，在四个方向上全是破绽。

这位中国花间词派的祖师爷，写起诗词来固然另辟蹊径，在生活上也是一个异数。话说年少时代，温庭筠到江淮一带游历，当地一位姓姚的官员非常赏识他的才华，赠予他不少银两，算是以私人名义捐助的奖学金。哪承想，这笔钱刚刚到手，生性轻佻放纵的温大少爷就把它们一分不落地花到了青楼小姐身上。

就在与鱼幼微刚刚结识的那一段时期，温庭筠身居长安，与宰相公子令狐滈等人过从甚密，整日在一起吃喝嫖赌拈花惹草。由于令狐滈的关系，温庭筠频繁出入相府，宰相令狐绹也颇欣赏他的才学。

某日，令狐绹向温庭筠咨询某词条的出处，温庭筠便随口告知他出自某书某书，说完忍不住又加上一句，说那本书也不是多么生僻，宰相大人公务之余，何不多看点书充实充实？令狐绹虽然不快，倒也未怪他冒失。不料老温越发得了意，干脆逢人便说"中书省内坐将军"，意思是令狐绹虽然在中书省做宰相，学问却只相当于武将的层次。温大才子揪人家小辫子的手段也不是一般的层次。

后来温庭筠又去江苏一带闲逛。这时候的他，已经是年近六十岁的老人家了，却还和一帮愤青打得火热。这天深夜，老先生又喝醉了，在大街上引吭高歌，违反了宵禁法令，与赶来执法的虞侯发生争执，矛盾激化到动了手。常年在酒坛里泡得软糟糟的温老先生哪里是人家的对手，当即被打掉两颗门牙。为了替这两颗门牙讨回公道，温庭筠一状告到了当时正在江苏主持军政的令狐绹府上。令狐绹倒也顾念旧情，当即拘捕虞侯前来讯问，没想到当庭一对质，虞侯老实不客气地把温庭筠当晚的所作所为抖搂了出来。令狐绹一听，敢情人家是正当执法，只好将虞侯无罪释放。温庭筠认为令狐绹不替他伸张正义，洋洋洒洒地写了一份万言书，跑到长安城里鸣冤告状。

直到六十五岁这一年，温庭筠终于时来运转，当上了国子监助教。这个国子监助教，大抵相当于如今清华北大的一个教务处副主任吧——级别虽说不高，但也算得上高级知识分子中的权威人士。从考生到主考官，这个飞跃不算小。终于有了展示自己才能的机会，温庭筠当然十分珍惜，当即从众多试卷里挑选出他认为最出色的三十篇文章，张榜昭示天下——他压根儿就没有细想，这些文章之所以这么吻合他的心意，恰是因为它们都与主旋律唱了反调，不是针砭时弊，就是讽刺官场。这一下捅了娄子，温庭筠被贬到河南，不到一个月，便郁郁而死。

——想想吧，像这样的一个男人，称师称友称兄称父都是可以的，反正兄也非真兄父也非真父；但如果选来做老公，就算没有人跑来质疑鱼幼微的 IQ 和 EQ，她又怎好意思在暗地里确信自己是个人精？

四

她选择了李亿。

应该说，从古至今，女人的择偶眼光其实波动不大。人品，相貌，事业，经济条件，家庭状况；在特殊年代，再追加一条政治面貌。而具体到鱼幼微，当年她决定嫁人之前，肯定在心里反复罗列了嫁给李亿的 N 条理由：

理由一：年轻有为，事业上升空间广阔。

在刚刚结束的全国公务员统招考试中，李亿名列第一，可谓春风得意马蹄疾——马蹄前面，正铺开一片锦绣前程。因为那时候的科举考试还没有附加年龄限制，与人过中年仍需在考场上打拼的温庭筠等人比起来，时年二十二岁的李亿几乎称得上少年得志。

理由二：家境好，有坚实的物质保障。

李家世代为官，累积下深厚的经济基础。不仅如此，在讲究出身的唐代，这是进入仕途的最佳通道。果然，中状元后不久，李亿便因祖荫而官授补阙（掌讽谏之官）。

理由三：气质佳，形象好。

李出身于书香门第，本人又饱读诗书，更何况还有新科状元的耀眼光环，自信心满满，更增风度。加上身材魁梧，相貌端正，对异性颇有吸引力。

理由四：人品好，办事靠谱。

公务员不是谁都能做的，除了必须具备的主流社会的种种要素，穿着打扮，说话办事，没有规矩不成公务员。即使你无法穿越时空回到唐代，只消看看电视，或者到市场酒楼走一遭，你马上就会发现，那些公众场合下衣着整洁举止得体的公务员，与平民百姓、市井无赖、大小商人完全分属于两个世界。

压根不需要后面的理由五和理由六，李亿已经成为历朝历代待嫁女郎的首选。

然而遗憾，在履历表"婚否"这一栏里，李亿填写的是：已婚。

这下子，女郎们只得纷纷退却，另作他选。

但是鱼幼微不。

不，不是她不在乎，而是，大唐的婚姻法不允许她在乎。即使李亿仍是如假包换的钻石王老五，她也完全没有可能成为他的正室夫人。

唐代的婚姻观念严谨而强大，在"门当户对"的传统风俗下面，是不可撼动的生存基因——有关经济，有关名誉，有关一个人乃至整个家族的命运。

据说当年柳宗元在原配夫人去世之后，居然找不到续娶的合适人选。因为身在贬地，周遭没有可供通婚的名门女子。他自己倒宁愿娶个农夫之女为妻，奈何外部的世界坚决不同意。这个社会有它压倒一切的强硬秩序——既然注定出身寒微，鱼幼微的婚姻只有两种选择：要么嫁给平民百姓贩夫走卒为妻，要么给一个上等人家做妾。

她选择了后者。

中国的圣贤们说：宁为虎尾，不做羊首。

五

那时候她第一次知道李亿这名字，是听说新科放了榜，三十名新进士要在曲江和杏林参加庆祝宴会。她被人群裹挟着，挤过来又挤过去。世界上竟然有这么多热衷看热闹的凡夫俗子，而她只不过是这大海里的一颗水滴。这时她身旁的一个人炫耀般的叫起来："看，那就是新科李状元！"远远地，她看见他被一群人簇拥着走过去。所有艳羡的目光都聚焦在他的周身，在这一刻，他就是宇宙和世界的中心。她看见他神采飞扬，举手投足间是令人心仪的优美和儒雅。就在这一瞬间，突然的一个闪念，她几乎被这个念头吓了一跳。

她深深地吸了口气。那念头已经飞快地在她的心里扎下了根。

没错，她想要的，就是这个男人。

终于等到进士们雁塔题名完毕，围观的人群也四下里散开。她姗姗走近题诗的那面影壁，果然，他的诗在最醒目的位置，题在他后面的那首诗应该是榜眼所作的吧，很谦逊地留出了一小块距离。她抿嘴一笑，在空白处题下那首已在她心头锤炼过千百次的句子。

人群再一次聚拢过来，而她已翩然离去。

没几天，李亿的案头便聚集了好几张诗笺，大的小的，不同的纸张和笔迹，抄录的却是同一首诗：

云峰满目放春晴，历历银钩指下生。

自恨罗衣掩诗句，举头空羡榜上名。

他记住了这个自恨着罗衣的女子的名字：鱼幼微。

有这么多人想要结识他，而他也忙着拜访在京的前辈故旧。这日，他来到了温庭筠的家里。

温才子七七八八的书案上却正躺着一张花笺，浅粉色的，散发着的幽香十分淡雅。与周遭的环境以及坐在旁边的温庭筠两下里相映成趣，却又分明带一点互不相扰的意思。

温庭筠见他的眼神向那张信笺扫过去又假装不在意地避开，知道他好奇心起，索性递过来让他看个明白。

娟秀的小字，一首半嗔半怨的诗。落款居然是：鱼幼微。

后世有人说，是温庭筠热心撮合了李亿和鱼幼微二人的婚姻。其实"热心"二字又从何说起？这两个人，与他温八又都没有多大关系。他们分也好合也罢，便是生生死死又与他有甚干系？他只不过顺水推舟做了一次人情，把李亿带到了平康里。这个鱼幼微写给他那些半真半假的情诗，比他自己写的那些又能深切哀婉到哪里去？得他赠诗的女人多了，哪一个又肯跟着他天涯奔走、贫贱不渝？

他老了。在看上去还算年轻的时候，他就已经老了。然后，就只能这么一路老下去。

六

幸福来得这样快，她几乎有些眩晕。

她小小的一次主动，其实并未留下多少供后人指摘的形迹。将一粒小米撒出去，心爱的凤凰便飞来她的笼子里。不，不是笼子，她原本是一株梧桐，只等凤来栖。

这是春天，窗外的桃花天天地开得有如一场梦境。一轮明月浮上了柳梢头，合欢树修长的羽叶一直披拂到水面上。几尾锦鲤在树影里嬉戏，而天边远远传来一两声清脆的鸟啼。他出去应酬公务，此时便要回来了吧？她刚刚沐浴过，又细细地化了新妆，一缕春风把桃花的颜色吹到了她的脸颊上。他的脚步声在楼下隐约响起，她登时心如鹿撞。

这小小的情景剧并非来自后人的杜撰或假想，而是鱼幼微自己在诗中记述的。那最后的两句是：

> 人世悲欢一梦，如何得作双成。

噫！分明是新嫁娘的幸福和喜乐，却为什么突然有谶语般不祥的惆怅加入进来？还有，标题何以偏偏叫作《寓言》？

或者，那时候她已经隐约地明白：在人生的悲喜剧里，一切都仿佛一场寓言？

但是原来岁月可以如此静好，她只愿时光就这样无声地绵延。她随着他去了江东，两个人登上诸暨的苎萝山游览浣纱庙，想到那美丽的西子与她的心上人范蠡泛舟而去，老死于江湖，踪迹不为人知，她握紧他的两根手指，暗暗叹了口气。

在太原，她和他度过了一生中最甜蜜的一段日子。只羡鸳鸯不羡仙，说的就是他们两个吧？这时的李亿，于河东节度使府做幕僚，生活悠闲而优裕。晋水壶关，也自此成为她魂牵梦萦之地。她感激河东节度使刘潼，恭恭敬敬地写了一首《寄刘尚书》相赠，"小才多顾盼，得作食鱼人"，她感谢刘潼提携眷顾她的"小才"夫君，让她与他得成神仙眷属。

生活悠闲但是并不冷寂，因为娱乐丰富得五光十色。除了时常外出游赏玩乐，还有激动人心的球赛可供观赏。她是个多血质的人，每置身于这样的场面，总不由得热血澎湃，双颊绯红。看到高潮处，更恨不能跑上场去替竞技的双方投一个球方才尽兴。但是看着看着，她忽然生出一层隐忧：那个被双方争来抢去的球应该是有什么寓意的吧？虽然这一刻争到了手，但到了下一刻，谁知道它会归谁所有？"不辞宛转长随手，却恐相将不到头"呀！

她的担忧很快得到了验证。无论她多么不愿意相信，她和另一个女人，就这样成了赛场上两个力量悬殊的对手。

七

她的生活一下子变成了脚下的汉江水，日夜动荡不休。

她正是沿着这条江水而来，她追随着他的踪迹，仿佛追随她幸福的源头。他动身返乡之前，很认真地对她说，此番他先行一步，是因为娶她这件事还没有告知家里，唯恐仓促之间让她同去受了委屈。他说安排妥当便派人回来接她。那些日子，她日日站在窗前遥望，温飞卿的那首词原来说的竟是她自己，过尽千帆皆不是，斜晖脉脉水悠悠。她等得肠也断了，天也老了，还是等不来他的只言片语。惶恐和相思日甚一日，她再也等不及了，干脆收拾了细软，雇了船只，沿汉水而下。

这一年的春天来得比往年迟。春寒料峭，春色依稀，掐指一算，原来她只不过虚长了一岁，却仿佛已过了千年万载，真正恍如隔世。

到了鄂州，才知他夫人裴氏得知他私下纳妾的消息，醋意大发，坚决不同意让鱼幼微踏进李家的门。裴氏出身名门，娘家颇有势力，加上唐代律法对妻妾地位等级差别有明确规定，违反者或监或徒。李亿对妻子的妒意无计可施，只得寄望于时间。"她一时无法接受，但日子久了，也就会慢慢地想通了，到那时，我们又可以朝夕厮守。"他安慰鱼幼微，也安慰他自己。

他甚至不敢让她住得离自己太近，唯恐泄露了形迹。他是个谨慎的男人，时刻忘不了他的身份。而这世上有一种人，他永远不会背水一战孤注一掷，因为除了他自己，没有人值得他如此。

他安排她住在江北，他得便时才知会她渡江过来，两个人匆匆相聚又匆匆分离。多数时候，她只能独自远远望向江阴，隔着一条流水恍惚的汉江，她和他就这样咫尺千里。"江南江北愁望，相思相忆空吟。"这时候，她写给他的诗，每一个字都真真切切地浸透了她的眼泪。年少时她也曾为赋新词强说愁，如今才知道情苦情愁的滋味，还有对未来和生存的忧虑。她诗歌里悲苦的底调就是在这时候埋下的。如果谁有兴趣仔细研读一下她的诗，就会发现，诸如"相思"、"断肠"、"愁"、"悲"、"怨"、"泣"、"苦"等字眼出现之频繁，与她个性中活跃热烈的表象全不相称。

不管外表上伪装得多么强悍，真实的她，悲苦而无助。

只因为，她遇到了李亿。这个她唯一深爱过，并用整个生命期待和依赖着的男人，竟不能给她的未来一个足够坚实、足够明朗的承诺。

才女闫红有一篇短文，漫数鱼幼微的堕落史，认为裴氏并非真的是一个容不下小妾的醋坛子，因为那样的话，鱼幼微根本没法嫁给李亿。只不过进了门之后，裴氏才发现鱼幼微是个极为难缠的小狐狸精，大有跟她二分天下的势头，于是一不做二不休，索性把这个对头撵出去了事。其实鱼幼微哪里做得了裴氏的对头？裴氏性格之强硬，家世之显赫，而李亿差不多是把他自己从整个局面中摘了出来，留下鱼幼微在暗地里独自与裴氏拉锯。这场糊涂棋局，鱼幼微竟是只有输的理，没有赢的理。

这样苦苦挣扎的日子过了半年，她的心，已经被煎熬得千疮百孔。但是，至少还有他的爱，作为最后的一点点支撑。

八

送她到咸宜观出家，是他的意见。她仔细想一想，也只能同意。

藕断了，因为不得不断给别人看；但里面的筋络还牵连得丝丝缕缕——她相信总有些东西，无法被轻易舍去。

出家当然要有个出家人的名字，从此世间消失了鱼幼微，只剩下：鱼玄机。

生活单调，但是也可以从中发掘出微小的乐趣。她慢慢发觉内心的改变，向往单纯，志慕清虚，一心想参透这命运的重重玄机。从鄂州到京城，他们三个人，仍是一盘纠缠不清的棋局。她究竟走错了哪一步？或者，倘若换了她是裴氏，又该当如何？夜深人静，她心里的一团纠结的乱麻始终无法澄明。

直到咸宜观里再也见不到他的身影。直到有一天，某人神情复杂地告诉她，他早已携着他的裴氏夫人，远赴扬州上任去了。

他竟是不辞而别，弃她如敝屣。

那天她打坐到深夜，努力调匀呼吸。奈何那万千只蚂蚁，执意要啮咬她的心。

十五年前，她的父亲弃她们母女而去；真是想不到，十五年后，她居然重复了与母亲相同的命运。但似乎，她的下场比母亲更为不堪——当年那一场来自父亲的抛弃，只是因为他屈从于谁也无法抵御的死神；而李亿抛弃她，却是因为另一个女人。

她恨。她恨。她真恨！

这日有女子来观里焚香求签，她见这女子双目红肿，试探着一问，果然。为什么这世间多的是痴情的女子，偏又有的是这许多负心的男人？回到云房，她坐立不安，提笔写下一首《赠邻女》：

> 羞日遮罗袖，愁春懒起妆。
> 易求无价宝，难得有心郎。
> 枕上潜垂泪，花间暗断肠。
> 自能窥宋玉，何必恨王昌？

她没有想到，正是这句"易求无价宝，难得有心郎"，后来居然成了历代失爱女子们反复吟咏的圣经。

既然男人都是没有心的，她又何必对他们付出她的真心？她又何必念念不忘，又何必恨？

自此，鱼玄机性情大变。

她在咸宜观的大门上贴出"鱼玄机诗文候教"的告示，艳帜大张，只等着那些自命不凡的男人，这一条条或可笑或可鄙的鱼，赶来自投罗网。

本来她是鱼，是等待别人享用的美食；现在她脱了胎换了骨，变成了以鱼为食的网。

她首先要网尽天下男人，再从中筛选出她想要的那一小部分。原来男人是天底下最鄙贱的动物，明知她口味刁钻，这些男人偏偏前赴后继，争求她的欢心。像拖着长尾巴的雄孔雀，在她面前将有限的羽毛竭力炫耀，却不知自己光秃秃的尊臀就此暴露无遗。

她只管斜睨着醉眼，抿嘴轻笑。

她挑中了一条有华彩的鱼。他叫李郢，官拜侍御史，是当时有名的才子。他也住在亲仁坊，与咸宜观同一条巷陌。远亲不如近邻，近水楼台更宜于诗文酬答、笙箫相和。

她挑中了一条大腹便便的鱼，这条鱼也姓李，名近仁，官居郎中。此人心地宽厚，更难得的是极其富有。作为一个物质主义者，一个现实主义者，她需要他的资助。每次他外出归来，她都要设宴为他接风。"焚香出户迎潘岳，不羡牵牛织女家"，即使中间再隔上一千年，她也要让他看见她香气袭人的满面春风。

她还挑中了一条看似没有什么特长的鱼，他的优点只有她自己知晓。这个名叫左名扬的落第书生，也给她写了一首诗。"日暮钟声相送出，箔帘钉上挂袈裟"，读着这句他自己颇得意的诗，她忍不住要笑。但移眼去望眼前的这人，那一派世家公子的从容风度，那温和而暗藏清冷的面容，让她不由得一阵发怔。那个刻骨铭心的春天，因了这个恍如旧识的人，仿佛就在眼前——

她终是忘不了他。那个弃她而去的人，成了她心头永远的痛。

如今她才名远播；艳名，也已惊动了大半个长安城。

他们说她名为女冠实是娼妓。笑话，他们懂得什么是娼妓？哪个娼妓敢像她这样，半点不肯委屈了自己？没错，她是有李近仁，那也是两厢情愿两情相悦。应该说，她只不过是个不大肯用心的买卖人。而一定要认真说起来，这普天下的僧、道、俗、君、臣，又哪一个不是买卖人？他们卖出法术、阿谀、权势、力气，甚至卖出了自己的命，才得以买进眼下短暂的生存。而她，卖出才华、智慧、机锋、微笑，买进的也是生存。谁说她出卖了自己的身体？身体是什么？身体是一只需要弹奏的乐器。她的身体早已不属于哪一个男人，它只属于她自己，她愿意选择谁来弹奏它，那是她自己的事。

当这只乐器幽幽咽咽地奏鸣起来，有几个人，能听得懂它灼烫又寒凉的美丽？

说到乐器，她想起她还有一条漂亮的鱼，一个会奏胡笳的乐师。

九

这一天，有几个人来到咸宜观拜访。她没能记住那几位贵胄公子的姓氏和长相，倒是对跟随他们前来的乐师记忆犹深。

仔细想想，他除了容颜清秀、身材魁伟，究竟还有什么可圈可点之处，突然间触动了她的芳心？

是了，是他脸上突然涌起的红潮，让她听见了生命深处久违的激越和喧响。已经太久太久，连同她自己在内，她没有在任何人身上听见这样高昂的乐章。她见惯了情场上酒场上一来一往的辗转迎合，一切都太熟稔了，一切都太老练了。生命怎么可以这样，像一场事先排练好的歌舞，按部就班地进入演出？她需要惊喜，需要青涩而澎湃的冒险传奇。

就连他的名字她也觉得有趣。陈韪，冒天下之大不韪的韪。难道他生来就注定要经历什么大是大非？

她毫不掩饰对他的喜爱和痴迷。即使这痴迷中掺进了说不清来路的情欲。但是毫无疑问，她是一把材质优良的好琴；而他，是懂得用心领悟这琴中妙音的激情乐师。

那时她没有来得及细想，一首曲子把音拔到这样的高度，是否意味着，它即将成为绝响？

应酬已经让她忙得顾此失彼。这一日，她又要去附近的道观参加春游聚会。这一年一度的盛会热闹非凡，新朋旧友，觥筹交错，插科打诨，她的生活再也少不得这样的欢娱。临行之前，想到或许会有重要的客人来访，她叮嘱弟子兼贴身侍婢绿翘："如果有客人来，告诉他我的去向。"

直到黄昏时分，鱼玄机带着浓浓酒意，尽兴而归。绿翘迎上前来小声地禀告："陈乐师午后来访，我告诉他你去的道观，他答应了一声，便匆匆走了。"

鱼玄机一听，心下便觉不爽。往日陈韪来看她，若赶上她外出未归，他总是耐心地等她回来，今日何以一反常态？想着想着，疑心渐起。再看绿翘，便觉得这年方豆蔻的小妮子，神情中似乎有点异样。再细看，这丫头杏眼含春，双颊潮红，疑心便又更重了几分，不由得又妒又气。当年看她一个孤女，联想到自己年幼丧父，这才起了相惜之意。平日里半婢女半弟子，又何尝薄待过她？想不到这个小狐狸精渐谙人事，第一件事便来算计自己，是可忍，孰不可忍！

鱼玄机越想越怒，酒意越发直涌上来。索性喝令绿翘关门闭户，拿她细细拷问。

想不到这丫头人小嘴巴硬，坚决矢口否认。

鱼玄机怒意更炽。想当年李亿负她而去，这陈韪身份低微，承她如此倾情厚待，竟也来朝三暮四。又想到那裴氏自恃出身名门，欺她是个没人撑腰的弱女子；而今眼前这个小小的使婢，也敢对她横加蔑视。这小狐狸精凭什么这样硬气？是的，她只有十三岁，而她，已经二十四岁。可是她的青春又丢在了哪里？她曾经那么委曲求全，赔尽了小心，世界却不曾赏给她半分怜悯！她恨死了这个不公平的世道，她恨死了这些人！

一时间心中的恨意仿佛狂风暴雨，手中的藤鞭没命地劈打出去。她要打打打，打死那个悍妇裴氏，打死这个欺她辱她的世界！

等她醒过神来，地下的婢女，早已没有了呼吸。

陈韪，陈韪，这个名字原来果真别有深意。因为他，她冒天下之大不韪，犯下了杀人重罪。

鱼玄机呆了半晌，想想再无他法，只得趁着夜深人静，在房后的花架下面草草挖了个坑，把绿翘的尸体埋了进去。

之后有人问及绿翘，鱼玄机只说："同别人走了。"问的人见她面有不悦，也不便深问。

转眼到了夏天，又有客人来访，鱼玄机留他们宴饮。酒足饭饱，两位客人到房后闲步纳凉，一时间下腹鼓胀，便在花架下小便。却见一大群绿头苍蝇聚集在花下的浮土上面，被哄走之后又嗡嗡嘤嘤地聚拢过来。浮土上又分明别无异物。联想起这观中的婢女无端失踪一事，客人心中起疑。其中一位客人的哥哥是京兆尹府中的衙役，闻听便来勘查，咸宜观婢女离奇失踪一案就此大白于天下。

所有人都惊诧于这个女人的凶狠，尤其，她还是一个读过诗书有些才华的女人。"才女"，这真的是一个温婉的词汇；然而温婉并非才华的本意。才华，它其实是一把尖利的刃，伤世伤己亦伤人。我想，如果鱼玄机只是个街巷间平平常常的女子，会不会因此而有一份凡俗而淡定的生存？因为凡俗，她至少能学会谦卑和容忍。她不写诗，不骄傲，不自负，不尖锐，可能也就不会积攒下这么多不由分说的恨。

在狱中，鱼玄机写下她今生的最后一首诗。我们惊讶地看见，那诗中居然有了久违的轻盈和亮色，有了明月和清风。

但是据说，虽然被京兆尹温璋判处斩刑，鱼玄机最终还是得朋友们营救出狱。此后她改名鱼又玄，隐居民间。像泛舟而去的西子，老死于江湖而不为人知。

哪一个结局更好？

又一道布满玄机的谜题。答案，只有她自己知晓。

人言

一

820年冬天，农历年关渐近。在凛冽的寒气深处，徐州城中的燕子楼依然飞檐挑角，宛若展翅欲飞的群燕被突降的霜雪陡然凝冻。其实楼还是那个楼，楼前池水依稀，楼后山石依旧。楼里的画屏十几年来从不曾移动过分毫，那张宽大的合欢床也还在它原来的地方。只是春光不再，小楼里的欢声不再，檐头那只暖巢中的软语也不再。而躺在床上阖目半睡半醒的女人，正准备告别这寒凉人间。

因为绝食多日，关盼盼形销骨立。再一次从昏睡中醒来，她酝酿了一点力气，示意在床前守候的老仆：

"笔……"

笔墨备好，关盼盼挣扎着坐起，在老仆斜撑的纸笺上写下了平生最后的两句诗：

儿童不识冲天物，漫把青泥污雪毫。

写毕，关盼盼颓然躺倒，对这世界再也不置一词。那属于人间的爱和恨，正剥丝抽茧地离开她的身体和意识，渐去渐远。

翌日，曾经才貌双绝的一代丽人，香消玉殒。

二

并没有多少人会真正在意另一个人的死。当辞旧迎新的爆竹声欢快地响起来的时候，徐州城好像已经淡忘了时光留给它的累累伤痕，忘了它城郊的冻土之下，刚刚睡进了一个心如齑粉的女人。

也是这一年，亦即唐元和十五年正月廿七日，传说宪宗皇帝因服用方士献贡的不老金丹，暴卒于长安宫中。不过，也有人说，宪宗是为内常侍陈弘志所弑。

一个是万众环绕仰望的皇帝，一个是在公众视线中隐匿多年的孀居女子；一个只有一名老仆在侧的死如此确凿无疑，一个众人环拥之下的死却偏偏演绎得扑朔迷离。

生亦何欢，死亦何惧，这句话说得真好。问题是死亡本身多数没有意义。只不过，许多年后，有些人的死会化为传奇，而另一些人的死比死亡本身更为彻底。传奇可不管它面对的是一个孤苦伶仃的女人，还是一个曾经坐拥天下的皇帝。

三

小燕子，穿花衣，年年春天来这里。我问燕子为什么？燕子说：这里的春天最美丽！

在江苏省徐州市云龙公园，年年春天，都有小孩子于花间树下拍手欢唱。童谣比这世上所有人的寿命都远为久长。直到一代一代的小孩子们长大成人，再回过头来聆听自己当年无数次哼唱过的歌谣，才蓦然心生蹊跷——用一双漂亮的尾巴在空中裁剪出柳丝和春色的燕子，又几时穿过人间的花衣裳？

藏身在 21 世纪的云龙公园深处的燕子楼，仍旧仿古而建，黛瓦白墙，飞檐挑角。岁岁春江水暖，从南方以南赶回来的燕子仍旧翩然飞临知春岛，在燕子楼头衔泥筑巢。岛是真正的岛，四面环水，让慕名赶来的游客，恍惚间也成了孤标傲世的临水照花人。

但是如果燕子王国也有编年史，它们一定会隆重地记上一笔：早年的燕子楼并不在眼下这个位置。关盼盼死后，燕子楼几度易主。有一年，应该是 893 年吧，朱全忠攻打徐州，徐州行营兵马都统溥战败拒俘，携妻子登上当年的燕子楼自焚。曾经属于关盼盼的燕子楼就此化为灰烬。对于人类诸如此类以"悲壮"为主题的毁灭性举动，燕子王国的史官至今难以置评。

转眼过了一千多年，人类的纪年是明代万历年间，在徐州城的西北角又有一座燕子楼拔地而起。此楼何时坍毁史上无载，只知到了清代光绪九年，徐州知府曾广照又在城区西南位置建起了一幢燕子楼。此后的燕子楼，或城南或城北，反反复复地折腾了几个来回。作为徐州城的标志性建筑之一，燕子楼必须保持伫立；至于它应该伫立在何处，要看当时在任的领导和城建部门的意思。直到1985年，燕子楼正式迁址知春岛，水浮绿洲，洲耸琼楼。楼为双层，上下回廊环绕。登楼撤目，远山近水，花木扶疏，让人从心底的什么地方猛然蹦出来一句：噫！栏杆拍遍，无人会，登临意。

我们总说物是人非，其实物亦早非昔时之物。已经有那么多的物在时光中黯然老去，直到从我们的视野中彻底消失。

在燕子楼前的凉亭里，倒是有一尊关盼盼的全身塑像。塑像被好奇的游人们扪来抚去，雪白的底调上面很快积出一层脏。公园管理方面清洗粉刷之后，干脆在塑像的四周围起了栏杆。隔着几米远，我们看见的关盼盼半颔蛾首，体态丰腴，竟然是一个半老妇人的模样——时光只解催人老，但留在世人眼底心间的关盼盼，应该永远都是柔弱和寂寞的，而且，她注定永远永远，再也没有机会老去，她将永远停留在她三十五岁的华年深处，辗转苦吟。

四

这是 785 年的春天，徐州城有名的虞姬歌班里诞生了一名女婴。父亲关之均是虞姬歌班的班主，为女儿起名关盼盼。这样的一个出身，注定这个女孩将来只能做一个歌舞艺人，那时称为歌舞伎。我疑心，把"伎"偷换成"妓"，是某些中国男性文人的恶习。

汉字就是这一点不好。因为是象形字，同音字太多，以致口口相传，以讹传讹。直到今天，还有人把关盼盼说成是"唐代名妓"。

当是时，徐州节度使是名臣张建封。新唐书有《张建封传》，对其生平记录甚详。从中可以约略窥见张建封其人的风采，诚可谓文武双全，忠直耿介，深得德宗皇帝的倚重和信赖。世传关盼盼为张建封小妾，我觉得基本上无此可能。张建封于贞元十六年去世，享年六十六岁。而其时关盼盼年仅十五。照此推断，关盼盼十一二岁便身为人妇，饶是古人流行早婚，但也不至于早到这个地步。

关盼盼嫁的其实是张建封之子张愔。初时，因为张建封功勋卓著，张愔承祖荫得补授虢州参军事，后来官至右骁卫将军、徐州刺史。此时盼盼母亲已经人到中年，盼盼便接替母亲成为虞姬歌班的当家花旦，最擅长的是独唱歌曲《长恨歌》和舞蹈《霓裳羽衣舞》。一个是地方上的执政领导，一个是当地的文艺界明星，这样的结合算得上顺理成章。

804年寻寻常常的一天，徐州刺史府中来了一位不寻常的客人。他是整个大唐家喻户晓的著名诗人白居易。白居易此时的官衔是校书郎。长安居不易，大诗人除了替大唐校正典籍中的种种谬误，剩下的时间，基本用于到全国各地旅游观光。

从白居易的诗歌序言中，我们可以清晰地看到当时的情景：

身为武将，张愔似乎不及乃父儒雅风流。但是缺什么想什么，加之深受父亲影响，张愔对白居易敬重非常，当下设宴倾情款待。席间关盼盼出面作陪，一时间杯盏流觞。饮到酣处，张愔又让关盼盼歌舞助兴。关盼盼便唱了一曲《长恨歌》，又舞《霓裳羽衣舞》。《长恨歌》本是白居易生平得意之作，霓裳羽衣也因这首长诗而得以天下知闻。白居易自然高兴，写了一首诗赠给关盼盼，夸奖她"醉娇胜不得，风袅牡丹花"。酒宴结束，宾主尽欢而别。

直到分别十几年之后，白居易在诗序中对关盼盼还作了一句评价，称其"雅多风态"。优雅而又风情万种，性感而不俗媚。从这句评价看，大抵在白居易眼里，关盼盼完美得几近无可挑剔。

白居易如此盛赞关盼盼，尤其"风袅牡丹花"一句，让后世生出许多联想。以牡丹之艳丽高贵，加以"风袅"的婉约情致，某些人由此演绎出一段旷古相思。其实身为客人，白居易夸奖主人爱妾技高貌美，等同于婉言赞誉主人本身的魅力和实力，投桃报李地表达了感激。也如同李白赞美杨贵妃"一枝红艳露凝香"、"可怜飞燕倚新妆"，看的人个个都要忍不住心旌摇荡。冶艳性感到这个程度，如果是用来传情达意，岂非拍马屁拍到了马脚上，难道李白不怕皇帝老儿喝飞醋？后人以道学家之心去度开明的大唐君臣之腹，说高力士以此诗向杨贵妃进谗，言李白以赵飞燕喻杨贵妃，实是暗指其淫荡，杨贵妃因恶之，致李白被逐出长安。其实历史上高力士其人最是本分严谨，进谗一事实属虚妄。倒是李白自己孤傲放任的个性和行事风格触怒了众同僚，以致同僚们群起诽谤。

白居易告辞张愔和关盼盼，相互间从此便失去了联系。但是作为名人，有关他的消息偶尔也会传到张愔和关盼盼的耳朵里。

两年后，亦即元和元年（806 年），张愔染疾，上书请求朝廷派人来代理武宁军节度使职务。刚上任不久的宪宗皇帝便召张愔为工部尚书，但未及出徐州境内，张愔病情加重，俄而亡故。

这一年，关盼盼二十一岁。

五

我的叙述过于简略，因为我如此不情愿面对人世间时刻上演的生离死别。

只有未曾经历过巨痛的人才会对痛楚津津乐道；人到中年，反而习惯对身经的苦难隐忍不语。

有的人永远不擅长说出情感的深奥，只有当时过境迁，我们才能从种种迹象中猜测出他们内心的温度——

张愔身死，众多姬妾如拂晓后的星群须臾散尽。只剩下关盼盼，独居在张愔当年为她兴建的燕子楼里。身边还有个仆妇许氏，关盼盼喜她温厚忠谨，且寡居无子，也没有亲友可供投奔。主仆二人从此相依为命。

作为整个徐州城妇孺皆知的美人，无论她愿不愿意，有太多好奇的目光投射向燕子楼，它们寒光闪烁，试图洞穿四面粉墙，横扫她的面容和身体。她的未来引起了纷纭的猜测和巷议，以致有人为她打赌下注，脸红脖子粗地争吵不休。但凡能沾点亲带点故的，都走马灯地被人委托来探看她的动静。安慰的，叹惋的，开解的……她初时还很感动，慢慢就觉出了不对。来人的话题顺理成章地拐上一个弯，就拐到了让她始料不及的地方。她对将来有什么打算？如果肯择人下嫁，对夫家的财产地位有什么要求？城西朱家的公子，虽说不及张尚书的家世显赫气度威武，但是与她也算郎才女貌年龄相当……更有甚者，亲自找上门来毛遂自荐，要给她一个幸福的可以信赖的未来。诸如此类的滑稽剧一再上演，关盼盼终于彻底失去了耐心，干脆称病谢客，终日闭门不出。

但是我们早就知道，人是一种多么奇怪的动物，她越是安静自守无所作为，人家越是觉得她诡异神秘高深莫测。她这只徐州城里有名的金凤凰，到底挑中了哪一家的高枝？那些日子，她珠帘后偶尔一闪而逝的袅娜身影也会引起一阵小小轰动，他们争论她胖了瘦了，眼底眉梢是春色还是离愁。即使隐身在小楼深处，她仍然能感觉到无数人声汇聚而成的凉风，如同风中雨中大江上的浪涛起伏不休。她只能等。等风止水息，等整个徐州城一点点消泯对她的关注和热情。

一天天。一月月。一年年。她觉得整个徐州城正在渐渐地离她远去，仿佛她无意中登上了一艘驶向远方的船只。这么多年，她终于知道，原来燕子楼翘起的飞檐是四只鼓起的风帆，注定要带着她驶离这个生她养她的所在。那传说中夏禹镇水的神奇铁牛从此与她无关了，那吴季子挂剑台上的千年杨柳和苍松翠柏也都与她无关了，还有那有勇无谋的霸王与他的戏马台，连同被他猜忌的亚父范增，这些她小时候耳熟能详的人物，也都一个个离她远去。这个世界越来越小，小到只剩下她的燕子楼，剩下她空荡荡的心。哦，还有一个与她命运相仿的许氏老仆。

镇日无心镇日闲，她有这么多的时间用于怀念。她怀念与他在一起的短短几年光阴，一遍遍梳理出他隐藏在日常和平淡中的温暖。他的好是铺开在易碎的琉璃盏下面的那厚厚的锦缎，要特别的留意才会发现内里的恩宠和怜惜。弥留之际，他还在顾念她的未来，吩咐管家把燕子楼的房契交到她的手里。她捧住他这片最后的心意，拼命把涌上来的眼泪咽回去。她知道他希望她永远可以像那一曲霓裳舞，一路轻盈欢快地活下去。但是她还怎么可能轻盈？他一离开，她羽衣里裹住的那只轻盈的燕子也追随他而去。

她就这么非俗非尼非道，整日打坐在燕子楼里，听鼓敲三更，听细沙在沙漏里簌簌老去。

六

生命只是一个偶然。而死亡，来自另一个偶然。

时任司勋员外郎的张仲素曾在张愔手下任职多年。作为关盼盼在漫长的幽居生涯里仅有的几个保持联系的人之一，他对关盼盼的处境非常了解。这一次，只是偶然，张仲素前往拜访白居易。完全是鬼使神差，他带去了关盼盼交给他指正的几首诗。

时隔十几年，白居易这才得知张愔的死讯，当下不免嗟叹一番。十几年光阴如白驹过隙，人世间沧海桑田。这期间他自己历经丧母之痛，丁忧三年后任左赞善大夫不过一年，便因上疏奏请急捕刺杀宰相武元衡的凶手，被谗"僭妄"，贬为江州司马。后又改擢忠州刺史、司门员外郎、中书舍人。真是世事纷纭，瞬息万变。此时又听张仲素说起，关盼盼独居燕子楼守节，感慨之余复添诧异。他展开张仲素递给他的诗笺，只见上面写着：

燕子楼新咏

其一

楼上残灯伴晓霜，独眠人起合欢床。

相思一夜情多少，地角天涯未是长！

其二

北邙松柏锁愁烟，燕子楼中思悄然。

自理剑履歌尘绝，红袖香消一十年。

其三

适看鸿雁岳阳回，又睹玄禽逼社来。

瑶琴玉箫无愁绪，任从蛛网任从灰。

　　白居易看罢两遍，眉头慢慢皱起。他觉得有什么地方不对——是在哪里？

　　——她只不过是一个妾。以大唐风气之开明，即使正妻，夫死后再嫁也是人之常情。许多女子转嫁多次，旁人也未曾觉得有悖常理。至于妾么，通买卖，急需时用来鬻换柴米油盐，无可无不可的，又有谁会介意？

　　——他觉得这女人矫情。她真有那么深切的情意？如果真有情，当年何不慷慨赴死，追随那张愔而去，倒也成就一世名节！

——他讨厌矫情的人。虽然有人说他写的诗歌有些地方慈悲得有点矫情造作，但他自己并不那么认为。比如他写"江州司马青衫湿"的时候，的确是自伤身世，不觉中热泪湿了衣襟。

——他心里爬出了无数只来路不明的小虫子，它们一个个满怀愠怒和恶意。他厌憎这样半死不活的"未亡人"，或者干脆说，他厌憎他自己。要活就活得潇洒快活，要死就死得痛快淋漓——这是他年少时给自己的未来设置的一个定义。可是……

——至于这个关盼盼，她又是何必？

白居易铺开纸笺，依韵和诗三首：

其一

满窗明月满帘霜，被冷灯残拂卧床。

燕子楼中寒月夜，秋来只为一人长。

其二

钿带罗衫色似烟，几回欲起即清然。

自从不舞霓裳曲，叠在空箱一十年。

其三

今春有客洛阳回，曾到尚书墓上来。

见说白杨堪作柱，争教红粉不成灰。

　　按白居易的想法，既然关盼盼心已如蛛网上萎落的灰烬，而张愔墓前的白杨也长大到可以做大厦的顶梁柱了，怎么昔日的红粉还鲜活在这个人间？

　　三首诗写罢，白居易仍觉意犹未尽，又题写了一首七言绝句：

　　　　黄金不惜买蛾眉，拣得如花四五枚。
　　　　歌舞教成心力尽，一朝身去不相随。

　　岁末年尾，张仲素回到徐州，将白居易写的这四首诗转交关盼盼。关盼盼大喜展笺，捧笺的手指簌簌抖动，楼外的冰雪严冬一点点逼入她的骨髓。读毕，关盼盼面若寒霜，心如死灰。

七

　　在读到这一段历史之前，我一直对香山居士心怀好感。长恨歌，琵琶行，原上草，卖炭翁。我们是喝唐诗的速溶奶粉长大的一代。老师并且教导我们：诗以言志，文以载道，言为心声。这之前我从来也没有想过，诗原来还有另一个用处——它可以化身为一把刀，千里之外，取人性命。

　　我以为一个人名满天下，就会越发懂得谨言慎行。因为身后的仰慕和追随者众，心灵导师们随口说出的一句话，可能在某个人甚至许多人的内心延宕出久远的回声。问题在于，当一个人被世人称作才子，他仿佛就有了轻疏狂放的资本，他可以蔑视尘世，他可以率性妄为。

话语机锋，一向被文人引为自得。即使这机锋是铜镜深处凭空绽出的花瓣，是剑走偏锋偶然制造的胜景。即使它自相矛盾，即使它漏洞百出。

"歌舞教成心力尽，一朝身去不相随"这一句就是白居易的机锋。无论在历史上的哪一个朝代，这句话中的论据都无法找到它充足的理论支撑。放到今天，所有人都会给它一个最恰当的评价："不靠谱。"但是在 820 年的大唐王朝，它寒光闪处，一招致命。

因为它的对手，是关盼盼。

被一纸诗笺逼迫得竟无半点退路，关盼盼才肯对张仲素吐露她的隐衷：

"自张公离世，妾并非未想到一死从之。只是唯恐千年之后，人谤我公重色，竟让爱妾殉身，岂不玷辱了我公的清誉，为此贱妾方忍悲偷生至今！"

从这段话里，我们可以归纳出几个关键词：

1. 清誉；2. 玷辱；3. 人谤。

白居易与关盼盼，一生中也只有一面之缘，完全出于碰巧，他随手扔出的一把小刀，深深刺进了关盼盼的死穴。

每个人都有自己的死穴。有的人的死穴，是"财"；有的人的死穴，是"色"；有的人的死穴，名叫"事业"。而这个名叫关盼盼的女人，她的死穴，是"人言"。

曾经，因为畏人言，维护张愔的清名，她选择了"生"；如今，也因为畏人言，表明自己的心迹，她选择了"死"。

"死"，对她来说，这是一个亲切的、温暖的词汇。它一直在暗中陪伴着她，在燕子楼的静夜里，她无数次看到它一闪而过的影子。她一直在犹豫着，挣扎着，抗拒着。而它，像一个最具耐心的守护者，始终在那里等待着她。现在，她看见它张开修长的双臂，要给她一个绵远悠长的拥抱。

好，既然乐天先生如是说，她已经有了最好的理由，不妨顺水推舟，给他，更是给自己，一个满意的交代。

死意已决，关盼盼反倒平静下来，她吩咐许氏备纸研墨，依白居易诗韵和答一首七绝，烦劳张仲素转交白乐天：

> 自守空楼敛恨眉，形同春后牡丹枝。
>
> 舍人不会人深意，讶道泉台不相随。

她想起那一年，也是这个白居易，为答谢张愔款待的盛情，极口赞美她"风袅牡丹花"——那一年她还只有十九岁。十九岁的她穿着桃红色的薄纱短襦，隐隐透出里面的鹅黄抹胸；下着深红色的石榴长裙，委实怒放得比牡丹还要美。她一生的美都浓缩在那两年里盛开又凋谢。这十五年里她周身缟素，再也不知什么是"眉欺杨柳叶"，再也不知什么是"裙妒石榴花"。她只是那凋败后清冷的牡丹枝，干枯，死寂，了无生气。

八

我讨厌所有热衷于沽名钓誉的人，男人，尤其是女人。女人这个物种天生就应该是真实的、清亮的。即使小小地沉湎于物质和外在的虚荣，但是在内心，女人一向把虚名和真实分得很清。然而对于关盼盼，这个居然把人言看得高过自己生命的女人，我竟是说不出一句指责的话。

我心里，只有痛惜。

一般而言，出身微贱，女人会因为各自的人生际遇而伸展出不同的价值取舍。应该说，同为人妾，关盼盼远比鱼玄机幸运，因为她遇到的是张愔而不是李亿，因为她拥有来自爱人的尊重和恩泽。因而她不会像鱼玄机那样，最终长成一朵饱满鲜艳却有毒的花。属于关盼盼的生命之花没有伤害他人的能力；相反地，却因为缺乏自卫的利刺而早早凋谢。她是一个与鱼玄机背道而驰的类别——鱼玄机践踏世俗和传统，关盼盼则选择了驯从和逃避。逃不过去的时候，她驯从地选择了死。她过于强大的自尊带给她更多的戕害，她不可能像鱼玄机那样竭尽全力地灿烂，直至把自己燃烧成灰烬，而是萎缩成一团温吞的死灰。

她死于人言，死于她自己心中爱情的灰烬、人情的灰烬。

她曾经敬仰白居易。这个她心目中才华和学识的化身，普天下最有大慈悲的人，对她，竟无半点怜悯。

崇敬和仰望转瞬萎落成尘。"儿童不识冲天物"，在她心里，白乐天由高大的偶像顷刻坍塌成浅薄幼稚的黄口小儿。

很多人都疑惑"冲天物"的含意。如果是鸿鹄，关盼盼放在此处做甚？其实只要转念想想，除了鸿鹄，还有白鹤一飞冲天，非凡鸟可比，关盼盼临终以此自况。更重要的，鹤羽毛洁白，舞姿高蹈，是优雅高洁的象征。如北宋林逋梅妻鹤子，取梅和鹤之孤寒清白，喻己心志之淡泊名利、洁身自好。至于"漫把青泥污雪毫"，关盼盼厌恨白居易不仅不理解她的良苦用心，反倒疑心她假情假义，不敢殉情赴死，等于用黑泥巴来污损了她雪一样洁白的羽毛。这样一个锦心绣口的女人，指责起人来竟也老大不客气。

如果没有这样一个小小的细节，我疑心，关盼盼的人格魅力会大打折扣。

不必出言解释的时候，她隐忍不语；必须道破真相的时候，她一语惊醒梦中人。

爱惜羽毛，许多人都在这样说，但也只不过说说而已。而这个女人，她可以为了它而生，也可以为了它而死。

出身微贱，关盼盼对自己的名誉生出近乎病态的爱怜。

我们一直以为宽容才是好的，但是关盼盼，她是一个奇特的案例。因为这样对己对人的苛刻，反而成就了这个女人人格上奇异的、令人疼痛的完美。

九

　　消息传到白居易这里，我想象不出他的心情。

　　——会是得意吗？千里之外，仅以一诗便致人死命，他真的不枉了"诗魔"的盛名！

　　——会是欣慰吗？昔日的红粉终于长伴故人于地下，佳人也成就了她的美名？

　　——会是震动吗？这女人，怎么会这样烈性？我原只不过想激一激她……

　　——会是惋惜吗？

　　……

　　没有人知道。

　　这时候，白居易身在京城，时局动荡，朝中朋党倾轧，让他始终不得安生。还有另一件事情也让他不得安生。他开始托多方相助，将关盼盼的遗体从徐州迁往洛阳北邙山，安葬在张愔的墓旁。

　　这一回，他什么也没有说，他只是默默地做了。因为无论他说什么，都逃脱不了那追随文人一生的评价：矫情。

　　心事已了，白居易再次上书请求外放，又开始了他的京官——地方官——京官的摇摆生涯。

　　晚年的白居易嗜酒如命，而每饮酒，必有家伎歌舞助兴。百余歌舞伎执笙管箫簧，真正是风光旖旎，歌舞升平。

几乎所有人都知道"杨柳腰"、"小蛮腰"是什么意思——经过无数张嘴无数支笔的无数次转载，却只有少数人知道，这两个短语的原创权属于白居易。"樱桃樊素口，杨柳小蛮腰。"樊素和小蛮都是白居易的歌舞伎。当然了，用樱桃小口来比喻美人的小巧红唇，也成了晚唐之后的中国式专利。

及至暮年，白居易自知时日无多，七十三关，八十四坎，他不相信他还可以活过孔圣人。他开始遣散所有家伎，包括樊素和小蛮。——也许那一刻，他想到了关盼盼。想到了她在燕子楼里度过的十五年凄清岁月，想到了她的死……

而这时候，关盼盼已经在北邙山，在她的爱人身旁，沉睡了二十年。

有人说她薄命。有人说她坚贞。有人说她软弱。有人说她激烈。

"粉堕百花洲，香残燕子楼。"有人说她是柳絮，一缕芳魂，空自缱绻风流。

她会不会还像许多年前一样，那么在意别人话语中的自己？

只有徐誉滕的歌，总在耳边轻唱：

> 朝云暮雨昨日花黄，
>
> 终染不上画栋雕梁。
>
> 门前那波湖光，

定然记得，
你静静凭栏怅望的模样。
楼中燕未成双，
孤灯伴晓霜。
楼外我的秋来为你长，
风轻荷动舞千年梦，
还在等你的霓裳。
……

后记

到天津倏忽已是一年。人到中年而客居异乡，这当然算不得什么幸运。刚到天津的日子，我尤其想念我那只叫塔塔的猫。猫的寿命只有人类的六分之一，它们的童年紧缩为数个月，而一旦踏入成年，生命就老得飞快。每念及此，我总觉得天津之行未免得不偿失。前些时候，网上流行一个段子——闭上眼睛，想象时间已经进入 2057 年，年老力衰的你对上天许下一个心愿，而愿望随即实现，时间重新闪回 2017 年的开端，你一下子年轻了四十岁。这一次，你打算怎样生活？

猝不及防，我脑中跳出来的竟然是：跑步，画画，陪塔塔。

这几年突然喜欢上涂鸦。色彩，线条，那些转折和褶皱深处满含奥妙。我尤其深爱夏加尔。他的画告诉我，一个人纵使历经世事，仍然可以将一颗童真之心至死保存完好。没错，那就是我想要的，整个的后半生，我都将持续后退，退回童年、乡村，和草木浑然天成的内心。如果有来世，我也希望自己可以做一棵植物，僻居山野，随缘荣枯。而天津城一年里大半时间雾霾深重，让我早已准备就绪的专业跑鞋至今深锁柜中。

但如果说到收获，其实还是有的。到津未出半年，我已然明白，原来自己写作多年，始终未能写出什么像样的好作品。这是个让人灰心的发现。而这世间的悲哀，并不在于一个人错过了他所未知的东西，而是你明明看见眼前山色曼妙，却迟迟无法抵达那座山脚。虽然早已自承眼高手低，这个发现还是让我大受打击。而我踏进的出版业也是一个让作家们备受打击的地方——这里那里，墙边案头，到处都堆满了书、书、书。如此无尽之书，有几本能够冲出尘灰封锁，广为人知？皓首穷经，出版几本书，就以为自己很了不起？算了吧。

这样过了大半年，我才重新打起精神，开始慢慢地写下去。

也是近几年，我才系统地阅读到王鼎钧先生的作品（又一个榜样的案例让我确信，身为作家，活得长寿并保持清醒的创造力至为要紧）。阅读中途，我突然意识到，一个作家如果对自己足够负责任，他其实不应该让某些篇章反复列入不同的个人选本。基于此，这本名为《拈花》的集子里所收录的篇目，与我此前出版的三本散文集基本没有重合的部分。它记录了我在人生的转折时期所作出的种种尝试，也记录下我那不大不小的野心——作为学生时代偏科留下的后遗症，我文史方面的素养相当欠缺，但是我却逼迫自己写作了一些历史题材的散文，甚至还完成了一部历史人物传记，以此对自己的短板进行恶补。既然写作本身也不过是一个人试图完善自我而作出的漫长努力，那么这恶补也可以被岁月原宥。对我来说，写作实质上是一种天长日久养成的惯性，但它使我不再畏惧终将到来的荒凉老境。一个人内心强硬，必然是有所秉持；而我所秉持者，就是这些一个个落在电脑屏幕或纸页上的文字。难道这还不够？虽然世间所有的文字尽皆存在漏洞，但它们仍然细密如针脚，一点点弥合了我与这世界之间与生俱来的巨大裂缝。我因而写作，像一个盲目乐观的旅行者，满足于把有限的脚印，短暂地呈现于想象中的云彩和天空。

就是这样。

沙爽

2017 年 3 月 26 日